（下）

樱桃糕——著

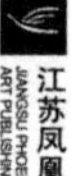

江苏凤凰文艺出版社
JIANGSU PHOENIX LITERATURE AND ART PUBLISHING

目录

第六章 神鹰

过完吃烤肉的休沐，又是上午兴庆宫，下午自己随意的日子。买了宅子以后，周祈出去瞎跑的时候少了，猫在家里的时候多了。

她眼睛看着书页，顺手去摸碟子里的糖。

“啪，啪——”有人拍门。

“来啦！”周祈扔下手里的传奇，银丝糖却没放下，吃着走出来，一开门，“谢少卿？稀客啊。”

两家比邻而居，周祈去谢家的时候多，谢家人也偶尔来周祈这里，主要是唐伯自己或者派罗启、霍英来给周祈送吃的。谢少卿来得却少，修屋顶算一回，上回与崔熠来“赏花”算一回，一共不过这么两回罢了。

看一眼周祈嘴角儿的糖渣子，谢庸右手微攥一下，负到背后，又扫一眼她手里的半块糖酥："这糖就这般好吃吗？"几次看她吃这种银丝糖，当日在东市头一回遇见她，她吃的似乎就是这个。

"好吃啊。"周祈请谢庸进来，"一会儿你尝尝。东市周家糖店买的，拔的糖丝比头发丝儿还细，里面裹的芝麻、胡桃碎、松仁儿都新鲜得很，没有油哈喇味儿，咬一口又香又酥又甜。我们老周家的人，做什么都实在！"周祈不忘给自己脸上贴金。

谢庸的眼中带着两分揶揄，嘴上却到底"嗯"了一声。

听他应和，周祈眯眼一笑。其实周祈也觉得自己不是什么地道实在人，但自己吹嘘一下，再被人捧一下，心里还是高兴的。周祈在心里大逆不道地想，若自己当皇帝，肯定是个不愿纳谏只爱听谀辞的昏君。

只是，谢少卿不该是个"诤臣"吗？怎么也阿谀起来了？

"昏君"周祈与"谀臣"谢庸在大榻上相对而坐，两人中间的案上放着陶壶和一碟子银丝糖。

壶里是新鲜羊乳，周祈匀给谢庸半杯，自己留了半杯。周祈又请谢庸吃糖，谢庸果真拿了一块，咬一口，慢慢地嚼着。

"是不是又香又甜？"

"嗯。"谢庸看着周祈，微笑着点头。

吃了糖，谢庸又喝一口羊乳。羊乳中加了不少蜂蜜，谢庸一下子被腻住了嗓子，又喝一口，其实……也蛮好喝的。

周祈看着谢庸唇上微微沾上的奶沫子，心里又痒痒起来。谢少卿的上唇略薄，峰角硬朗，若挡住下唇，配着他的白面凤眼高鼻，就是个妥妥的多谋多智却薄情的面相，但他的下唇却丰润柔和，看上去软软的，再加上端正的下巴，整张脸一下子君子起来。

看着那薄情唇角和温柔下唇上的奶沫子，周祈脑子里开始转起传奇上种种作为来，又在心下叹气，谢少卿这哪里是"谀臣"，分明就是个有倾国之色的"奸妃"啊……

谢庸掏出帕子擦擦嘴，周祈怅然若失起来。看着谢少卿的空杯子，不由得后悔，他是客，我把刚才壶里的羊乳都给他怎么了，怎么了？

周祈也一口把自己杯中的羊乳饮尽，掏出帕子擦一下。

谢庸的目光从她脸上挪开，扫过那方眼熟的白布帕子，嘴角微微翘起。他大大方方地打量周祈的屋子，大榻，大案，大木头屏风，半面墙的书架子，华丽却沉静的松花绿蜀锦隐囊、坐褥，是她该有的样子。

谢庸看那书架子，笑着问："那上面便是显明、阿启他们心心念念的传奇？"

周祈得意地一笑："满东、西两市的书肆也不如我这里的好传奇多。你们念书人讲究孤本善本，我这里有不少前朝的传奇，也能算传奇里的孤本善本了。"

谢庸笑着点点头。

周祈促狭地笑着问："谢少卿可要一观？我有几卷极好的……"

看她一眼，又避开，谢庸微笑道："多谢，改日吧。"

嘿嘿，谢少卿不好意思了……你都看过《牡丹娘子》了，又做出这副端庄模样来。虽心里认定他在装相，但奈何谢少卿长了一副君子模样，他这样微垂目、略赧然的样子，实在是真得不能再真，弄得周祈又有些疑惑，或许他不是看的传奇，而是偶尔听某个老长安人说的？

倒也不无可能。

周祈领着谢庸看她另一柜子的宝贝。

"真好。"谢庸由衷地赞叹。

"是吧？我也觉得好。"周祈看看谢庸，突然取了最上面一层的一把剑下来，"此剑窄而长，名'兰剑'，据说是南朝山中宰相陶贞白所铸十三大梁氏剑之一。我在东市从一个落魄士子手里买的，他自称是萧氏皇族之后。不过，东市卖东西的，谁没有点儿故事都不好意思摆摊儿。随意买个笔筒子，兴许就是汉武帝当年赐给韩嫣的……"

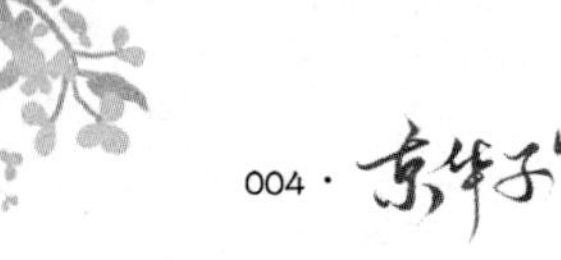

周祈说着说着就跑偏了，又把话题扯回来："兰配君子美人，此剑赠予谢少卿。"说着把剑递给谢庸。

谢庸看着周祈，有些讶然，眼睛却极亮。

"赶紧接着，不然我就后悔了。"事实上现在周祈就后悔了，哎哟，我的剑啊……

谢庸笑起来，没有推拒，径直接过："多谢。"

周祈摆摆手："拿走，拿走。"

他来自己这儿吃了自己的糖，喝了自己的羊乳，还拐走了自己一把剑……咦？谢少卿是来做什么的？

听周祈问来意，谢庸顿一下，轻咳一声，来了这里就忘了。

"今日下衙回来得早，外面无风无云，天气实在好，便想寻周将军一起去城外跑跑马，松散松散。"

"跑马？好啊。"周祈立刻来了精神，不再纠结自己一时大方送出去的剑。

"咱们去哪里跑？"两人住在朱雀街旁开化坊，往东、往西都极方便。

虽是问他，周祈自己却又有了主意："就去东门吧，霸陵桥那边宽敞。"

"好。"谢庸微笑着点头。

周祈牵马在谢家门口等谢庸，见只他一人出来："罗启和霍英他们不一起？"

"晚间唐伯做古楼子吃，他们要帮着劈柴、剁羊肉打下手。"

哎哟，古楼子啊……饼皮烤得酥酥的，里面的羊肉馅儿一咬流油，切大大的一块儿捧着啃，嗞——好吃！

"等咱们回来就差不多能吃了。"

周祈嘿嘿地笑起来："又吃谢少卿的好东西……"

谢家院内树下，罗启与霍英懒散散地下着棋：“阿郎刚才牵马做什么去？怎么没叫咱们跟着？”

东郊霸陵一带确实极宽敞，古道杨柳，芳草萋萋，路上偶见车马行人，草地上有放纸鸢的孩子，也有郊游客的屏障。

既是来跑马，谢庸、周祈便找了个人格外少的地方。周祈骑马站在缓坡前，笑道：“我的马好，这个，会不会有些不大公平？”

“无妨。”

“那我可放开马跑了？”

“嗯。”

周祈咧嘴一笑，微伏身子，豪气地挥动马鞭：“驾！”

谢庸也催马跑起来。

周祈的马好，骑术亦好，飞奔起来，离弦的箭一般。谢庸的目光追着她的背影，不舍得挪开。

“哎，”周祈缓缓勒住马，用手指指大路，“那莫非是回鹘使团？”

大路上一长串车马迤逦而行，最前面的狼旗隐约可辨。

谢庸也勒住马，停在周祈的身边：“是。来得还挺快的。”半个多月前，朝中才接到奏书，他们如今就到了。

这个时候，他们来做什么？一般各国各藩都秋冬才来，以参加朝正。

周祈笑道：“莫不是神灵听了我的祈祷，送了大鹰来吧？”

远的且不说，先说眼前的。周祈看谢庸：“谢少卿，我快你一步，彩头儿怎么算？”

“随你要什么。”

哎哟！这么大方？周祈拿乔：“那我可得好好想想……”

谢庸笑起来：“好。”

晚间吃上谢家古楼子的，不只周祈，还有崔熠。

“你们没见，那大鹰通身雪白，未有一片杂羽，虽还未经驯化，但看着通人性极了，也不乱飞，也不乱叫，就那么威严地站在笼中看着你，我竟然从那鹰眼里品出几分睥睨来。”崔熠啧啧称奇。

“是不是好像在说‘你们这些愚蠢的凡人’？”周祈搂着胐胐问。

“对！对！你这话说得贴切。”

周祈嘿嘿一笑，低头看胐胐：“这不就是我家胐胐小宝贝吗？胐胐跟我不熟的时候，便是这种眼神儿。好在如今熟了，胐胐对我包容多了。”

周祈把前两天休沐日拔谢少卿家鸡毛掸子上的毛逗猫未遂反遭嫌弃的事儿说了：“它敷衍地撩了那羽毛一下，看我一眼，低低地喵一声，好像在说‘你啊’。”说起自己被一只猫嫌弃又纵容，周祈满脸的自豪。

崔熠哈哈大笑，谢庸含笑看周祈一眼。

“阿周啊，你这一声‘你啊’，学的分明是老谢。”崔熠笑道。

“是吗？”周祈看看胐胐，又看谢少卿，“不像吧？”

谢庸只垂头喝茶，不答她的话。

周祈摇头：“不像，谢少卿何曾这样对人说话？”不过话又说回来，这一主一猫，性子倒确实有些相似。周祈看看赖在自己怀里的小宝贝，想象这若是谢少卿……打住，打住！

“话说，你原先不是只爱短毛的猫吗？倒是老谢爱长毛的。”崔熠又问。

“莫要离间我们！”周祈赶忙道，“我一直喜欢像胐胐这样长毛的。”说着讨好地看看怀里的猫。

胐胐被她撸毛挠下巴挠得正高兴，眯着眼，发出一声满意的“呼噜”声。

周祈安心了。

“你这驯鹰的本事好，伺候猫的本事也不错，我看老谢的爱宠保不齐哪天就让你拐得翻墙叛逃了……”崔熠不放过任何一个架秧子拨火的机会。

“不瞒你说，这猫怕高，翻不得墙头儿，不然这会子早趴在我家了。”周祈一个不小心，就说出了自己的险恶居心。

“你听听，你听听，老谢，你的猫被人惦记上了。”

谢庸只淡淡地道：“无妨。”

崔熠无奈地摇头：“老谢啊，你就掉以轻心吧，不知道什么是防火防盗防邻居吗？”

周祈哈哈大笑。

挑拨未果的崔熠接着与谢庸、周祈说那回鹘使团的事儿。

“我还见了那回鹘使团的正使、副使。正使是安和公主之子，叫混齐，不过二十余岁，雅言中微带一点儿长安腔儿，穿蜀锦袍戴幞头，形容也很是俊秀，着实不像个回鹘人。若不知道的，还以为是土生土长的长安子弟呢。”

“倒是个有趣的人。”周祈道。

“到底是公主血脉，与那胡蛮不同。”崔熠道，“那副使就讨人嫌得多。我要看看大鹰，还不愿让我看呢。

“那副使叫桑多那利，是回鹘可汗帐下一个什么大将军，长得比老谢和我都还高半头，半截铁塔似的，说话声如铜钟。关键是说话不中听，说什么那鹰是他们回鹘圣物，是献给圣人的，不让闲杂人等看。他叽里咕噜半天，帮着通传的译语人才说这么两句，我疑心他说得更不客气。

“嘁——难道我看一眼，就能把他的鹰看坏了？再说，不过一只鹰而已，即便再神俊吧，怎么就成了族中圣物了？”

谢庸与他解释："在回鹘人的信仰中，这鹰乃光明吉祥之使，可使人不入轮回，不堕地狱；另一化身为金狼，力大无穷，能吞噬黑暗。"

周祈大悟："便是那回鹘旗子上的金狼？"

谢庸点头。

"回鹘之地虽鹰多，但像这等通体雪白的鹰却极罕见，又有这样的教派传说，他们说是圣物，也不奇怪。"谢庸又道。

"嚯，难怪。就跟咱们如果哪天逮着一条龙似的……"崔熠道。

周祈让他这比方逗笑了，笑过却皱起眉："要是哪天逮着一条龙，咱们不自己供着，却送去旁国，你们说咱们得对那国求什么大事儿？"

谢庸赞许地看周祈一眼："如今回鹘主部力量逐渐衰微，可汗渐失威信，诸部虎视眈眈，去年冬就有一场叛乱。"

崔熠笑了："这是求咱们援手来了？要我看，就让他们闹腾去。"

崔熠又看周祈："阿周，你升官的机会到了。这回驯鹰的买卖八成还落到你手上。"

"我也这么觉得。"周祈嘿嘿一笑，一点儿也不为自己因驯鹰加官晋爵而羞愧，反而得意地看看崔熠和谢庸，"到时候，我保不齐就能跟你们一样穿深绯色袍子了。"

"可以啊，阿周。"崔熠以茶代酒敬她。

周祈把茶喝了："嘿，运气来了挡不住。"

周祈又畅想："这回驯的鹰不凡，保不齐还能额外多得些金银布帛之类赏赐。"

"还去买刀剑？指着人家刀剑兵器库里的兵刃说，这个，这个，那个，除了这些，其他都送你家里？"

周祈点头："对，就这样儿。"

"这刀剑你又不能吃，又不能喝的，要那么些做什么？"崔熠一直有此疑问，不曾问过她。

“这你就不懂了，一样是刀，一把窄横刀与一把胡式弯刀能一样吗？便是剑，看着都差不多，长一寸短一寸、硬一些软一些，都不一样。”

“可我看你有几把匕首长得差不多啊。”

“刀柄花纹不一样。”

崔熠无语地看着她。

谢庸举起杯子，掩住唇角的笑。

周祈摇摇头：“你们不懂。这就譬如爱美人，一样都是清冷美人，有的就更清雅一点，有的就更冷傲一些，别人看着差不多，其实差别大了。这些‘美人’啊，我就是不使，光看着，心里就高兴……”

唐伯领着罗启、霍英用大盘端了古楼子并拌鸡丝、炸鱼段、菠菜豕耳之类配菜来。

“听周将军说‘美人’，哪里有美人？”唐伯笑问。

周祈帮着摆盘子，笑道：“我说谢少卿是美人，清雅美人。”

唐伯笑起来：“周将军又打趣，男人，美不美的有什么要紧……”说着看一眼他家大郎。

看老翁嘴上谦虚，眼里却是自豪的样子，周祈忍笑附和：“老翁说得是。”

第二日是礼部试第三场考试的日子，等再放了榜，新科进士就出炉了。

周祈带着陈小六等站在皇城城门不远处站着，看着考完走出来的士子们，有的面有悲色，有的欣欣然，有的互相说着什么，大多都一脸解脱的样子。

周祈看到一个熟脸的，在丰鱼楼碰见、上巳节又在自己面前讷讷的那个。

那人也看见了周祈，对她笑一下，周祈回以一笑。

不远处的崔熠走过来，顺着她的目光看过去：“阿周，你还真看上这个了？说好的爱美人呢？”

周祈目光一转，还真看到一位长相不错的，不是刚从皇城里出来的，是跟自己一样的看客。看他身边侍从服饰，周祈问：“那位就是回鹘使团的正使，回鹘可汗与安和公主之子？”

“还真是！”

混齐也看到了崔熠，笑着走过来。崔熠、周祈迎上去。双方互相见了礼。

说来崔熠与这混齐还是亲戚，两人虽只昨日见过一面，看着却颇亲近。听崔熠说周祈是皇帝禁军中的将军，混齐颇有些诧异：“女郎长得像草原上的花一样美，竟然是一位将军！”

周祈身边人常夸她勇武、厉害、够义气、有意思，便是陈小六夸好看，也夸的是“相貌堂堂”，头一回被人夸像花儿一样美，不由得笑得咧开嘴，这回鹘人挺有眼光啊。

崔熠、周祈与这混齐说话很是投契。混齐身上颇多五陵年少气，不只是因他一身锦衣华服，形容俊美，雅言中又带有些许长安腔儿，也不只是说起东、西两市，说起曲江池、乐游原、南山、渭水等都城内外盛景时的熟稔，主要是那股子又骄矜又豪迈的劲儿。

崔熠、周祈身上这股子劲儿又更浓些，嗅到同类气息，三人自然说得来。

听说上回回鹘送的鹰是周祈驯化的，混齐狠狠地夸赞周祈：“竟想不到中原有周将军这样的女子，长得美，还雅致，还英武。不瞒你们说，我们那里也有能驯鹰打猎的女子，却未免太过粗糙了些。”

周祈一向自认是个粗人，这还是头一回被人夸“雅致”，这混齐忒有眼光。

皇城门前今科士子都散尽了，周祈要带人在崇仁等士子聚居的几坊巡视，防着有考完想不开寻短见的、破罐子破摔滋事的、大放情怀折腾得过分的。

周祈颇遗憾地道："可惜今日公务在身，说话不得尽兴。等休沐日，某邀约一席，为贵使接风，我们也坐下好好儿说会子话。"

崔熠笑道："我昨日已经邀下了，你且在后面排着。"

周祈、混齐都笑了。

对周祈的邀约，混齐自是欣然应允。又客套两句，周祈、崔熠才与混齐分开。

崔熠陪周祈一道巡视崇仁诸坊，两人聊的还是回鹘使团和混齐。

"这回鹘小郎君还真是挺可爱。"周祈道。

崔熠点头同意："你可以向他打听打听这鹰的习惯还有回鹘人驯鹰的事儿，这到底不是凡俗的鹰，还是谨慎些好。"

周祈点头笑道："也听他说说那边儿的事儿，大漠孤烟，长河落日，想想就觉得心胸大开。可惜不能像原六郎那样跑去亲自看看。"

前面说的还像样儿，后面却又提起了《南北迷案》里那位馋嘴侠客，崔熠笑起来，打趣道："你就是惦记人家的手把羊肉罢了，别扯什么长河落日。"

周祈笑道："长河落日也惦记，手把羊肉也惦记。"

"你就是身在福中不知福，有老谢这样的大厨在身边，还惦记旁的。"

晚间被唐伯叫去谢家吃荠菜豕肉馄饨的时候，周祈便把崔熠的恭维转述给了谢庸，并表达了自己的惜福之意。

谢庸微笑，舀一个馄饨慢慢吃着，吃完问："周将军除了想去塞上，还想去哪儿？"

"那想去的地方可多了。江南是要去的，尤其要去钱塘江看潮；也想去海边看看，看看水天相接是什么样儿；巴楚也想去，传奇上常见他们那儿的巫术，不知是不是真那么神奇；泰山、庐山、嵩山、峨眉这些名山自然也要去攀一攀……"

谢庸笑起来。

周祈也有些遗憾又有些洒脱地笑了："说一说，过过嘴瘾也舒服。"

谢庸看着她，目光柔和："以后总有机会的。"

周祈笑一下，又说回回鹘使团："那个回鹘小郎君真是挺可爱的，看见这样的少年郎，就觉得心里高兴。"

谢庸停住往嘴里送馄饨的汤匙："果真？"

"真！"周祈点头。

"你和显明都这般说，倒要见一见。"

"回头给他接风的时候，你不就见到了吗？"

"嗯。"谢庸把馄饨送入口中。

哪知还没到休沐日，谢庸、周祈便见到了混齐。

回鹘使团已经向朝中透露了来意，献上圣物回鹘神鹰，并请降大唐公主于回鹘可汗长子、以后的继任可汗颂其阿布。皇帝还未正式召见回鹘使者，但朝中已经就和亲之事议了几回了。

今上未有适龄亲女，倒是有几个皇孙女正值韶龄，且未议亲，这中间便多有计较起来。

唐与回鹘战战和和不提，回鹘诸部不稳，内部争斗也不断，回鹘可汗天不假年者甚多。

他们倒是一般不会把大唐公主如何，但回鹘人又有传统，"父兄伯叔死，子弟及侄等妻其后母"，便不是什么"父兄子侄"，而是其他部落的继任为回鹘可汗，也是"继尚公主"的，故而多有公主历四五可汗者。便是这混齐之母安和公主最初嫁的也是当今回鹘可汗之兄，那位可汗死了，又嫁的混齐之父。更别说塞外苦寒，眠毡食腥……

如今大唐已非早年盛世之时，回鹘却也算不得多么兵强马壮，唐与回鹘虽偶有摩擦，却没有大战，偶尔还一起配合着揍揍不安分的吐蕃人，总的来看，关系尚可。这种时候，降不降公主本在两可之间，但有这神鹰就不同了。

今上年轻时爱苍鹰、骏马，上了年纪以后对这些便淡了，不然也不会任由驯马使、驯鹰使都散了，让周祈这种再传的半吊子捡了便宜——苏师父当年便是专管给圣人驯鹰的。

周祈驯过的那鹰，因为神俊，皇帝当时喜欢，后来却也只带着出去打过一回猎。

但这次的鹰又不同，这是“圣物”，可使人“不入轮回”“不堕地狱”。皇帝已经几次派内使来看这鹰，显是极感兴趣，又亲自过问几个大王家中女儿的事儿。

经过当年戾太子之事，几位大王被压得狠了，都老实得紧，但谁不爱女？要上赶着送她去受罪？这上赶着也不一定落下好儿，皇帝年老多疑，太懂事儿了，又怕老翁怀疑另有图谋。

大王们吞吞吐吐，朝臣们心里明镜似的，只跟着一起议来议去。有更明眼的已经猜到，这事儿八成要落到故太子之女静安县主身上。

这位县主已经二十一岁，尚未婚配，可不就正好儿填这个坑吗？

公主和亲的事儿未定，进献神鹰的吉日已经择好了。

蒋大将军把周祈叫进宫里：“回头你也去看一看那鹰。”

周祈笑着行礼答应，知道这差事确实落到了自己头上。

看着她的笑脸，蒋丰也笑一下，嘱咐一句：“仔细着些。”

周祈叉手：“属下明白。”

蒋丰点点头，周祈再行礼退下。

两人私下里着实算不得亲近。

倒是周祈又趁机去看了看苏师父。老翁越发地老了，却还有力气骂周祈小半时辰不停歇，从头到脚，从说话声调到走路姿态，挨个儿数落一遍。周祈被骂的次数多了，笑嘻嘻的，半句不进耳朵。

苏师父又用剩下的大半时辰说驯鹰的事儿，说怎么驯，说自己驯过的鹰，大多都是说过多少回的，也有没说过的，也有说的与从前略有出入的，周祈偶尔插嘴，大多数时候只听着，又要防着老翁拍到后脑勺儿上的巴掌。

被训了一个多时辰，挨了三四下脖溜子，又留下身上的钱袋子，周祈晃荡出宫城，往前面皇城来。

虽是蒋大将军吩咐，但毕竟领的不是官差，周祈也没有崔熠那么大的脸面，不会自己贸贸然然去鸿胪客馆，她去鸿胪寺。

听她说了来意，鸿胪少卿许由笑道："偏周将军小心，多少人已经去看过了。你这以后正经要驯鹰的，反来寻我。"

周祈笑着行礼："麻烦许少卿了。"然后小声加一句，"下官怕让回鹘那位副使把我扔出来。"

许由笑起来。

这位许少卿四十余岁，正经进士及第的读书人，看着文质彬彬的，其实是个爽快人，有担当，做事利落。干支卫中负责在京诸藩使节侨民的是申酉两支，周祈的亥支与鸿胪寺打交道的时候不多，但几次有交接，处得都不错。

"正好，我也要再去与他们敲定献国书、献鹰的礼仪，那个桑多那利大将军有些傲慢，莫要中间出了纰漏才好。"

两人穿过鸿胪寺，出其西门，谁想竟然在街上遇到了谢少卿。

嘿，这才是人生何处不相逢呢。

三人见礼，许少卿笑道："一看子正就是从北边御史台出来。"

谢庸微笑："是。有些文书送与庞中丞签批。"

大理寺、刑部、御史台的事儿，没人多嘴问，许由和周祈都只点点头。

反倒是谢庸笑着问："二位这是——去鸿胪客馆？"

谢庸又问周祈："周将军去看那神鹰？"

许由笑道："聪明人！"

谢庸道："最近耳朵边儿听的都是这神鹰，不知是什么神俊模样。"

许少卿邀他："子正便跟我们同去一观就是了。前面卢侍郎他们已经一起去看过了。"

"如此——某就跟许少卿、周将军同去看看。"谢庸笑道，"不瞒二位，某还真有些好奇。"

周祈笑着看他一眼，没说什么。

周祈又见到了混齐，也见到了那位半截铁塔似的桑多那利大将军。

都是将军，人家就将军得特别像样儿，周祈往他面前一站，感觉自己像根豆芽菜。

桑多那利看一眼周祈，用生硬的汉语问："是公主吗？"

混齐赶忙拦住他："这是皇帝陛下的禁卫将军。"

桑多那利与混齐说了一串回鹘话，还不待译语人说什么，混齐已抬手止住，笑着对许由、谢庸、周祈道："我们且去看看神鹰。"桑多那利沉着脸，却也没再说什么。

这鹰单独养在一个小院中，有四个回鹘鹰奴看守照顾。

开了门，鹰奴前导，带领众人走入鹰房。

一个十尺见方的大笼，中间有横木，横木上蹲着一只大鹰，比周祈从前驯的鹰要大一些，将近三尺长，雪白鹰羽，未有一片杂毛，一双利眼，就那么盯着你，确实有几分庄严的神性。

周祈围着笼子看一圈儿，这鹰养得不错，十分精神，野性尚存。鹰是个性子烈的东西，被人捉住之后不少会拒绝饮食，又撞击笼子，轻者萎靡不好驯养，重者或许就死了。又有不懂的，把鹰喂得太肥，以后要熬鹰的时候就有的麻烦了。

出了鹰房，经译语人通传，周祈又问了鹰奴几个问题。鹰奴看看混齐，混齐点头，鹰奴都说了，周祈心里便更有底了两分。

桑多那利则又多看周祈几眼。

看完鹰出来，混齐便请三人去主院坐。

众人坐定，许少卿才说起自己的正事儿，与混齐、桑多那利确认上国书、献神鹰礼仪中几处细节，混齐微笑点头，桑多那利神情严肃，并不多言语。

许少卿笑道："这鹰是令兄颂其阿布猎到的，能捉住这样的大鹰，想来勇武过人。"

"家兄是我们回鹘的勇士，拳脚都是桑多那利大将军教的。"混齐看桑多那利。

听他们夸颂其阿布，桑多那利面色稍霁："前年，颂其阿布只带着三个随从，在草原上遇到狼群，不但自己全身而退，还伤了那狼王，在这一代回鹘年轻人中，着实不可多得。"

"哦，"许少卿点头，"不知这位贵人多大年岁？"又看混齐，"与贵使既是兄弟，相貌上也相似吧？"

桑多那利看一眼混齐，没有说话。混齐笑道："家兄三十有五。相貌极是英武，我似家母多一些。"

许少卿笑道："贵使天子外孙，眉眼与几位大王相似。"

几个人又从颂其阿布说到神鹰。

桑多那利神情倨傲中带着郑重，译语人帮他传译："这神鹰是明尊座下光明使的化身。光明使曾经奉命帮助五明佛对战黑暗之王，五魔吞噬五明佛时，它舍身相护。它每隔一二百年便会现身一次，出现在哪里，就会给哪里带来光明和吉祥。它能洗涤人身罪恶，使之不堕地狱……"

周祈当假道士学道经道典留下的毛病，一听这个就困，强忍哈欠，憋得满眼泪花儿。周祈掩饰地低低头，过了一会儿，好了，又抬起头来，若无其事地看着那位回鹘大将军泛红的宽圆脸，看着他的辫子，他的尖顶桃形冠，闪领窄袖胡服，蹀躞带上的刀、皮酒壶……

还是混齐仁慈，在周祈再次犯困之前，趁着桑多那利说话歇气的空儿说起他兄长捉到这神鹰的事儿，给桑多那利漫长的讲经大会结了尾：“当时正是傍晚，家兄见那鹰披着万道霞光从太阳中飞来，便知它不凡，捉到以后才发现是通体雪白的神鹰。这鹰啊，必定能保佑大唐与回鹘都安宁祥和的。”

一般到这种场面话，就是该告辞的时候了。许少卿、谢少卿、周祈也都讲了大唐与回鹘亲善和睦的面子话，便站起来。

混齐与桑多那利亦起身相送。

出门时，混齐低声与周祈说了一句什么，周祈眯眼一笑，亦低声回了一句什么。送出主院，混齐和桑多那利停住脚，双方再行礼，许由、谢庸、周祈三人便往鸿胪客馆东门走去。

这鸿胪客馆不小，住着各国使节，一路行来，遇见不少相貌各异的外藩人。嘿，那个白脸高鼻蓝眼睛的蕃客长得挺好看啊……周祈又看一眼谢少卿，恰与他的目光对上，周祈微笑点头，谢庸神色严肃。

周祈觉得自己还是更喜欢谢少卿这种长相，威严中有温润，就跟酥皮乳糕一样，一层层的脆皮儿，中间夹的乳酪又香又软……

除了蕃客，路上便是忙忙碌碌的客馆官员和仆役们。一个青袍官员领着几个仆役匆匆而行，那仆役们有的背着粮袋子，有的担着菜筐子，还有一个手里捉着几只活兔，青袍官员皱眉催他们快点儿。

见有穿绯袍的高官过来，青袍官员叉手立于路旁。

许少卿、谢庸、周祈都微点下头，走了过去。

许少卿有感而发，摇头轻叹：“这客馆的客人们不好伺候啊。前阵子京里鱼虾少，不好采买，供应不及，就有蕃客找到我面前来……”说着，无奈地笑了。

谢庸亦微笑。周祈同情地看看许少卿，想来这蕃客中不少像桑多那利这样儿的，跟他们打交道着实不易……

出了鸿胪客馆，再次谢过许少卿，谢庸和周祈便一起告辞走了。

已近午时，两人出含光门，往西市走，去吃周祈说的羊肉饆饠[1]。

“看来不只和亲公主艰难，便是公主的子嗣们也不容易啊。”周祈与谢庸道。两人一边走一边聊，聊的还是回鹘使团的事儿。

“自古公主子少有能继承汗位的，若有异变，他们又常常是最先遭殃的。或许这些胡人觉得他们是公主之子，非其族类吧。胡人一般不会对公主如何，对公主之子却从不手软。”谢庸道。

周祈点头：“这混齐是个小可怜儿……”

谢庸扬眉：“混齐莫不是遇到了麻烦？我看他出门时与周将军说了几句什么。”

周祈笑道：“嘿，那倒不是。他与我解释，说桑多那利心眼儿直，见了我，觉得这般貌美，便猜定是公主来了。”

若是唐人这般说话，周祈得觉得他轻佻，但混齐这般说，周祈只觉得他率直，还生出些得意来。

谢庸看周祈，周祈亦扭头看他。

“你——”谢庸正过脸去，舔一下嘴唇，片刻道，“喜欢吃什么饆饠？外面卖的饆饠虽好，到底不如自家做的讲究。唐伯尤善做樱桃饆饠，等再过阵子，就能吃到了。”

周祈立刻眉开眼笑：“我最爱樱桃饆饠了！”

谢庸微笑点头。

周祈偏又促狭：“刚才我还以为谢少卿也要夸我貌美如花呢。”

谢庸垂着目，轻咳一声：“是很美。”

周祈嫌弃：“忒言不由衷！我算知道谢少卿为何至今未娶了。谢少卿，我教你，日后若有看中的女子，你要夸她……”

1　饆饠有各种说法，有说是八宝饭或者手抓饭的，有说是一种粗大带馅儿面食的，类似长形馅饼，本书采用后一说法。饆饠做法多样，可荤可素。

周祈又停住，觉得以谢少卿的性子，估计很难说出什么肉麻情话。

谢庸侧头看她。周祈挑眉，这是真等着我传道授业解惑吗？啧啧……

周祈越发促狭起来，靠近他，低声道："却是我说差了。言语搭讪都是那些凡夫俗子的办法，谢少卿这样的风姿相貌，何须如此？"说着颇不规矩地瞄了一眼谢少卿的腰身。

谢庸抿抿嘴，眼中却带着笑意："周祈！"

周祈笑起来。不过想到谢少卿有一日开了窍儿，眉眼含春地与个女郎柔情蜜意这般那般，周祈心里就有点儿泛酸，比看见东市最好的刀剑被旁人得了还酸。

罢了，罢了，清风明月，能赏得一时是一时吧。

西市这家饆饠店不小，里面已经坐了不少客人，谢庸、周祈找了边角儿处一张胡式高案旁坐了，点了最有名的羊肝饆饠、羊肩饆饠、羊扁担饆饠等几种，等了有一阵子，跑堂的才端上来。

这家的羊肉饆饠颇小巧，皮儿薄，煎得焦黄，肉多，以花椒、胡椒、安息茴香调味儿，香得很。案上又有酱，客人可自家抹在饆饠上。

周祈时常去谢家蹭饭，如今也爱食些辣。她学着谢庸的样子，抹了一大勺儿酱在饆饠上，夹起张嘴开咬，"哈——怎么这么辣？"周祈眼睛泛红，吐吐舌头，去掏自己的帕子，又忘带了……

谢庸把自己的帕子递上，又给她盛一碗汤："喝一口，压一压。"

周祈擦完眼泪，又喝两口汤，才算缓过来。

谢庸帮她把带酱的饆饠撤走，又去取一个空盘来，夹一个新的放上。

"我是又爱吃辣，又吃不了辣……"周祈笑道，"可这酱也太辣了些。"

"这应该是山南道的食茱萸，比旁处的味道重些。"

周祈点头，吃着谢庸给自己夹的那个新的羊扁担饆饠，满口肉香，很是适口。周祈看看谢庸，觉得谢少卿还真不用说什么花言巧语，就这么体贴地陪着女郎吃饭，想来那女郎便无有不允的。

从西市回去，周祈先提前写驯鹰奏表。这奏表写了两天，已经坑坑洼洼的笔头上又添了一层牙印儿，才算勉强凑出来，只等明日回鹘人献了鹰，自己接敕令，再把这驯鹰的计划献上，然后便可以开驯了。

谁知，收到的不是皇帝敕旨，而是蒋大将军的字条——那回鹘神鹰被人杀死了。

陈小六一脸惋惜："老大，那你还怎么升官儿啊？"

周祈点点头，深绯袍子、名刀利剑都飞了。

"我们还等着你升官儿，大吃你一个月呢……"

周祈顺手给他一下子，陈小六胡噜胡噜脑袋。

字条上除了说神鹰被人杀死，还命她参与调查该案。

陈小六不免又有些担心："老大，大将军该不会想把你调去申部酉部吧？老大，我们舍不得你……"

"滚蛋！别肉麻！"周祈笑骂，"我且要跟你们这帮小子捆死呢。等忙完这神鹰的事儿，你们挑地方，可说好了，就只吃一个月的俸钱，多了没有。"

听她如此说，陈小六笑起来。

"走吧，去看看。"周祈把蒋大将军的字条儿揣进荷包。他命自己参与该案，想来还是自己熟悉鹰的缘故，之前又见过回鹘使节。

周祈与干支卫申、酉两支的支长何甫、尤大冈一同到达皇城内鸿胪客馆。他们到时，御史中丞庞青云、大理寺少卿谢庸、京兆少尹崔熠已经到了，另有鸿胪寺卿孙务本和鸿胪少卿许由等鸿胪寺的人以及回鹘使者，都站在那养鹰的院子外。

周祈等还没走到近前，便听到那位回鹘大将军桑多那利的大嗓门，一串儿又凶又快的回鹘话，又有译语人略带惶恐的传译："神鹰是回鹘的圣物……死在了长安……明尊的使者……"

混齐用回鹘语劝桑多那利，又用雅言道："神鹰被害，让人痛惜，但此时我们更不能乱，这杀死神鹰的人定是心怀不轨，想破坏唐与回鹘之宁和，我们万不能遂其所愿。"

几位朝廷官员都点头。

桑多那利神情激动，并不是很听劝的样子，反复唠叨"圣物""明尊""吉祥"之类。

大唐官员中虽以鸿胪寺卿孙务本品阶最高，但他惯常是不管事儿的，其余品阶最高的便是御史中丞庞青云。

庞中丞五十多岁，个子不高，长得慈眉善目。如今朝中几位宰相老的老，病的病，庞中丞是最可能加同平章事，补入政事堂为相的人。

庞中丞神情肃穆，声音和缓："贞吉可汗遣二位使者千里迢迢以神鹰进献我大唐皇帝，此鹰既是回鹘圣物，亦是我大唐之宝，对神鹰之死，某等与二位使者所怀痛惜之情都是一样的。为今之计，我们当勠力同心，查明是谁害了这神鹰，给陛下和可汗一个交代，给神鹰在天之灵一个交代。二位使者以为呢？"

到底是要当宰相的人，一番话有礼有节，桑多那利到底闭上了嘴，勉强点点头。

庞中丞扭头看向三位才到的干支卫将军，对他们和蔼地点点头："你们先去看看鹰吧。"

周祈等叉手称"是"。周祈又看一眼谢庸和崔熠，谢庸也看她，崔熠则撇一下嘴。

周祈与何甫、尤大冈一进院门，先看到两个回鹘鹰奴的尸体，院中屋门处是另外两个鹰奴的尸体，大理寺仵作吴怀仁正在院中填写尸格。

这四个鹰奴都系利刃割颈而亡，身上没有其他伤痕，腰间刀剑都在鞘内，在墙壁、地上青砖、院中花木等处，也未发现什么打斗痕迹，估计他们都是一照面便被杀死了。

吴怀仁陪着周祈等一起走进鹰房。这屋子并没有周祈想象的惨烈。笼子门打开着，那鹰躺在笼子里，身下流了一汪血，旁边又略有一点儿喷溅血，地上散着几片鹰羽。

周祈蹲下，仔细看这鹰。鹰的伤口在胸部，拨开羽毛细看，这伤口上宽下窄，凶手用的应该是刀，也是一刀毙命。鹰爪很干净，里面并没有周祈希冀的血肉，反倒是颈背部羽毛上有擦抹血痕，估计是那杀鹰之人手上被喷了血，便在鹰身上擦了一下子。

吴怀仁与周祈的看法相同，他据血坠推测，这鹰应该是在昨晚戌时到亥时之间被杀的。

庞中丞和谢庸、崔熠走进来，回鹘使团的正、副二使还有鸿胪寺的人没有跟着。

“怎么样？”庞中丞问。

吴怀仁奉上尸格。

庞中丞看过，点点头，看看谢庸和崔熠，又看看干支卫三个将军：“如今没外人，这事儿你们怎么看？”他的目光转一圈儿，又放回到谢庸身上。

“从现场看，当是凶手叫开门，随即杀了给他开门的两个鹰奴，然后走进院子，在屋门外杀死另外两个，最后进屋，从容不迫地杀死了神鹰。”谢庸道。

“戌时亥时客馆里许多人还未休息，回鹘使团的两位使者都说未曾听到呼救打斗声，我让人与附近院子里住客打听，也说没听到什么声响，现场也没有打斗痕迹，几个鹰奴的刀剑都还在鞘里，他们都是一刀毙命，颈间伤痕偏右，长约三寸，位置长短如此一致，这凶手当是一人作案，且刀剑功夫极佳。他出手突然，动作又极快，鹰奴们既未来得及反抗，又未来得及呼救。”谢庸道，“从这些迹象上看，这应该是一起熟人作案，此人是个功夫高手。”

崔熠是个心里不存话儿的："这不就是那位大将军桑多那利吗？他既然是回鹘大将军，功夫应该挺好吧？"

庞中丞让这直肠子逗得笑了一下，却只点头道："熟人作案，功夫高手……是啊，要杀死这样一只神俊的猛禽，又杀得这般干净利落，确实是个功夫高手啊。"

庞中丞问何甫、尤大冈："两位将军，城中胡人，特别是吐蕃人可有什么异动？"

唐与回鹘亲睦，是吐蕃人最不愿意看见的。当初安和公主入回鹘，几次遭遇吐蕃人截杀，若非唐军护卫得力，回鹘也去接应，这位公主恐怕早已香消玉殒在和亲路上了。此时代表唐与回鹘亲善的神鹰被杀死，吐蕃人自然首先被怀疑到。

何甫叉手道："自回鹘使团到来，某等便加紧了对在京西南诸藩特别是吐蕃人的监视，目前未发现明显异动。今晨听说神鹰被杀，某等又加派了暗探，今日，最多明日，便会有更细致的回报。"

庞中丞又特意问周祈："周将军怎么看？"

周祈摇摇头："下官只是觉得这鹰被杀得也太利落了些。回鹘苍鹰动作极快，又凶猛，即便被关在这大笼子里，要杀它也不是容易事儿。反正以下官的本事，是做不到这样利落干净。"

庞中丞再点点头："神鹰被杀，圣人很是震怒，这又关系到我大唐与回鹘的亲睦关系，总要给回鹘一个交代才好，此案就拜托在座诸位了。"

谢庸等都行礼。

庞中丞自回去向皇帝回禀，与相公们商议，何甫、尤大冈出去查在京西南诸藩的细作，这回剩下的才只是"自己人"。

"你们真不觉得是那回鹘人桑多那利？"崔熠问。

周祈道："他自然有嫌疑，他能叫开门，鹰奴们不防备，他功夫也好，但他动机何在？他得回鹘可汗信重，是可汗长子颂其阿布的拳脚师父，他是使团副使，要献鹰，要为颂其阿布求娶公主，他为什么要杀死神鹰？而且，你听他讲经了吗？他是个笃信神佛的人，这鹰被认为是什么明尊神使，让这么一个信徒杀了他们的神灵……有点儿难啊。”

崔熠点点头：“也对，阿周，你觉得像是哪一派的人？”

周祈摇头：“很难说。熟人这种事儿，回鹘使团的人，鸿胪客馆的官员、奴仆，客馆中住的与回鹘亲善的蕃客都能叫开这院门，且不被防备。谁知道这其中藏卧着什么功夫高手呢？”

“从动机上就更没法说了，吐蕃人、混齐或者回鹘使团中其他的人，甚至——”周祈看看谢庸和崔熠，“我们朝中某些人，都不无可能。”

想来这也是庞中丞问到，谢少卿不从动机方面分析的原因。

崔熠看周祈：“我们朝中人？”

“如果这鹰死了，公主极可能就不用和亲了。”

“静安县主？”崔熠摇头，“别开玩笑了，阿周。”

周祈看谢庸：“谢少卿知道。”

谢庸道：“那日我和周将军来看神鹰，鸿胪寺许少卿着意打听颂其阿布为人、年龄、相貌。朝廷中，除了县主的人，想来不会有人在乎对方的年龄、相貌。”许少卿要在这客馆中安排个什么功夫高手，太容易。

崔熠皱起眉头：“难道许少卿是淮阴郡王的人？”

淮阴郡王是戾太子之子，戾太子出事儿以后，与静安县主一度被废为庶人，后来大赦，朝中诸臣劝着，才被封了郡王，从被关押的一处小宅中放出，挪到百孙院教养。他们兄妹患难相守，倒也不无可能……

崔熠自己又摇头：“不能！淮阴郡王是个只知读书的呆子。老谢，不是谁个都像你，又能读书，又精明的……他没这么大能耐。”

周祈失笑，崔熠比自己还没节操呢，不就是想去谢少卿家蹭饭吗？

崔熠问周祈：“你还怀疑是混齐？我看你与他处得好，简直恨不得嫁给他似的……”

谢庸皱眉。

周祈嘿一声："公事是公事，私事是私事，我不就是爱看长得好看的小郎君吗？"

崔熠笑起来，谢庸的眉皱得越发紧了。

"若和亲不成，他就是回鹘与大唐牵扯最深的人。同是可汗之子，回鹘又不讲究嫡长，为何不能是混齐继承汗位？若他继承汗位，想来朝中都乐意得紧，派大军帮忙不至于，但敲敲边鼓是会的。"周祈道。

崔熠还是觉得混齐不是那等居心叵测的："阿周啊，你这是干这一行落下毛病了，看谁都像坏人。"

周祈皱一下眉眼，还未说什么，已听谢庸道："周将军所说，不无道理。旁的案件往往难在没有头绪，此案则难在头绪太多。"

崔熠哈哈一笑："你自己就是多疑多思的，自然觉得她没毛病。若你们俩这样的配了夫妻，家里不得成天跟《细作风云》一样。谁也别想在外面有什么小猫腻。"

谢庸看一眼周祈，又垂下目，淡淡地道："我不会在外面有什么。"

周祈笑道："我也没有。我对美男们，从来是点到为止，断不会从风流堕落到下流的地步。"

崔熠笑起来。

周祈也扬起下巴，风流地一笑。

谢庸抿抿嘴，面上微带不豫之色，说回正事儿："此案头绪虽杂，也比没有头绪的好。我们一一排查，总能找到蛛丝马迹。一会儿我去一趟吏部。"

周祈道："那我们俩就去找回鹘使团，见一见混齐和桑多那利，听他们说说详情，顺便见一见使团里旁的人。"

谢庸点头。

周祈皱起嫌弃的脸："又得让桑多那利喷一脸唾沫星子……"

谢庸看看她，微提嘴角："你站在显明后面一些。"

崔熠："到底谁跟谁是兄弟？还能不能一起混了？"

周祈笑起来。

出乎意料的，这回桑多那利没乱喷唾沫星子，他没空儿，他正亲自带人准备神鹰的丧礼。

见了崔熠和周祈，桑多那利只问一句："神鹰尸首你们可查完了？可以还给我了吗？"

混齐则依旧好说话，对周祈和崔熠的问题有问必答。

"那四个鹰奴是家父护卫，此次被专门拨过来守护神鹰，功夫上不敢说以一当十，却也都是部落里的好手。有人竟然能让他们来不及拔刀，也实在让人想不到。

"行馆里确实有不少客人对神鹰好奇，大食使节赞达和契丹人苏塔纳肆都慕名来看神鹰，都是我们带着他们去看的。我们多次嘱咐鹰奴，除了我们自己人还有大唐官员、行馆仆役，不能私自让旁人进那院子。

"神鹰每日一餐，大约日暮时分喂食。草原上，路上，野兔最易得，周将军懂鹰，知道喂鹰最好勿喂杂食，我们便一直喂它兔子。"

周祈确实是懂鹰的："兔肉很合适，不肥不瘦，吃兔肉的鹰长得壮，没肥膘。"

混齐点头，叹息一声："可惜……"

周祈也惋惜地叹一口气："不瞒贵使，我为能驯这样的神鹰暗自高兴了好些日子，谁想到……"

周祈又问："喂鹰的肉条想来是行馆仆役切好送来的？我在鹰房没见到杀兔子的痕迹。"

混齐再次点头："行馆里送的兔肉都很新鲜。"

周祈又问起昨晚戌时亥时左右的事儿。

"确实未曾听到什么声响。因原定今日献鹰，昨日下午许少卿找我和桑多那利讲礼仪的事，到敲暮鼓才散。吃了饭，大约戌末时分，我便歇下了。奴仆们中或有睡得晚的，一会儿招他们也问问，兴许有听到什么的也不一定。”

周祈和崔熠在回鹘使团所居的几个院子绕了一遍，该问的、能问的都问了，便晃了出来。

“下面做什么？去鸿胪寺找许少卿？”崔熠问。

“谢少卿去吏部了，我们得等等他。”

“对，我忘了问老谢，他去吏部，莫不是查许少卿？”

周祈点头。

“就吏部那官员履历，都是最明面儿的东西，能看出什么？”

周祈笑道：“那你就得问谢少卿了。”

崔熠埋汰谢庸：“人人都说聪明人毛发稀，别看现在老谢头发挺多，保不齐等他年纪大了，头发就都掉光了，‘浑欲不胜簪’……”说着自己先笑了。

周祈想象光头谢少卿的样子，那样的身姿，那样的清隽眉眼，为何竟然觉得有一种别样的好看？若是穿个僧袍，灯下看经……

她正满脑子的不正经，扭头却见那脑子里的身影朝这边行来。

“使团那边如何？”谢庸问。

周祈把查探所得撮其精要说了。

“我有一个怀疑……”周祈看谢庸。

谢庸知道她怀疑的是什么：“从吏部，我也约略查到一点儿东西，我们先去见许少卿。”

许由满脸晦气，脸上又带着些不解：“毕竟是皇城之内，毕竟是各国使节所居之地，我们自谓管得还算严，出入有门禁，馆内有巡丁岗哨，那鹰和鹰奴竟然会悄无声息地被人杀死……”

“有心害人，没有缝隙也能钻出缝隙来的。”谢庸道。

许少卿点点头。

“我们此来，是想见一见典客署的官员，查一查负责回鹘使团衣食住行的行馆仆役们。”

许由懂他的意思：“宴享饮食之事是典客丞苏宝澄管着，其余则归顾甘霖，我差人去叫他们。”

“有劳了。”谢庸微笑道。

差遣了人去叫两位典客丞，许由又看谢庸：“子正疑心这仆役中有细作？这些仆役入馆时，我们都是查过的，也请干支卫申酉二支掌过眼，就是怕其中混入歹人，而且这些奴仆大多都是待了五六年的老人儿……”

谢庸道：“如今还不好说，只能把接触鹰房的人都排查一遍。”

许由点点头。

“许少卿任这鸿胪少卿也有好几年了吧？鸿胪寺事儿多、事儿杂，成天跟这些语言不通、礼仪不同的蕃客使节打交道，也是辛苦。”谢庸微笑道。

许少卿深深地点下头：“刚来鸿胪寺时，有时候半夜都梦到两国使节在客馆打起来了……后来被磨没了脾气，倒也不觉得辛苦了。”

谢庸微笑：“与这些蕃客打交道，总要许少卿这样老成持重的，像我等，保不齐就跟他们戗起来了。”

许少卿笑起来：“子正何必太谦？我也做不了你们的活儿啊。”

谢庸再笑：“许少卿是哪一年的进士？”

“大业二十九年。”

谢庸点点头：“大业二十九年……当时朝中有一位杨侍郎，出自弘农杨氏，诗文写得极精妙，可惜后来附逆戾太子……”

许少卿看着谢庸，片刻道：“到底是大理寺少卿，明察秋毫。谢少卿想问什么便直接问吧。”

“如此，便请许少卿恕某唐突了。许少卿着意打听回鹘颂其阿布的为人、年龄、相貌，可是受淮阴郡王所托？”

“不错。是受了淮阴郡王的托付。郡王与县主兄妹情深，前阵子他还托我给县主做媒呢。”

“哦？男方是谁？”

“国子监的书学博士柳齐芳。”

谢庸微挑眉，想一想，点点头。

“给县主找个九品的书学博士，我本也有些不解，但郡王说，就盼着县主平平安安的，过普通人的日子就好。这柳齐芳醉心书法，也爱教书，于仕途上没有汲汲之心，恰合郡王所求。可惜，还未说定，回鹘使团来了……命也！”许少卿轻叹。

许少卿到底也说起当年渊源：“杨公是某的座主。太子雅好诗文，对杨公极为推崇，也恩及我们这些门生，使某得以在诗会上敬陪末座。当时，太子偶尔也会带才几岁的淮阴郡王去诗会上……”

许少卿看着谢庸，神色郑重：“某自认所作所为并不违反什么朝廷法令，亦无不可对人言者，谢少卿尽可去查，神鹰之死，与某、与郡王和县主都没有关系。”

谢庸点点头，外面来报，典客丞到了。

顾甘霖给几位绯袍官员行礼。

许少卿微微皱眉：“苏客丞呢？”

顾甘霖再行礼，赔笑道：“敲过下衙鼓后，苏客丞便回家去了。”此时已过午，确实到了下衙的时候了。

许少卿道：“差人去家里叫一下他——”

谢庸与周祈对视一眼，打断许少卿：“且不必忙，请先带我们去苏客丞的廨房看看。”

许少卿变了脸色：“难道谢少卿你们怀疑……请，我带诸位去。”

“再烦请叫来苏客丞下面协理宴享等事的掌客们。”谢庸道。

许少卿在侧旁带路：“他们都在一间大廨房中。”

崔熠凑近周祈，小声问：“这苏客丞怎么回事儿？我怎么没看出什么来？”

“客馆里出了这么大的事儿，上官、下属都在，就他自己按时下衙回家，是不是心太大了些？”

崔熠点点头：“对，他又不是我……”

周祈嗤笑一下，旋即正经了神色：“且那鹰死得太容易了些。若是兔肉中被下了药，就说得通了。”

崔熠明白了。

说是“大廨房”，其实不算大，里面放着几张书案，其中一张在最里，用小屏风略做遮挡，此时案前没有人，想来便是苏客丞的位子了。

见许少卿突然带了几位穿绯色袍子的高官进来，三位掌客赶忙起身行礼。

谢庸等走到里面，苏客丞的桌案与大多数官员的办公桌案一样，案上放着几个木盒子，里面插着长长短短的公文，盒子上有签子，什么“节庆宴席”“银钱账目”之类。

又有七八份窄的宽的纸卷堆在左手边儿，打开看，都是与宴享有关的公文，有掌客、典客等呈送的，尚未签批，也有苏客丞自己还未写完的，看那待签批公文上的日期，最早的是五日前。

右手边儿笔架上的笔未洗，但笔洗中的水却乌黑，想是昨日，甚至更早的洗笔水。又有皇历、杯盏之类放在案边儿，周祈用手抹一下那杯盏盖子，略有薄尘。

“这几日苏客丞可有什么异常？”谢庸问几位掌客。

几位掌客互视一眼，其中一个道：“下官等看不出苏客丞什么异常，只似比平时脾气略急躁些。”

“他平时堆积公文吗？”

那掌客道：“偶尔忙了，呈送上去的公文会拖一两日。”

谢庸伸手拿过几个木盒中的公文来看。周祈则翻看他案旁小柜中的东西。柜中都是些私人杂物，并没有什么特别的。

谢庸浏览得极快，在查到本月采买账时，他的目光定住。

账目中最新的是今日的：“腌蟹十坛、青鱼草鱼等杂鱼五十斤、野兔十只、鸡子一百斤、山鸡三十只、腊肉五十斤……”后面又有价钱，供货的是西市范家老店。再后面是掌客赵盛明签字和典客丞苏宝澄签字。

谢庸往前找一找，两日前从这范家老店还采买了野荠三十斤、枸杞二十斤、梅子酒二十坛、木耳二十斤……

谢庸看着那掌客：“赵盛明掌客？”

赵掌客忙道：“是下官。”

谢庸点头：“赵掌客与某等说说你们采买的事儿。”

赵掌客禀道：“客馆里所需之物大多是工部供给，并不需要外购。但总有供给不足的，便会去东、西两市采买。”

“苏客丞拟采买单子？”

“是。苏客丞拟了单子，交与下官，下官誊抄了，着人送去东、西市的供货商人那里。我们在东市、西市择了几个老成的供货商，不太难得的东西，当天便能送来。然后按月把采买单汇总了，上报签批，打总关钱。”

“供货商人可有回单，或者供选货单？”

赵掌客忙道：“有，供货商人那边有什么好货色，也常呈送货单供选。”

“这些选货单可有留底？”

赵掌客赔笑：“收到便一并交与苏客丞了，至于苏客丞有没有留底，下官便不清楚了。”

苏宝澄的案上并没有这些，案旁废纸篓中也空空如也。

“西市范家老店近几日可送了选货单？上面写的什么你可还记得？”

赵掌客面有难色：“送了，但单子上有什么，下官……不太记得住了。”

参照那账册上的名目，谢庸道：“比如，腌鱼、腌蟹、腌菜、腌蛋、野韭、野荠、野蕨、青鱼、青蒜、青精酒，还有山鸡、山菌、腊鱼、腊肉？”

赵掌客面现纳罕之色，便是许少卿和崔熠也不明白何以谢庸查问这个，还报起了菜名，崔熠看看谢庸，又看周祈。

周祈微皱眉，腌——野——青——山——腊——

赵掌客叉手：“谢少卿一说，下官想起来了，范家老店前日送来的单子上有腌鱼，有青蒜。昨日送来的单子上有腌蟹，有青鱼。山鸡、山菌、腊鱼、腊肉这几日也每每出现在单子上。我还说，他们怎么总弄些腌腊货，如今天气和暖，合该吃些新鲜的。”

谢庸看崔熠和周祈：“去苏宝澄家和西市范家老店拿人吧，范家老店极可能是细作窝点。”

听了这话，许少卿和掌客们俱都面色一变。

谢庸又对许少卿道：“此间事儿便拜托许少卿了。”

许少卿忙道：“某晓得，子正尽管放心。我马上传令加强鸿胪客馆的门禁和戒备，此廨房也暂时封存。”

谢庸点头，临出门又问一句：“苏客丞可会功夫？”

许少卿和掌客们都摇头。

谢庸与崔熠、周祈走出鸿胪寺，来到皇城外，门口儿有他们带的衙差。

周祈嘱咐带队去捉拿苏宝澄的衙差：“那杀神鹰的高手应该不是他，但事有万一，小心点儿。”

衙差们叉手，上马而去。

周祈上马，带着陈小六和剩下的衙差奔西市。

谢庸亦上马："显明留在这里坐镇，我与你同去。"

崔熠如何是老实待着的："一同去，一同去！"

周祈赶忙摆摆手："二位都在这儿等着吧，我自己带人去西市就行。"说着便打马走了。虽则上回谢少卿帮了自己的忙，周祈还是不愿让他跟着，他跟崔熠，一个君子草，一个富贵花，往那有刀有血的地方瞎凑什么？

谢庸对崔熠正色道："若有变，还需你调兵遣将。"说着便打马跟上周祈，剩下一脸悻悻的崔熠。

从含光门到西市，走着也不远，骑马更是顷刻便到。在市署西米面菜肉行外下马，周祈看看身后跟过来的谢庸，皱下眉头。谢庸想起那日在破庙里她说"其余人等"来。

在暗中看一看，范家老店关着门，未上锁，店内当有人。周祈挥手让人去侧面后门等处包抄，又在外围安排了机动的"补刀客"，自己带人从正面突进去。

这时候的她，谢庸又觉得不像虎了，倒有些像花豹子，迅捷，勇猛——漂亮。谢庸突然想起梦中那个叫豹子奴的机灵女儿。

周祈正待抬脚踹门，身旁却冒出一条长腿踹在那店门上，只看那官靴和袍角也知道这是哪个没眼色的跟自己抢踹门的买卖，周祈悻悻地收回腿，冲进去。

掌柜和两个伙计都抽出刀来，周祈与其中一个人高马大的伙计战在一起，谢庸对战那掌柜，另有两个衙差对战另一个伙计，其余衙差奔向后院。

周祈扭头看一眼谢庸这边，想不到那看着五六十的老掌柜竟然是个高手，刀法很是狠辣。谢少卿与人打斗少，又太君子，恐怕要吃亏。

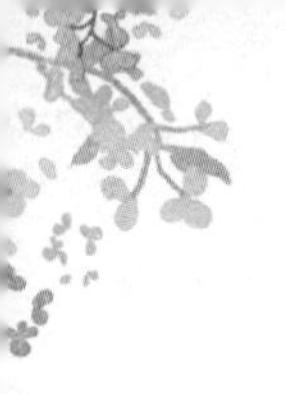

周祈紧挥两刀，想速战速决。这大个子却也不是很容易对付的，周祈皱着眉头，全力施展开来。

除了上次在破庙中与齐大郎斗了那一招半式，谢庸已经有十几年不曾打过架了——与杨先生及罗启他们只能算对招。看得出，面前的老者极善打斗，是刀头舔血中练出的功夫，带着狠戾的血腥气，招招致命。

老掌柜举刀来砍谢庸的脖颈，谢庸侧身以剑相格，老掌柜抽刀捅他胸口，谢庸再避再格……

老掌柜固然刀法狠辣，但他是贼，对上官，心里未免焦躁，面前的小子又只守不攻，老掌柜一时也奈何他不得。老掌柜又发现这个小子似有越打越从容之势，不免更加焦躁起来。

谢庸便是此时出手，以缠招让老掌柜暂时不得收刀，自己却扭身抬脚踢他脖颈，老掌柜赶忙以另一手相格，却哪知这一脚踢向的是老掌柜持刀的手臂。

老掌柜到底功力不俗，在手臂被踢到之前，变招挥刀斩谢庸上臂。

“噹啷啷！”一刀一剑同时脱手。

周祈听见刀剑落地声，不禁大惊，扭头看，便发现谢少卿竟在与人肉搏，拳拳到肉的打法，砰砰砰……

周祈心想：行吧，我信你也曾有过街上打破头的岁月了。

周祈一刀快似一刀，刀刀不离大个子伙计的腰腹，其胸前一片刀影。

伙计身高力大，腾挪灵动上便稍微差一点，最怕这样紧密的快招。他左躲又挡，几次想化守为攻，用力量压制面前这凶狠刁钻的女人，却都被迫收了回来，还差点儿让她在胸前开了血窟窿。

又一刀攻大个子左胸，大个子出刀格挡，哪知那刀竟轻飘飘的。大个子隐觉不好，正待变招，那刀已闪电般顺着他的刀上滑，大个子仰身躲避未及，那刀已经抵在了他的喉间。

这种凶徒一个人不好捆，保不齐会“诈尸”，若是平时也还罢了，今日周祈却不愿再出波折……

“砰——”不远处两个人砸在货架上。

周祈抬脚侧踢，把大个子伙计踢晕了过去。

老掌柜出拳攻谢庸的面门，谢庸侧头，去抓他手腕，老掌柜的胳膊却似灵蛇一般避开，去捏谢庸喉咙。

谢庸以掌相挡，抓住他的拳头，顺手一拽，另一手抓住其肩膀，转身，把老掌柜从头顶摔了下去。

老掌柜趁势双脚剪住谢庸脖颈，两人翻滚起来。

看老掌柜在上，周祈忙提刀上前，老掌柜伸手去掐谢庸脖子，谢庸不挡不避，出拳狠砸老掌柜的太阳穴。

老掌柜被打得歪向一边，晃了两下，周祈上前补了一脚，老掌柜终于倒在地上不动了。

谢庸捂着喉咙，咳嗽两声。

“没事儿吧？”周祈问。

谢庸摆手。

周祈上前把与衙差对打的伙计也踹翻了，后院中也擒住两个。有一个试图翻墙而逃，被外面的衙差逮住了。

衙差们捆人的捆人，搜查的搜查。周祈把刀插回鞘里，看向谢庸。真是从未见明月清风的谢少卿这个样子过，嘴角破了，嘴边儿面颊微微青紫，估计很快就会肿起来，袍子领口散着，脖颈间掐痕清晰可见，看着很是触目惊心。

“我没事儿。”谢庸笑道，却又不禁微“咝”一声，嘴角破处渗出些血来。

周祈皱着眉：“谢少卿，我怎么之前没发现你这般勇猛呢？还会杀敌一千，自损八百？”

谢庸怔了一下，想说什么，又停住，估计是怕嘴疼。

“脖颈这种地方，岂是可以掉以轻心的？”周祈继续冷着脸训话。

谢庸看看周祈，神情肃然，眼角却微微翘起，“嗯”了一声。

见他认了错，周祈不好揪着不放，只又瞥他一眼，转身走了。西北才子，进士及第，冷静自持的大理少卿，打架血气上了头，就跟禁苑里的公狮子一样，哼！男人！

看着她的背影，谢庸嘴角也翘起，又不由得微抽一口气。谢庸从袖中掏出帕子，印印唇边儿。

周祈的气来得快，去得也快，到抓了这些细作去了大理寺，崔熠也赶到时，周祈已经又笑嘻嘻的了。

大理寺廨房有谢庸的常服，他略梳洗，换过衣服，虽嘴边青紫，却已又是那位风姿秀雅的谢少卿了。

饶是如此，崔熠也吃了一惊：“老谢，你挨揍了？”

周祈“哧”地笑了：“谢少卿差一点儿破了相。若真破了相，等以后大同世界了，出去卖画卖字都得掉价钱。一样的字画，原来清俊的时候卖，可以卖二百钱，若遇上富贵女郎，兴许还能再多得二百；歪嘴缺牙了去卖，只能卖五十。”

崔熠看谢庸也没什么事儿，便笑道：“让你说的，老谢不是卖字卖画，成了卖脸了。你自己看人看脸，就只当别人也这样。”

崔熠又与周祈道：“阿周，你不懂。像我和老谢这种，长得太好看，脸上多一道剑痕刀痕，才够劲儿，汉子味儿也更浓。”

听他说汉子味儿，周祈无端地想起今天谢少卿的肉搏战来，嘴上却“哼”一声：“叫你这么说，街上的地痞无赖汉最有汉子味儿。”

“反正我只爱清逸洒脱美少年。”周祈补一句。

谢庸摸一下嘴角儿。

“浅薄！”崔熠批周祈。但转头，崔熠又对谢庸道：“不过话又说回来，世间女子皆浅薄，咱们还是保着这张脸吧，不然以后真娶不上新妇。”

谢庸微笑，看一眼周祈。周祈“哼”一声，也笑了。

外面衙差来报，去抓捕苏宝澄的一队回来了，苏宝澄已抓到。

不大会儿工夫，领头儿去抓捕苏宝澄的进来交差。

谢庸道了“辛苦”：“抓捕可顺利？那苏宝澄可曾拒捕？”

“老实得很，见到我们便变了脸色，我们上去就摁住了。”

谢庸点头。

“他们家也搜了，并没什么可疑之物。他家里除了其妻其子，另有两个老仆，一个婢子，这些妇孺老人我都没动，但是留了我们的两个人在那里看守，不许他们随意出入。”

谢庸点头：“很好。”又再道了辛苦。

大理寺王寺卿进宫了，这苏宝澄和西市范家老店捉住的人便暂时不审。

三人只接着坐在谢庸廨房说话。崔熠奇怪：“老谢，你如何知道这范家老店是细作窝点？那采买单子有什么猫腻？他们在里面下毒？”

“这种账目都是收货办事儿的府、史等人按照采买单誊抄的，字迹与典客丞苏宝澄、掌客赵盛明都不同，也就是说这账上名目就是当初苏宝澄所拟采买单的样子。”谢庸道，“那上面有腌蟹、青鱼、野兔、鸡子、山鸡、腊肉——”

“对啊，这怎么了？”崔熠奇怪，又笑，“你竟然能记得住那账单子。”

“因为我有诀窍。你以每项头一字反切拼合试试，便知道了。”

崔熠虽不学无术，却也会反切之法：“应——衣——杀，鹰已杀？”崔熠略睁大眼睛。

谢庸点头。

“事发前两日，典客署还从这范家老店采买了野荠、枸杞、梅子酒、木耳，这个后两字连反切都未用，只用同音。”

“有——梅——木，有眉目？”

“两次的采买单子皆能凑出意思，这当不是凑巧。再加上这苏宝澄手边儿的公文积压五日，喝水杯子上有灰尘，可以想见这几日这位苏客丞是怎样的心不在焉，坐卧不宁，且这苏宝澄本也有疑点。”

崔熠点头：“阿周说了，出了这样的事儿，上官、下属都在，苏宝澄自下衙走了，未免太过心大；还有神鹰这样的猛禽被杀得太过干净利落，可能是被下了药，这苏宝澄又正好是管着厨事的。”

谢庸点头，微笑着看周祈：“周将军聪慧。”

周祈只一笑。

谢庸接着道：“从苏宝澄传的两句信息来看，他当是奉命者，范家老店则是发出指令者。此事既是围绕杀死回鹘神鹰而行，范家老店在选货单上便极可能会有‘鹰’‘杀’等字，用反切法来写，最常见的便是‘腌’‘野’‘青’‘山’‘腊’等开头的吃食。”

崔熠懂了谢庸为何能猜出范家老店选货单上有哪些东西了。

“两日前苏宝澄传递的‘有眉目’，我猜，或许是他买到了可以让鹰吃了安睡的药，也可能是找到了可以让外面细作混进皇城的办法。”

“西市那范家老店可搜到了什么东西？知道是哪方的细作吗？”崔熠问。

“找到了刻有吐蕃文字的符牌，还有用吐蕃文写的书信。”

“果然是他们……”崔熠摇头叹道，“用采买货单上名目首字反切来传递信息，这些细作简直比传奇上还玄乎。”

崔熠又神吹朋友：“老谢，我看你比那《南北迷案》上的陈生也不差什么。你说呢，阿周？”

周祈颇迷恋那陈生，听崔熠把谢庸与陈生相比，觉得，谢少卿固然是极聪敏精明的，还好看，还会打架，但陈生……陈生是不同的。别的不说，不会说笑话，还每每硬说，这个谢少卿就做不到——谢少卿比陈生还是少了那么两分可爱。

崔熠看着周祈，等她回答。谢庸端着杯盏，垂着眼帘，拿盖子轻刮杯中茶粉。

周祈轻咳一声："我们真人何必与传奇里的纸片人比呢？"

崔熠"嘁"一声。

谢庸饮一口茶，估计是碰到了嘴中伤口，微皱一下眉头。

周祈自谓是个心软的，今天谢少卿受苦了，此时便想哄哄他："旁的不说，至少谢少卿比那陈生好看。"

《南北迷案》中说陈生容长脸，有些清瘦，眉眼如何却是没写，但传奇中众人从未有一个夸他好看的，只里面原六郎赞他"挺拔的翠竹一般"，由此看来，陈生面貌平常。

听她又绕回到相貌上，崔熠笑起来："阿周，你这爱看美貌小郎君的毛病能不能改一改？怎么又扯回到好看不好看上了？"

周祈又开始嘴瓢："我是心疼！"

谢庸喝茶的动作一顿，抬起眼。

崔熠起哄地笑起来。

周祈看崔熠："谢少卿这样的相貌，嘴边却青紫一片，嘴角也破了，像不像一把名剑，被崩了个口子？"

崔熠想了想，竟然觉得这比方打得也算有理。

"凡是会些刀剑的，见到名剑崩口儿，谁不心疼？"

崔熠点点头。

谢庸接着低头喝茶。

周祈却看着他苦口婆心地劝道："夫子说，身体发肤，受之父母。还请谢少卿多自珍重才好。"周祈正要再拿谢少卿喜爱的字帖书画孤本善本之类举个例子，谢庸已经肃然着脸道了谢。

周祈也便只好打住了。

看看静坐喝茶的谢少卿，特别是他嘴角儿的青紫，周祈心里又跟猫挠似的……东市卖玉的总说，美玉上微有瑕点才可爱，果真是——又可怜，又可爱……

周祈的手指无的放矢，只能轻敲自己的腿。

王寺卿回到大理寺时已经不早了，见了谢庸，也是先惊问："这是怎么了？"

听谢庸说是捉细作时，让拳头擦了一下子，不由得嘱咐："幸好没破相，不然日后该被新妇子嫌弃了，以后切要小心着些。"

崔熠和周祈笑起来，周祈觉得王老翁果然是同道中人。

谢庸说话不方便，周祈代为禀报了抓捕吐蕃细作和苏宝澄的事儿。

王寺卿点点头："防不胜防啊。"

这样涉及回鹘圣物、吐蕃细作的大案，由王寺卿亲审，谢庸与崔熠、周祈一样坐在堂下听审。

苏宝澄被带上来。他三十余岁模样，穿着青色官袍，略胖，本是一副福相，此时却满脸愁苦悔恨。

"一切皆因小贪，造成今日之祸。"苏宝澄垂着头道。

择这西市范家老店做鸿胪客馆的供货商人，一则是他们确实货全价优，一则也是那老掌柜会做人，奉承话说得好，私馈的礼金给得足。

"曹掌柜打听下官家在何处，每隔一阵子便会给下官家里送些外面来的新鲜吃食货色，又往往爱给犬子带些孩子爱的糖果子或是胡人玩意儿，故而送东西的伙计与下官家里人混得很熟。"苏宝澄道。

"六日前，下官下衙回家，在坊门外被一个乞索儿撞了一下，手中便多了个字条儿。展开看，那字条上说犬子被他们绑了，让我杀死回鹘神鹰，换得犬子平安。有事儿便用与范家老店的采买货单以反切之法传递。下官回到家，家里竟尚不知犬子被人绑走了……"苏宝澄抬起头，"下官这个年纪，只此一子，我，我，真是不得已啊……"

王寺卿道："说说你如何引细作入皇城，又是如何杀死神鹰的。"

"我没有引细作入皇城！"苏宝澄睁大眼睛。

"下官官小位卑，哪里能带人进皇城？况且，"苏宝澄声音小下来，"皇城是官署重地，后面就是宫城，细作进来若做下什么大事儿，下官万死难辞其咎。"

周祈微眯眼睛。

"范家老店总是在选货单中催促，但下官手无缚鸡之力，如何杀得了神鹰？下官突然想起一个胡人说过的大食僧人制售秘药的事儿。那秘药中有一种可让人昏睡的，若多吃了，便会致死，且让人看不出死因来。听说那胡僧已是被抄灭了，那药极是难买，下官几经辗转，才从黑市一个胡人手里购得十丸。我把药磨成药粉，趁着去查厨房时，掺在为那鹰备的新鲜兔肉条中。

"晨间到了鸿胪寺，便听说神鹰死了，我赶忙给范家老店传信，让他们放了犬子。"

"你是说，你只是下药，后面又有杀手与你不谋而合，去杀了神鹰？苏客丞，这是不是太巧了些？"王寺卿道。

苏宝澄忙道："这杀手是谁，下官真不知道。下官听说那药二十丸便足够让一个成年壮汉昏睡，再多几丸，他就醒不了了。这鹰虽神俊，也不过三尺高，十丸当足够了。既然够了，下官何必多此一举，再让人去动刀？"

王寺卿与堂下的谢庸对视一眼："那几丸药是什么颜色？"

"好像微有些紫。"

王寺卿微微点头，又变着样子设套儿问了几遍，苏宝澄话中都未有什么漏洞，王寺卿挥手，让人把他带了下去。

审那几个吐蕃人却着实费了些周折，王寺卿动了大刑，才撬开他们的嘴。

这些吐蕃人是前年潜来长安城的，一直没怎么动，这是头一回做大事儿。他们所言过程与苏宝澄说的能对得上。

退了堂，王寺卿扶着腰站起来，叹一口气道：“这事儿啊，恐怕还另有其人。”

老翁是经过大风大浪的，对谢庸、崔熠、周祈道：“不管是什么人，还有什么隐情，都得明日再查了。都回家！回去睡一觉。”

谢、崔、周三人骑马，随护王寺卿的马车向东而行。到朱雀大街，王寺卿与崔熠继续往东，谢庸、周祈往南回开化坊。

叫开坊门，胡噜胡噜肚子，周祈问谢庸：“你说这会儿赵家粥铺子关门没有？”

“那便去看看。”谢庸道。

周祈一笑，骑马拐进一条曲内。

粥铺主人正摘门口的灯笼，周祈是常客，粥铺主人认得她：“没有粥饭了，女郎明日再来吧。”

周祈极可怜地道：“打扫打扫锅底儿也行啊。没有这口吃的，我们就得饿着肚子睡觉。”

两个穿官袍的，家中岂能没有奴仆？但大半夜的，这样一位女郎寻来这样说，粥铺主人能怎么样？

粥铺主人又把灯笼插回去：“好在火还没熄，又有炖好的豕骨汤，给二位下点馎饦吧？”

周祈喜笑颜开：“好，麻烦店主人了，我们不挑。”

店里灯烛已经灭了大半儿，周祈和谢庸拣了靠窗的一张食案对面坐下，一个小伙计把灯烛挪到他们案上。

赵家粥铺子里的其实是单人食案，不比胡式大桌，也比不得谢家堂中大榻上的方案，不过二尺多宽，这样相对而坐，周祈都能看清谢庸的睫毛。

谢庸微垂着眼帘，坐得很端庄。

从前离谢少卿比这更近的时候也有，但都是同侧，少有这样面对面的时候。周祈觑着眼看他。谢少卿的睫毛其实算不得长，却很浓密，这样垂着眼帘，让烛台的光一照，便在眼睛上落了影子，显得目光深邃，好像有千言万语要跟——周祈看看自己面前的碗箸，要跟这碗箸讲一样。

周祈促狭地一笑。

谢庸抬眼看她。

“你这脸有些肿了，怕是须得敷一敷，搽些药，不然明日肿得更厉害。”周祈正经着脸道。

“明日去买来搽。”

“我那里还有上回脚脖子扭伤剩的药，其中有一种药膏子，擦了，覆上干净的布，不耽误冷敷，便是伤后头一两日用的，你应该能用吧？”

谢庸微笑点头，他的脸有些肿，说话越发少了。

周祈也不看他睫毛了，改而真的看他的伤，右半边嘴角旁的一片似青紫得越发厉害：“牙齿没事儿吧？”

谢庸摇头。

周祈点头，幸好只是让拳头擦了一下，若是让拳头砸实了，估计半口牙就没了。

粥铺主人亲自用托盘端了两碗馎饦来，盘上还有几碟就汤粥的小菜：腌豆腐、咸鸭蛋、香油疙瘩头咸菜、腊肉丁子咸菜。

骨汤馎饦中只有些零散的油星儿，白白的面片儿，青绿的香菜末，看着很是清淡，周祈用汤匙舀一口汤，吹吹喝了，满口香！

“真好，足以续命！”周祈笑道。

粥铺主人笑起来：“也简单，味道都在汤上。用大骨熬汤，熬足半日，做出来就是这个味儿。”

周祈摇头："学不会，只会烧水。"

粥铺主人再笑，他本也没指望这样一个穿武官缺胯袍的女郎会熬汤，他说的是奴仆们，此时却凑趣看一眼谢庸，笑道："那便只能郎君学了。"

周祈正待解释，已听谢少卿道："我会熬汤。"

周祈笑起来，改而替他神吹："不只会熬汤，还会烤羊肉，会做腊肉八宝饭，会做好些吃的。"

粥铺主人还能说什么，只能笑着赞叹："女郎好福气。"

周祈知道粥铺主人的意思，但自己与谢少卿比邻而居，确实也算好福气，便眯眼一笑，拿起汤匙又舀一匙汤。

谢庸微笑着看她一眼，也低头吃起馎饦来。

粥铺主人识趣地拿着托盘退下。

周祈把腌豆腐、疙瘩头咸菜、腊肉丁子都尝了尝，又磕开一个咸鸭蛋，用竹箸抠咸蛋黄吃。

这店里腌的鸭蛋极好，皮儿刚磕开，就渗出金黄的油儿来。

周祈抠一块吃了，又香又沙又软："尝尝，好吃！咸菜太硬，你嚼不了，就这个正好。"

谢庸依言也拿了一个鸭蛋磕开，用竹箸挖着吃。

"好吃吧？"

谢庸笑着点头。

粥铺主人去厨下与伙计一同收拾，又剥了一会儿新蒜，外面客人便离开了，案上放着多出不少的饭钱。

伙计把钱送去柜上，回来把空汤碗、空蛋壳、略剩了些汤水的碗、剩了所有蛋白的鸭蛋壳并剩的咸菜，都拾掇到一起。

粥铺主人提着外面拔的灯笼进来："明日再洗刷吧，回去睡觉。"

从西边拐进小曲，谢庸、周祈在周祈家门口停住。

周祈道：“你等等，我去给你拿药膏子。”

谢庸清清嗓子：“还是算了，都这个时候了，回去搽药什么的又是一番扰攘，我明日找个医馆看看吧。”

周祈知道他是怕唐伯听见，不由得一笑，怎么跟小孩子一样，今晚拖过去，难道明日唐伯看不见的？

“来吧，我家不怕扰攘。”

谢庸眼角微翘，轻声道：“多谢周将军。”

谢庸净过脸，老实地站在堂中等着。周祈拿了药膏子、干净绢布出来。

站在谢庸面前，周祈用银簪从罐中挖出药膏来抹在谢少卿伤处，又用食指轻轻涂匀。

感觉着脸上的清凉温柔，谢庸垂着眼看她，她额角鬓边有许多细碎毛发，弯弯曲曲的，额上皮肤很是白皙细腻，眉毛很长，却不宽，有些斜飞入鬓的意思，一双杏眼，时常灵动地眨一眨，鼻子略翘，嘴巴……

谢庸又把目光放回那额角的细碎头发上，心里笑她，真是处处都桀骜不驯。

周祈厚厚地往谢少卿脸上糊了一层，捏着他的下巴看看，笑起来，真是多美的相貌也禁不住这样让自己糟蹋啊。

谢庸抿抿嘴。

周祈笑着警告他：“别动！”

谢庸微瞪她一眼，嘴巴却没说什么。

周祈拿过剪好的绢布盖在药膏上：“行了！明日再来换药。”

谢庸微笑：“多谢周郎中。”

第二日，周祈吃过饭便去见蒋大将军汇报昨日的事儿，恰碰见申、酉两支的支长。两人见了周祈都拱手：“多谢阿周了。”

周祈笑着还礼：“自家兄弟，说什么谢？”昨日捉到细作以后，她就让人去与申、酉二支通了气儿。何甫、尤大冈得以亡羊补牢，顺藤摸瓜又端了两个吐蕃细作窝点，不然今日见了蒋大将军，就只剩了自请惩处了。

看着何甫脸上挂的彩，周祈多问一句："这是怎么了？"

何甫摸一下脸："运气不好，昨日捉吐蕃细作，蹭了一下。"

周祈笑起来，老何跟谢少卿一样倒霉。

"怎么样？要不我回头儿写个好运符，你挂上？"周祈问。

"正想找你说呢。据老杨说自从得了你的好运符，连赌钱都多赢两把。"

周祈："那可能不是我的功劳。"

何甫、尤大冈都笑起来，周祈的牌技、牌运在干支卫是有名的。

周祈又送出去两张好运符，琢磨着也应该给谢少卿一张，只是怕他那种不语怪力乱神的孔圣门徒不愿意要。

辞别了两位干支卫同僚，周祈走进蒋大将军的院子。

蒋大将军正端着粥碗喝粥，案上放着银丝饼、鸭肉卷、煮鸡子并些就粥小菜。这是才吃朝食，想是才从皇帝那儿退下来不多久。

在周祈看来，年老的今上实在算不得什么英明君主，多疑，刚愎自用，醉心长生之术，于政事并不勤勉，却还一副要把这皇帝再做五百年的样子。但据说他早年的时候也曾励精图治，重用贤良，改革弊政，平乱减赋，压制藩镇，被称为中兴之主，可惜……

是因为皮囊老了，所以糊涂了吗？

但朝中几位宰相，大理寺王寺卿，也都不年轻了……或许是皇帝这个位子格外耗人吧？就像传奇里吸人精魄的食人花一样。

蒋大将军能在这样一位皇帝身边一待几十载，且被信重若斯，真是不容易。

周祈满肚子的大逆不道，面上却一派老实，等蒋大将军放下粥碗，擦过嘴，便叉手把昨日捉拿审问苏宝澄和吐蕃细作的事儿仔细说了：“依属下看，那杀手或许另有其人。”

蒋丰点点头：“大理寺王寺卿给圣人上了条陈，他也这么说。”

看他面色还算和悦，周祈颇有些诧异，皇帝早惦记这鹰，鹰死了，定是要雷霆震怒的，如何蒋大将军……

看出她的疑惑，蒋丰道：“是江阳郡公劝了圣人，说那鹰也不过是只罕见些的鸟罢了，岂有一只鸟可以让人成仙成圣、不入轮回不堕地狱的？胡人胡教不当信。”

周祈点头，原来如此。江阳郡公就是太史令陈先。这位郡公早年明算科及第，初在工部，后因写了《历法改良议》，被今上赏识，调入太史局，很快便被擢升为太史令，累封爵至开国郡公，是个能耐人物。现行历法便是他主持编制的。

这位郡公与周祈一样爱装扮成道士，据说是因其八字不好，早年被舍入道观，后来长大才还俗参加科举，娶妻生子。

一样都是假道士，人家就能推算历法，周祈就是个自己的钱袋子都算不清的，人比人啊……

周祈又道：“神鹰死在我们这里，又有我们的官员掺和进去，只怕那回鹘将军桑多那利会不依不饶，生出什么故事来。”

蒋丰笑道：“回鹘如今不是从前兵强马壮的时候，他此来是修好的，当不会如何。”

“属下是怕这神鹰之死，让那位大将军悖乱了。您没见他对那鹰爱得多深沉。”

蒋丰微微皱眉：“小娘子家，这般说话！”

周祈讪讪地一笑，叉手赔礼。

蒋丰到底也笑了。

二十年来，头一回被蒋大将军“管教”，周祈颇有两分感慨，张口想说什么，到底打住，又说两句闲话，便告退出来。

事实证明，周祈颇有两分老鸦嘴的意思，回鹘大将军桑多那利果然出了幺蛾子。

他越过正使混齐，直接给朝廷上书，说神鹰是明尊派往回鹘的使者，如今却死在了唐，神鹰之死，或致回鹘诸部之乱，故而要储兵甲以备之，要求于绢马互市外，以马羊换弓矢、刀剑、铠甲等器械。

从来朝廷都禁止铜铁、兵器流入外藩，只极少几次，皇帝破例诏赐兵械铠甲。桑多那利这是想借神鹰之死，让皇帝破例一回了。

许不许兵马互市，嫁不嫁公主，嫁哪个公主都要再议，那神秘刀客暂时也无影踪，回鹘神鹰的丧礼如期举行。

到底还未举行献鹰之仪，唐要只死鹰也没用，桑多那利想按回鹘之礼把它烧了，然后带回回鹘，唐廷答应了，皇帝派了两位宫使来参加丧礼。

鸿胪寺卿、鸿胪寺少卿等鸿胪官员，还有谢庸、崔熠、周祈这些查神鹰之死案的也在。

沐浴收拾过的神鹰被放在小棺中，按照回鹘习俗，混齐和桑多那利等骑着马围着这鹰转圈儿。

周祈轻声问谢庸和崔熠：“他们一会儿不会还剺面吧？”周祈杂书看得多，颇懂些异族风俗。所谓“剺面”者，便是回鹘人丧葬礼上用刀划面以示哀悼——其实这用刀子划脸，也不只丧葬礼上用，请愿、讼冤、表忠贞之类的时候，为表强烈之意，都可能用到。

周祈没猜错。从马上下来，桑多那利站在棺前，抬手抚摸一下神鹰的羽毛，凝视片刻，便开始剺面，用刀子划破面颊、鼻子、耳朵，还割断几股发辫，混齐亦沉着脸拿刀割破耳畔。

崔熠也算见惯血腥场面的，还是被这回鹘人习俗给震了一下，他扭头对周祈小声道：“我都觉得脸疼。”

周祈微微点头，目光却未离开桑多那利。谢庸负着手，满脸肃然。

候赘面礼毕，两个回鹘侍从拿火把点燃小棺下的树枝，火噼里啪啦地烧起来。

又等一阵子，火渐渐小了。回鹘侍从扑灭那小棺上的火，桑多那利亲自取神鹰骨灰放入瓮中。

这神鹰丧礼足持续了半日才算完。宫使大约很看不得血腥场面，丧礼一结束，便匆匆走了。其余诸人来到混齐所居院子的正堂坐下。

混齐脸侧的伤已经上过了金疮药，桑多那利伤口的血亦自行止住了。混齐谢过鸿胪寺官员及谢庸、崔熠、周祈特来参加神鹰丧礼的厚意，由孙寺卿代为客气回去。

桑多那利则问："不知贵朝关于以马羊换兵器铠甲的事议得怎么样了？"

听了译语人的传译，孙寺卿尴尬地笑一下："还在议，贵使莫要着急。"

桑多那利面现不悦之色，又有刀伤，显得颇为吓人。

谢庸肃然道："请恕某直言，某以为，回鹘诸部不平，非是多备兵甲可解的。其作乱，乃是因为缺少教化，目无尊上。贵使不若上奏表，请求公主下降回鹘时，随以礼乐之使，以礼以乐教化之。"

桑多那利的脸沉得越发厉害。

周祈道："谢少卿说得是，多带书籍，若有大儒愿意同往就更好了。"

听了周祈这话，崔熠几乎惊掉下巴，他扭头看周祈，周祈面向桑多那利，满脸真挚。

谢庸点头："虽回鹘是苦寒之地，但儒生多有以天下为己任者，想来是愿意去的。相信不出几十载，回鹘诸部便人人君子，礼仪周备。贵使试想，若回鹘年轻人皆如正使这般，该当多好！"谢庸看看混齐，又看桑多那利，面上带着殷殷之色。

桑多那利咬咬牙。

谢庸越发没有眼色地道："神鹰是明尊神使，此次降于回鹘，在唐升天，目的或许便在于此了。”

“胡说！就是因为这些不成器的玩意儿，神鹰才下凡受难的！”桑多那利冲口怒道，“一个个软卵子，讲究吃喝，穿丝绸衣裳，连马都跑不快，弓都拉不开，哪里有半分像我回鹘儿郎？”

混齐紧紧地抿着嘴。

听译语人磕磕巴巴地译了，谢庸神情变得淡淡的：“所以贵使是把回鹘年轻一代的奢靡之风、不振之气，归罪到我朝礼仪教化上了？”

桑多那利冷哼一声，没有说什么。

“所以贵使便在唐杀了神鹰，妄图挑起回鹘对唐之不满，消弭唐风对回鹘之熏染，希望令部重新找回狼鹰之性？”

鸿胪寺卿和鸿胪少卿都变了神色，孙寺卿张张嘴想提醒谢庸须得说话谨慎，但看着谢庸笃定冷静的样子，到底把嘴闭上了。崔熠虽惊讶，但被谢庸和周祈时不常惊一下习惯了，故而维持住了其京兆少尹的风度，周祈则只抱着肩听着。

桑多那利冷硬地道：“你这是污蔑！”

“贵使可知道，你其实留下颇多破绽？”

桑多那利看着谢庸不说话。

谢庸道：“经书上说，神鹰在五明佛对战黑暗之王时舍身相护，是个牺牲自我、舍生取义的神使。贵使便以为这次神鹰下降，是要舍身挽救回鹘颓靡风气，这挽救之法，便是身死于唐，割裂与唐的亲密关系，这执行之人便是贵使。也故而，在贵使的上书中，一句未提公主和亲之事。

“那四个鹰奴在大门内死了两个，在屋门外死了两个，已经有人去开门了，那屋门外的两个人是出去做什么？只能是听到异响，出门查看。既然如此，他们为什么不拔刀？从大门到屋门总有四五十步远，他们都是贞吉可汗身边的高手，怎么会来不及拔刀？原因只有一个，来的是他们极信任的人，他们没想拔刀。”

“还有那鹰的伤口，那杀手杀鹰奴时，都是割颈，为何杀鹰却是刺胸？”谢庸看着桑多那利道，“因将军怜惜那鹰，怕割掉了鹰的头。将军最不该的便是——杀了那鹰以后，还怜惜地抚摸它，在其颈背鹰羽上留下了血迹抹痕，就像你刚才在丧礼上做的那样。贵使可知道，人的习惯是最容易出卖人的？”

桑多那利闭闭眼，便是孙寺卿也看出来了，谢少卿说得对，便是这桑多那利做的。桑多那利点头：“不错，是我干的。”

回鹘神鹰案因牵扯回鹘使节、吐蕃细作，皇帝令御史台、大理寺、刑部三司推事。崔熠、周祈等沾了一早儿参与查办此案的光，得以在堂下混了个座位。

这回鹘人桑多那利倒也是个干脆人，虽言辞间对唐人唐风颇为不恭，但事情也说得明明白白。

根据他的供词，略加连贯，周祈理清了此案背景、缘由。近些年，回鹘主部长期与唐互市，日子过得宽裕，从贵人到普通百姓，都渐渐耽于享乐，尤其年轻一代的望族子弟，多尚唐风，好美姿仪，渐失“狼鹰之性”，战力减损得厉害。而周围诸部既贪可汗之位，又贪主部水草丰美之地，更贪与唐互市之利，多有跃跃欲试想取而代之者，桑多那利对此甚为忧虑。

他认为当疏远唐人，让部族过回原来的日子，但贞吉可汗等却更希望跟唐借势，就连勇猛的可汗长子、以后的继任可汗颂其阿布，猎到神鹰，都想着进献唐廷，求娶公主。

桑多那利认为这神鹰是为挽救回鹘人而来，正可借助这神鹰，断了回鹘与唐廷的往来，于是自求为赴唐使者。他功夫高强，一直得可汗与颂其阿布信任，只是在对唐之事上意见相左。今见其“回心转意”，贞吉可汗自然欢喜，当即命他为副使，与混齐一同来长安。

至于他如何进入鹰房、如何杀死鹰奴，谢少卿推断得一丝不差。他又自述，杀死神鹰时并不知道神鹰吃了昏睡药，只觉得这鹰格外安静……

周祈越听越感慨，这倒霉的鹰，吃的昏睡药加了紫芋粉，逃过被药死的一劫，谁想没逃得过自己人的一刀。难怪总说“匹夫无罪，怀璧其罪”，这鹰不过因毛色罕见，被冠了“神使”之名，便被这么些人惦记着……

谢庸、崔熠、周祈一起听完堂审出来。

崔熠与周祈一样想头儿：“这么些人想这鹰死，这鹰要活，也是艰难。看来当神使，不是个好差使儿。”

崔熠又对谢庸道：“老谢，你这供诈得越发好了，当时我很是为你捏一把汗，若这桑多那利不认怎么办？”

谢庸微笑一下：“虽然他认为神鹰此番降临便是准备就戮的，但杀死本族本教圣物，岂能内心无波无澜？你仔细看他能看出来，他目有血丝，为神鹰剺面时割伤极深，又割发代首，剺面后不上药——他自责得很，心里也绷得极紧，又是这样直鲁的性子，这样的人，这种时候，不经诈问。”

崔熠看看谢庸，又扭头看周祈：“你说老谢这种人，看这么细，算这么多，不累吗？”

周祈撇撇嘴。

崔熠把那日问周祈的问题当面问谢庸：“老谢，你成天想这么多，不怕有一日头发掉光吗？”

周祈弯起眉眼看热闹。

谢庸看一眼周祈，认真想了想：“应该不会吧。”

周祈跟着起哄：“怎么不会？你看看朝中几位相公……”

周祈突然又一笑：“谢少卿当不会如此。”

崔熠扭头看突然倒戈的周祈：“为何？”

谢庸也看她。

周祈脸上带着些坏笑："谢少卿无妻无妾，家里养只猫都是公的，这个——嘿嘿——"医者总说肾主毛发，想来谢少卿的肾气充足得很，充足得很啊……

崔熠大笑起来，谢庸抿抿嘴，微瞪一眼周祈，耳朵有些微微地泛红。

周祈和崔熠越发笑起来。

谢庸又看一眼周祈，到底也笑了。

周祈在风流和下流边缘行走，很懂得点到为止，笑过便正经了脸："不知此案会怎么收场？"

谢庸道："估计会遣回回鹘，令回鹘自己裁决吧。"

周祈点点头。崔熠挑眉，想一想，也点点头。

周祈笑道："静安县主算是逃过一劫，可以安心与那国子监的书学博士议亲了。"

谢庸、崔熠都点头。

果然如谢庸、周祈他们料想的，皇帝对桑多那利之举颇为震怒，但有大臣们劝着，到底答应把其遣回回鹘，由贞吉可汗判决，至于和亲之事，自然就不提了。

帝城春暮，草长莺飞，崔熠、周祈在长安城外十里长亭为混齐送行，谢庸亦与他们同往。

周祈折柳，顺手编个环，笑着递给混齐，混齐不嫌其丑，扣在头上。

"欠君一餐饭，等贵使再来长安时补上。"周祈道。回鹘使团出了这样的事儿，周祈之前随口邀约的饭便始终没请出去。

"叫我阿曲吧。"混齐笑道，"家母为我取的小字。"

这阿曲的"曲"当是曲江的"曲"吧？一辈子回不了的故乡……

周祈突然有些难过，又有些为自己当初对混齐的怀疑觉得对不住他。这样一个回鹘人中的唐人，唐人中的异族，来唐多少日，皇帝也只见了这外孙一面，回回鹘又不知是否会被其父迁怒问责。

周祈看着混齐："阿曲此去，山高路长，保重！"

混齐点头，对她笑道："从前听阿祈说话，似对塞上颇有向往之意。阿祈若北来，某当烈酒烤羊以待。"

周祈笑道："好！"说着与混齐对一下拳头。

谢庸微笑一下，拱拱手："山高路长，保重。"

崔熠在马上与混齐搂一下肩背："阿曲，保重！"

混齐拨转马头，回首对三人洒脱一笑："走了！"然后打一声呼哨，一个侍从喊一句什么，整个使团队伍向远方行去。

看着他的背影，周祈感慨地叹了一口气。

谢庸道："混齐回去应该不会被如何，毕竟桑多那利刚在唐惹了事儿，回鹘只要不是真想与唐一刀两断，便不会动公主之子。近些年，贞吉可汗对唐也还是亲善的。"

周祈点点头，歪头看谢庸，谢少卿有时候真是很善解人意、很体贴。

谢庸却突然想起谢她赠的药："周将军的药甚好，我的伤不过这么几日便已经大好了，多谢。"

周祈笑道："谢少卿何须客气？"

听他们俩说话，崔熠突然皱眉："你们隔壁住着，咱们又成天在一起混，怎么还'谢少卿''周将军'呢？你们看看混齐……"

周祈笑起来，她是常有理的："谢少卿是上官，某岂敢唐突？"

谢庸微舔一下嘴唇："阿祈。"

周祈突然觉得耳朵麻酥酥的，或许是谢少卿声音低的缘故——也不是，他一向声音不高。

或许是因为少有人叫自己"阿祈"？韩老妪算一个，苏师父算半个——其余时候是气急败坏地连名带姓一块儿叫，还有刚才送走的混齐，但他们叫自己，并不觉得如何……

听谢少卿叫自己名字，周祈无端地想起东市胡家的核桃酪浆来。据说是用核桃、红枣还有泡过的江米磨了浆煮的，浆汁是浅淡的棕红色，极是细腻，带着枣子的甜和核桃香、米香，从口中落入腹内，暖融融的，心里会觉得很是熨帖，会觉得人生能有此刻，足矣。

周祈胡噜胡噜肚子，又饿了……

听谢庸管周祈叫阿祈，崔熠又觉得有些别扭，自己在心里“阿祈”“阿周”比较了一下，觉得还是“阿周”更合适。

看看天时，周祈眯眼笑着问：“谢少卿今日应该不去大理寺了吧？”

谢庸点头：“阿祈莫不是想起那顿丰鱼楼了？”

周祈：“行吧。”欠了总要还的，这阵子忙回鹘使团的事儿，发了月俸还积着呢——不对！已经预支给千支卫那帮小子了。

看周祈爽快答应了，然后又一脸为难的样子，崔熠笑起来：“阿周啊，你是怎么做到让自己这般穷的呢？”

周祈伸手给谢庸、崔熠看：“你们看我这手——”

崔熠看周祈的手，颇有些羡慕：“这刀剑茧是练了多久生出来的？”

谢庸亦看周祈的手，她的手不大，手指很是细瘦，有些像竹节，还有那些刀剑茧，谢庸生出些心疼来，是啊，得受多少苦，才磨出这样的刀剑茧。谢庸握着马缰绳的手紧紧地攥一下。

周祈搬出自己的受穷命运论，把锅甩给不知姓甚名谁的爷娘：“看这手指缝儿了吗？手心里有多少财，也禁不住这样漏啊。所以啊，我穷，都是命！爷娘给的，没办法。”

崔熠看看自己的手，得，也都是缝儿，但比周祈的似乎要小一些。

崔熠又要看谢庸的手，周祈亦扭头等着。

谢庸默默伸出自己的手。

崔熠看一眼他的指缝，哈哈大笑：“老谢，你也是个手里留不下钱的。”

周祈则觉得谢少卿的手——好看！修长，白皙，也有丑巴巴的茧子，但，还是好看。

周祈又开始手痒痒起来，心里又暗自得意，前两天借着给他搽药，摸了谢少卿的脸，捏了他的下巴……

想到受伤，周祈道："贫道不只于观面相手相上略有所得，于画符之道，亦懂一点儿。谢少卿，你周身隐有青气流动，辨不好吉凶，挂个贫道画的好运平安符吧？"

周祈正想着他如何推托，自己如何强买强卖，如此这般两个回合，他估计就半推半就地收下了，却听谢庸道："好，多谢。"

周祈："好，回头我画好，给谢少卿送过去。"

崔熠却在心里想：老谢，你醒醒！阿周连《道德经》都背不全！

崔熠在揭不揭露周祈上左右摇摆，谢庸看看依旧管自己叫谢少卿的周祈，微笑道："为酬这符，我亲手做一餐饭吧，还望莫嫌简陋。阿祈、显明，你们吃什么？"

崔熠立刻不摇摆了，揭露什么！这是愿打愿挨的事儿。

周祈亦喜笑颜开："烤肉，还吃烤肉！"

或许这两日是送礼收礼的好日子，谢庸一进家门便听唐伯说有人送了礼物来。

唐伯给三人端上乳茶和小食，一边把一碟糖果子放在周祈面前，一边对谢庸道："不知道是什么人送的。听了两声敲门声，待我出去，就只看到一个背影，还有这个盒子。"

木盒不大，亦不奢华，打开看，里面放着一方砚台、一个鞠球和一根马鞭，没有留下只字片言。

谢庸拿起那方砚台仔细看，砚是青瓷砚，砚形方方正正，砚壁、砚底都极厚，显得很是拙朴，砚身有竹节纹，纹路细瘦干净，竹子颇有姿态。翻过来，砚底什么也没有。

崔熠拿起那个鞠球，捏在手里看，又掂一掂、抛一抛，笑道："你别说，这球削得挺好，圆，大小、轻重也都合适，就连这石青枣红的颜色配得也好。"

周祈则拿起那根马鞭，跟她那根雕金镂银有节有毛的"尾巴"不同，这根要朴素得多，鞭杆大约是梨木的，没雕没刻，但打磨得很光滑，绑了没染色的牛皮条，别有一种粗犷素朴的好看。

周祈问："知道这是谁送的吗？"

谢庸虽心里略有猜测，却仍和崔熠一样摇头。

"估计是淮阴郡王或者静安县主。"周祈道。

崔熠问："为何这般猜？因为破了神鹰案，县主不用远嫁，所以猜是他们来谢咱们？"这三样东西一看便知道是分送他们三人的。

"也因为这砚台。淮阴郡王与静安县主幼时一度被养在京城北郊，那里离华原不远，华原青瓷便是这种温润的青中略带些黄的颜色，上面也爱雕各种花纹。"周祈道。

谢庸若有所思地看看她，接着她的话茬儿道："若是旁人，也没必要这样遮遮掩掩。"皇子皇孙忌与朝臣交往过密，他又是戾太子的后人，就比旁人更小心些。

崔熠突然想起来："对！我听说淮阴郡王除了爱看书，还爱做各种木工，你们说——"崔熠拿起那木球和马鞭，"这会不会是他自己做的？"

周祈再看那马鞭，上面把柄的羊皮套上还用针线缝了一圈，且缝得颇工整，不由得惊问："现在的年轻郎君们都精通针黹了？"

崔熠摇摇头，挤对周祈："阿周啊，你这针线连个男人都比不过了……"

周祈挑眉一笑："要是比拳脚刀剑，淮阴郡王也比不过我啊。"

崔熠看向谢庸，等着这位正统儒生给自己帮腔儿。

谢庸微笑道："没什么打紧的，会不会都是末节。"说着看周祈一眼。

周祈觉得谢少卿刚才看自己的样子有点儿像看朏朏。比如若有人说："哎呀，谢少卿，你们家的猫太胖了。"谢少卿八成便是刚才的语气神情："没什么打紧的，胖了抱着还更舒服些。"想到抱，周猫的心思又开始猥琐起来……

崔熠摇头接着挤对："老谢，你就姑息养奸吧。等阿周出嫁，凑不出夫君贴身针线，看她怎么办？"

谢庸再看一眼周祈，笑得更和暖一些："那有什么打紧的？"

唐伯来喊："大郎，肉腌好了，可以烤了……"

谢庸答应着出去，周祈从榻上下来，怀里搂着胖猫朏朏，与崔熠一起去后园。周祈看着谢庸的后脑勺儿，刚才谢少卿说话的语气、神态，真是容易让人想多啊。但凡我自作多情一点点，就该以为他要娶我呢，哈哈哈……

崔熠挤对完周祈，又心有不忍："没事儿，阿周，等你出嫁，我送你几个手艺好的绣娘。"

周祈却残忍地一笑："吃过饭，咱们练会子刀吧？"

崔熠立刻耷拉下了眉眼。

周祈接着给谢少卿打下手。

谢庸取了最先烤好的一串给她撸到盘子里："你尝尝咸淡。"

周祈忙接过盘子，伸手拿一块塞在嘴里，嚼完，点头："好吃！咸淡正好！"

谢庸微笑："吃吧。"

看着他温润的笑脸，周祈再次感慨自己不容易，长得好看，还这样的神情语气，好在我定力足……

吃肉！吃肉！周祈的一颗色心都化成食欲，吃了一串又一串刺刺冒油的孜然羊肉，又吃了鲜香的烤鱼，抹了蜜汁的鸡肉……

“吃完这一顿，我就斋戒了。”周祈眼馋肚饱地又拿了一小串肉，为自己的没出息找借口。

谢庸点头。

周祈摸摸丰足的胃，心安理得地吃起来。

在谢少卿家再次吃了极撑的一顿午食后，周祈真的开始斋戒，清粥小菜了一天，第二日晚间画送出去的三张符。

谢庸坐在她对面，看她笔走龙蛇地用朱砂在纸上画符。不过三张符，顷刻便画好了。

周祈取了自觉画得最洒脱好看的一张递给谢庸：“谢少卿收起来吧。”

谢庸却没接，微微皱眉道：“我没有符袋……”

去大道观请符，不少是有符袋的，周祈这种野道士就没这么讲究了，但如今遇上了个讲究人……

周祈没办法，挽一下袖子：“罢了，我给你做一个。”

周祈去翻一翻，找出一匹松花绿的蜀锦来，从上面剪了一小段儿，又找到一年半载用不到一次的针线，便当真缝了起来。

谢庸在一旁看着她，神色颇正经，眼角儿却翘了起来。

周道长的针线活儿比她写奏表要快得多，缝完了，有模有样地咬断线，翻过来，自己拿在手里打量打量，挺好，今日上心缝的，果然比上回缝袜子缝得好。

周祈把符装在袋子里面，递给谢庸。

谢庸看看缝得一头大一头小歪歪斜斜的符袋，微笑着珍而重之地将之放在荷包里。

给谢少卿画完符，周祈的道士买卖又开张了——东市留守的两个小子一个娘子生孩子，一个祖母病了，周祈便又自己带着陈小六去东市装神棍趴活儿。

笔墨书肆街多了不少生脸儿的，倒不是跟周祈抢买卖的假和尚假道士，而是卖字卖画儿的士子们。前几天回鹘使团还在的时候出了礼部试榜，少数的幸运儿及第了，其余落第的倒霉蛋儿有的回乡，有的则留在京里谋出路。

原先这些乡贡和生徒大多住在各地进奏院或行馆，并不用自己花销，如今却是不行了，不管是及第等铨选的，还是落第谋出路的，都要自己负担。

长安米贵，士子便各自想起了办法。及第者有名声，还好些；落第的，不少便跑到东市摆起了小摊儿。

对这些读书人摆的摊子，市署向来是不大管的——谁知道这里面的谁哪日就成了同僚甚至上司呢？

看着这街上多出来的年轻面孔，周祈觉得，替两个小子摆几日摊子也挺好的。

在周祈对面摆摊儿的小后生十七八岁，脸水嫩嫩、白生生的，长相颇为清秀，雅言中带着些江南的音韵，每对上周祈的目光，便有些脸红。

周祈一颗姨母心发作，哎哟，啧，啧，多乖巧的小后生……

陈小六咧嘴，老大尽惹些风流债。

扭头看见谢少卿走过来，陈小六忙站起行礼，心下却暗道，这回老大要翻船，“正宫”来了！

周祈甩一下拂尘，对谢庸打个问讯：“谢施主，这一向可好？”

看看昨日还在自家吃八宝饭的周祈，目光又扫过对面的清秀小郎君，谢庸微笑道：“还好。”

周祈接着随口问：“谢施主是来买书的？”

谢庸笑道：“那倒不是，是来看看哪里能摆个摊子。”

周祈微瞪眼睛，莫不是买古籍字画把月俸花没了？这也是个手指缝儿大的人啊。周祈又想到自己成天去人家混吃混喝，谢少卿缺钱，也有自己一份功劳，不由得有些讪讪的，刚想说什么，便听谢少卿道：“免得日后大同世界了，没有官做，把卖字卖画的本事丢得生疏了。”

周祈听懂了他的意思，意思就是他闲极无聊了，看人家卖字卖画想来抢个买卖、凑个趣儿。想不到谢少卿也能这般活泼，甚好，甚好啊！

谢庸也许原来真还卖过字画儿，一副熟手模样，不用人指点，自去街上买了笔墨纸张，随意在周祈斜对面找了个空儿，写了两张字样子摆上，手里拿一卷书，坐在不知跟哪家店铺借的蒲团上看起了书来。

偶有朝中官员行经于此认得他的，只略诧异，旋即就明白了——大理寺约莫是有大案吧？少卿都乔装来暗访了。

自谢少卿来摆了摊子，周祈就不想看别人了。其实要说白嫩水灵，还是对面的小后生，谢少卿即便笑得再温煦，也掩不住骨子里的刚硬，但——为什么还是觉得谢少卿更经看？

大约是看熟了的缘故。

陈小六觉得，以谢少卿的性子为人，能做到这般，自然是对周老大情根深种了。周老大相貌堂堂，性子也好，但能让谢少卿这般——定是因为她已经翻过墙了。周老大虽翻过墙了，但她性子不羁，哪会安心拖家带口上笼头？又定是不给谢少卿一句安心话，甚或要始乱之终弃之……

陈小六满脑子的传奇路数，看向自家老大的目光越来越鄙夷，看斜对面的谢少卿则越发同情起来，孽缘啊……这么个好人儿就栽在了我家老大手里。

周祈不知道自己已经在兄弟心里渣成了末末，犹低头对陈小六道：“长得好果真是占便宜。这么些卖字卖画的都没怎么开张，谢少卿一来，就有女郎去买字。”

确实有个身姿窈窕戴帷帽的女郎带着婢子站在谢少卿摊儿前。

离得稍有些远，街上又人来人往的，周祈听不清他们说什么。

看着女郎穿月白短襦石榴裙的背影，还有谢少卿时而点头时而摇头的微笑脸，周祈便猜：“那女郎估计是问，三百钱一张，五百钱两张卖不卖？”

陈小六有点儿无语。

谢少卿又摇了摇头。周祈猜：“或者让谢少卿写什么他不愿写的？”

见那女郎与谢少卿还在说什么，周祈犹豫了一下，终于破了自己只花光不借钱的例：“六儿，兄弟，借我些钱，我得去给谢少卿撑撑场面。让人知道谢少卿是这条街上卖字画儿的里面身价最贵的。”

陈小六掏出钱袋儿，心里哂笑，老大又鬼扯，分明是看不得谢少卿与别个女郎说话。你对人家始乱终弃，这时候又这般……老大真是太渣了，都渣成稀碎稀碎的碎末末了。

周祈手里有钱，样子就从容起来，慢悠悠踱过去，却见那女郎撩起帷帽遮脸的轻纱：“郎君真的不画人像吗？还是嫌奴丑陋，怕砸了招牌？”

周祈停住脚，心里“哦呵”一声，谢少卿桃花运这般旺吗？自己这般走过去，是不是不妥？周祈犹豫起来，狠狠心，正待转身回去，却见谢少卿垂着目道：“某不画人像，一则是因某确实不擅长，一则也是内人不许某在街上为女郎们画像。”

周祈停住扭了一半儿的头，又接着往这边慢悠悠地走，心里嘲笑谢庸，啧啧，还内人，梦里娶的吧？兴许梦里连孩子都有了。做梦娶新妇，原来你是这样的谢少卿……

女郎听他如此说，有些错愕，到底只一笑，落下帷帽上的面纱：“既如此，奴就不强求了。”

谢庸微点下头，说声“抱歉”，扭头看周祈，对她一笑。

女郎顺着他的目光看去，见是位穿道袍的美貌女子，脑子里瞬时想起看过的士子与女冠的传奇，原来如此……

周祈甩下拂尘，对女郎微笑颔首，又对谢庸道："贫道想求谢施主帮着写张字或是画幅画儿，挂在屋里。"

漂亮女郎对谢庸微微一福，又对周祈点下头，便扶着婢子的手转身走了。

"想写什么，或者画什么？"谢庸问。

周祈财大气粗："谢施主随意！画五千钱的。"

女郎脚下微微踉跄了一下。

谢庸则忍不住笑了："好！"

周祈把陈小六的钱袋子只剩了袋儿拿回来，手里却没拿字画儿，谢少卿说要精心画了再给她。

陈小六则在盘算自己的积蓄够周老大去棒打几回鸳鸯……

好在谢少卿钱不白收，眼看到了申正，亲自去买了桂花牛乳、红豆饼和银丝糖来。陈小六自然知道这是沾了老大的光，但想想花的都是自己的积蓄，便也不客气地吃起来。

周祈替谢少卿让过左右的"紫微宫传人"和"周公后裔"，便坐去后面墙边少人处，捧着盛牛乳的小罐喝起来，又吃红豆饼。

谢庸不守自己的摊子，也与她一样在墙边儿席地而坐，拈一块银丝糖慢慢吃。

"紫微宫传人"和"周公后裔"互视一眼，又都用眼神儿问陈小六，陈小六微点头，"紫微宫传人"和"周公后裔"便都拈须一笑，说来，咱们当初也是帮过腔儿的，也算半个媒人吧？当时咱们便看出周道长与这位谢郎君有缘分了，果然……

看着谢少卿嘴角的些微糖渣，周祈也想起当初两人的初遇来，不由得笑道："当初我看得真准，说谢少卿是个刑狱官，还真是……"

谢庸点头："周道长自然是有道行的。"

周祈虽明知他是敷衍，还是得意地一笑。

谢庸垂着眉眼，轻声问：“但当时周道长说会摸骨，恐怕是蒙人的吧？”

周祈：“……谢少卿再来一块红豆饼？”

谢庸抬眼看看她，周祈眯眼笑得谄媚，谢庸把头扭去另一边儿。

看见他脸上的笑意，周祈心里痒痒，想再调戏一句自己只给英俊小郎君摸骨，到底打住，改而把半个红豆饼都塞进嘴里。

对着满街的人来人往，周祈又在心里惆怅起来，他日谢少卿娶了新妇，就不能这般没分没寸地调戏人家了，到底也只这么点儿缘分……

看周祈吃饱喝足，谢庸问周祈：“去那边书肆里转一转？”

周祈站起来，拍拍身上的饼渣糖末尘土：“走，顺便把牛乳罐子还了。”

先还了罐子，两人慢慢溜达进那些书肆，周祈只翻进门处摆的各种传奇，谢庸则进去转一转。

周祈拿起那最显眼处的一卷：“《南北迷案》竟然又出了续篇？”

伙计笑道：“出了！新出的，却已经快卖没了，就只剩三卷。”

周祈忙道：“都要了，都要了。”

她盘算着自己留一卷，再给崔熠和王寺卿各一卷。

“好嘞！”书肆伙计一边给她拿书，一边道，“道长买着了。烟雨斋主人的这一卷写得尤其有意思。”

周祈在心里笑，估计又是“满座捧腹”……我们又酸腐又可爱的陈生啊，或说又酸腐又可爱的烟雨斋主人啊……

谢庸手里拿着一卷书走出来，连周祈买的传奇一起付了钱。

周祈又撺掇他：“《南北迷案》出新篇了，看看吧？挺好看的。”

谢庸微点头：“你似颇喜欢这里面的一个人物，一个姓陈的书生？”

“可爱！”周祈点头。

谢庸翘起嘴角儿。

“酸腐！”

谢庸的嘴角儿停住。

“又可爱又酸腐，又酸腐又可爱。我上回说这写书的烟雨斋主人八成是个不解风情的光棍儿，如今想想，失之偏颇，或许就有人喜欢这种酸腐不解风情劲儿呢？”

谢庸不只嘴角翘起，眼睛也弯了：“嗯。”

第七章 狐狸丹书

周祈与谢庸回到摊位前，已经差不多到了收摊儿的时候了。

周祈一边卷摊子，收上面的零七八碎儿，一边道：“我怎么觉得买卖较从前差了？”

“紫微宫传人”笑道：“让骊山瑞元观抢了买卖呗。”

周祈挑眉：“哦？这是怎么说？”

“紫微宫传人”是个做人活泛、无所不知的“包打听”，许多干支卫探子尚不知道的，他都知道。

“周道长不知道？骊山瑞元观出了神迹了。”“紫微宫传人”绘声绘色地道，“听说观中道士夜里听见狐鸣，便出观查看。在其观旁有一水瀑溪流，只见一只仙狐月下踏波而立，正捧着经卷诵读，又对着月亮吐出内丹，那内丹在月下闪耀金光，围着仙狐滴溜溜地打转，显是这狐马上就要得道飞升了。”

“两个道士好奇，想要再凑近些，却被那狐发觉了，‘嗖’地隐入瀑后不见了。道士回去告诉观主玄阳真人，真人掐指一算，说那丹书是我道家圣物，让人划船去瀑后寻，那瀑后竟有石洞，洞内果然寻出一卷丹书来。虽看不出是哪位祖师所书，但那字迹中隐有祥光，确实是圣物无疑了……”“紫微宫传人”与周祈道，“狐狸丹书就是这些天的事儿。估计不少崇德好道或者有疑难事的，都奔着瑞元观去了。”

周祈点点头，干支卫监察佛道等的是午、未二支，但各支总有交叉之处，一堆百姓去看“神迹”，怎么也能算“民间异动”了，那就去看看？

谢庸卷好摊子来寻她，周祈说了自己的打算：“明日四月初八佛诞节要忙一天，九日就空闲了，十日又是休沐，左右无事，我琢磨着去骊山玩两天，顺便看看这狐狸修炼的丹书是什么样儿。”

谢庸点头：“这个时节正是攀山游玩的好时候，让你说得我也有几分意动。”

周祈嘿嘿一笑：“一起？我以为只我这样的会旷惰请假，原来谢少卿也会。”

谢庸只微笑，没说什么。

周祈看着谢少卿笑起来格外勾人的脸，这骊山上多汤泉，少不得要去泡上一泡。谢少卿这样的美人儿，泡在汤泉中得是怎样的美景……

“阿祈？”

周祈立刻正经了神色，轻咳一声道：“贫道修道这些年，还没见过什么神迹，这回有幸，定要仔细瞧瞧。”

谢庸笑着瞥她一眼，到底只是“嗯”了一声。

陈小六在身后听得明明白白，一同去爬山，去泡汤泉……说老大没翻过墙去对谢少卿这样那样，连干支卫院子里的石头和老梨树都不信！

周祈却又笑道："你说我们这佛诞日刚过就去道观，是不是有点儿奇怪？"

谢庸只笑。

"这事儿不能落下小崔，明日我见了他，与他说一声儿。"

谢庸点头。

在谢少卿家又混了一顿暮食，周祈回去洗漱过，便歪在榻上看《南北迷案》。

许是这烟雨斋主人自己也发觉了"满座捧腹"的尴尬处，没再让陈生讲笑话，周祈不禁遗憾起来。陈生这样聪明厉害的人，总要有这么两分酸腐劲儿才可爱……

看到半腰儿的时候，这陈生才又讲了一个笑话。周祈笑起来，哈哈哈哈，烟雨斋主人到底忍不住了——不过，你别说，这烟雨斋主人讲笑话的本事见长，这个笑话颇有两分《笑语集》的意思，只是还缺两分俚俗，到底是文人写的。

这一卷写得要较从前的两卷轻松，大概与原六郎时时都在有关。陈生科考及第授了官，外放去做文水县县尉，原六郎一路护送，到了县里干脆当起了差捕。

原六郎一路吃将过去，到县里不两日，便把文水城中哪里卖什么好吃好喝的摸得一清二楚，什么金银蜜糕，什么玫瑰玲珑果，什么牛乳松瓤糖，又有孙氏烤羊肋骨，佟二郎五花肉小出尖馒头，王大糖醋鲈鱼之类，周祈咽口唾沫，明明今晚吃了不少，怎么又有点儿饿了……

这原六郎与自己的口味有点儿像啊，爱吃会吃的人，大约口味都是相似的？

周祈又长了一双善于发现"奸情"的眼睛。怎么看这陈生与原六郎都有点儿暧昧，别的不说，陈生与旁人说话都是"道"，与原六郎说话就都是"笑道"。原六郎大雪天贪玩，感染了风寒，陈生衣不解带地伺候，又亲自熬粥端到床前，本想责备他，最后却只叹一口气，给原六郎掖了掖被子。

奸情！赤裸裸的奸情！暧昧，明晃晃的暧昧！两个男人，哪有这般的？

于断袖分桃这种事儿，周祈也算熟悉，莫说史书上、传奇上，便是身边儿朝中贵人们就有此好者。

周祈又把心思放回手中的书卷上。固然这陈生与原六郎许是断袖，但亦不无旁的可能。

这种探案类的传奇不只案情一层掩着一层，人的身世身份亦常一层掩着一层，这原六郎又不曾交代来历——会不会是女扮男装？

周祈仔细寻找里面的蛛丝马迹，原六郎，原六郎——原六——

周祈展开书卷的手突然停住。

第二日是佛诞日，周祈照旧带人巡城，这种日子虽也热闹，与上元节上巳节到底没法儿比。在青龙寺旁，周祈遇见崔熠，与他说了出去玩的事儿，崔熠果然有兴致，却又叹气：“我家在骊山有个院子，多年没人去，只留几个老仆，怕是不能住了。”

周祈笑道:“哪那么讲究？只在那道观里面或者周围随便住下就是。”

崔熠点头：“也只得如此。”

忙忙碌碌混过初八，转眼便是初九。

周祈早早吃了饭，在院子里溜达两圈儿，走到东墙边儿，看看墙头，到底负着手走开，接着在院子里转。

又转了两圈儿，便听有人敲门。是那样不缓不疾、不轻不重的敲门声，周祈突然觉得嗓子有些紧，轻咳一声：“来啦！”

谢庸站在门前，微笑着问：“吃过饭了吗？我们趁着太阳不高早些走，晚了就有些热了。”

周祈忙答应着："吃过了，我去牵马。"

谢庸带了罗启，与周祈一起骑马去东门等崔熠。

骑在马上，周祈笑问："谢少卿从前去过骊山吗？"

谢庸摇头："没有。"

周祈略有些诧异："当初进士及第，没四处去逛吗？谢少卿果然是个爱静的。"

谢庸微笑着扭头看她。

周祈只看前面，随意问道："谢少卿是哪一年的进士来着？"

"紫云十三年。"

周祈"哦哦"两声，清清嗓子，却没说什么。

"阿祈？"谢庸的笑更深一些。

周祈扭头，对远处挥手："这儿！这儿！"

崔熠带着绝影、的卢打马跑过来。

出春明门，一行人一路往东。路上有车马行人，不知道是往旁处，还是也往骊山去的。如往常一样，崔熠与周祈一路闲扯，谢庸偶尔插话，多数时候只含笑听着。

崔熠昨晚也看了《南北迷案》，还未看完，正新鲜着呢，自然要与周祈讨论。

"书里吴成一家定是被人害死的，那凶手十之八九是他兄嫂。说什么黄皮子兴家，黄皮子败家，黄皮子谋害人命，不过是掩人耳目而已。"崔熠道。

周祈点头："说得很是。但事发当晚，其兄嫂都在百里之外呢，这么远，如何杀人？"

崔熠皱着脸，想一想道："罢了，我还是接着看吧。如今才看一半儿，如何就能猜着了？这探案传奇总要翻个三四回，阿大死了，开始你以为凶手是阿二，又觉得老三嫌疑大，后来怎么看怎么像老四，最后结果是阿大自杀，要栽赃阿二……这上哪儿猜去？”

“不过看了这么些探案传奇，我也有所得，那看着最不像的，往往便是凶手。”崔熠得意地一笑。

周祈深深地点头：“这话说得很是。”

“这烟雨斋主人就太讨厌，写一堆看着不像的人物，让人不好猜。”崔熠道。

周祈用眼睛余光扫一下谢庸，谢庸脸上带着微笑，若是往常，周祈一定附和了，这会儿周祈却君子慎言起来。

崔熠又一笑：“哎，阿周，你觉不觉得那陈生与原六郎有些那什么？”

周祈微瞪一下眼，摇头：“不觉得。”

“嘁——难怪你嫁不出去，这都看不出来。这两个八成是断袖。”

周祈忍不住又用眼睛余光扫向谢少卿。

谢少卿抿着嘴，面带不悦之色。

周祈干笑两声：“不知道那道观里的丹书是什么样儿？狐狸月下观书，还吐纳内丹，听着怎么这么玄呢。”

“等到了，就看到了呗。”崔熠道，“那陈生虽心思缜密、博学多识，但他是个文弱书生，原六郎是个在江湖上有名有号的侠客，书生对上侠客，也只能‘雌伏’了。”

周祈看看崔熠，顾忌旁边还有谢庸，只能哑忍，这种谁在上谁在下的事儿，全看谁拳头厉害？

“显明，上回我拜见长公主，长公主正见几个将军家的女郎。”谢庸淡淡地道。

“……男男与男女怎么一样？”崔熠看谢庸，“况且也没成。”

谢庸点头，“嗯”了一声。

“老谢，你太正经，你不懂，阿周懂。上回她去杨柳馆，与我说那里的郎君各色各样，有的潇洒俊逸，有的勇武刚毅，有的温柔多情。那温柔多情的，多半儿便是里面的‘娘子’。”

周祈把脸扭向崔熠这边儿。谢庸嘴角儿比方才抿得越发紧了，扭头看周祈，只能看到个心虚的后脑勺儿。

“你今日怎么不大有精神？”崔熠总算发现了周祈的古怪。

“……热的。”周祈道。

四月间的天，确实稍有些热了。“要不咱停下歇会儿？”崔熠问。

周祈忙道：“走吧，走吧，到了再歇，越往后越热。”

谢庸再瞥她一眼，抿着的嘴角儿又翘起来。

为免得崔熠接着说《南北迷案》，周祈与他说起骊山，问他从前可去过这瑞元观，又说起骊山上的行宫，连“女娲补天”“烽火戏诸侯”都扯出来了。

崔熠从前虽没去过这瑞元观，却去过自家的骊山别业：“汤泉的水又清又暖，泡一泡解乏得很……”

周祈脑子里不由自主地又冒出《谢少卿出浴图》来。在心里幽幽地叹一口气，周祈默念：“道可道，非常道。名可名，非常名。无，名天地之始……”

从长安城到骊山极近，即便他们一路说着话，走得不快，个把时辰也就到了山脚。

进了山就难走一些，这瑞元观在山中一处幽谷中，该谷形如宝瓶，故名宝瓶谷，相传谷中有仙人登天之道。

周祈、崔熠、谢庸都不怎么认路，但好在还有旁的一些香客。一对四十余岁的夫妇，骑着两匹健驴，行在周祈等旁边，这已经是他们第三次进谷了。

“灵验！灵验得很。”妇人很爱说话，“那道观与城里的到底不一样，后面有山，旁边有瀑布泉水，早晨的时候，雾气缭绕，仙境一样。我提了一壶水回去，给犬子煮药，果然犬子精神更好了些——自然，也有观里道长灵符的缘故。”

被抢了买卖的周道长问：“在瑞元观请一张祛病延年的灵符要花费多少钱？”

妇人伸出一只手。

“五百钱？”周祈猜。

“五千钱！”

周道长皱皱鼻子，果然山里的道士比城里的道士值钱得多。

有这些识途香客带着，路虽陡一些，午前便到了。

谢庸等虽微服而来，但崔熠一身富贵气哪是掩得住的？知客赶忙去通禀了观主，玄阳真人接了出来。

这位真人五十余岁年纪，三绺长髯，面色红润，眉眼含笑，虽算不得仙风道骨，倒也体体面面。

崔熠虽只模糊地说“姓崔”，那观主玄阳真人却已猜到：“莫非博陵崔氏子弟，京中寿康长公主府上的郎君？”

博陵崔氏在京的又有名望的只这一支，道士能猜到倒也没什么稀奇，崔熠大方承认。

玄阳真人的拂尘甩得越发精神，忙让弟子们置办斋饭，又亲自领着崔熠、谢庸和周祈去大殿上了香。

崔熠知道周祈惦记看丹书，他自己也好奇，便问起来。

“不瞒几位施主说，那丹书已经呈送进宫里去了。”玄阳真人道。

崔熠面现诧异之色，便是周祈也有些惊讶，本以为这什么丹书是蒙人的，这一下子蒙到皇帝头上，是不是胆子大了点儿？不过，这种事儿，从来撑死胆儿大的，饿死胆儿小的，况且今上崇道，比较好蒙……

对蒙骗皇帝这种事儿，周祈是不管的，旁的不说，每年各地献的“祥瑞”还少吗？都是皇帝乐意的。

谢庸、崔熠看起来对这丹书不丹书的也不太在意，倒是那玄阳真人道：“好在那丹书送入宫前，我让人临了一份在大石上，回头刻了，也是一分功德。”

又听玄阳真人亲自说了狐狸月下吐纳，瀑后得书的事儿，吃了观里特备的斋饭，崔熠、谢庸、周祈便去客房歇着。

三人都分得了一个小院儿，周祈歇了个晌儿，太阳半落的时候才从院子里踱出来，信步往观外走去。这会子观里香客已经很少了——观里住不下，香客们大多都是当天来回的。

这个地方确实好，背山临水，到处郁郁葱葱的，带着股子灵秀气。观旁好大一个水潭，一道小瀑倾泻而下，溅起白白的水花，湖水绿幽幽的，明明有飞瀑水声，心里却觉得很清静。

水潭前站着一个人，一身青袍，颀然而立，与这山谷的风水很配。

周祈犹豫了一下，到底走了过去。

谢庸扭头看她：“睡醒了？”

周祈抹抹眼角的眼眵，点点头。

谢庸微笑。

被他看得，周祈有点想挠耳朵，正想扯一扯这丹书奇谈，却听谢庸问：“猜出来了？”

周祈矢口否认：“没有！”

谢庸看着她，半晌，笑了，轻声道：“假话。”

让他这句“假话”说得，周祈觉得耳朵不只痒痒，还有点儿麻酥酥的，但周将军到底是皇宫出身的干支卫将军，东市卜卦一条街把摊子摆中间的那个，当下正经着脸道：“这道士们胆子是真大啊……”

谢庸极郑重地看着周祈："緜緜瓜瓞，民之初生……陶复陶穴，未有家室……周原膴膴，堇荼如饴。"[1]

听他说"緜緜瓜瓞"，说"未有家室"，说"周原膴膴，堇荼如饴"，周祈避开他的眼睛，心里笑一下，原来有人这样跟小娘子传情达意，差一点我就听不懂了……可惜当初不爱读书得不够彻底，《诗经》里这种名篇竟还记得。

周祈不接谢庸的话茬儿，咧嘴一笑："周原，凤鸣岐山，我知道'原'从哪里来了，那'六'又是根据什么起的呢？"

谢庸只看着她。

周祈干笑两声："我恍惚还记得什么'大祝掌六祈'，是不是这个？莫非'祈''七'同音，所以顺口来个'六'？怎么不是'八'呢？"

周祈摇头："谢少卿，我觉得你取名的功夫不大行，下回再用，我自己取名。"

"这就是狐狸修炼的湖？"崔熠走过来。

周祈对崔熠点点头："丹书应该就是在那个瀑布后面找到的。"

"这狐狸倒是挺会找地方。哎，你们说，道士们把人家狐狸的丹书取走了，狐狸不得找他们麻烦吗？"崔熠道。

周祈虽是假道士，却颇维护道门尊严："从来只听说道士拿狐妖的，你什么时候见狐狸找道士麻烦了？"

见她这般真情实感地当道士，崔熠"哧"地笑了。

周祈自己也笑了，看看这山，这水，不由得感慨："真想在这里出家当道士算了。"

1　《诗经·大雅·緜》主要描写了周民族的祖先古公亶父率领周人从豳迁往岐山周原，开国奠基的故事，被谢庸借来表白。"緜緜瓜瓞"是说大瓜小瓜绵绵不断，"周原膴膴，堇荼如饴"是说周原土地肥沃，种苦菜也像糖一样甜。

谢庸看她一眼，神色肃然。

崔熠笑道："你可得了吧。你舍得斗鸡跑马喝酒听曲看传奇、调戏俊俏小郎君的热闹日子？"

过了片刻，周祈眯着眼看看苍翠的山峦，神色中带着些寂寥："不过是一说罢了，哪里真离得开？"

谢庸再看她一眼，微皱起眉头。

湖中有舟，崔熠让绝影招呼一个道士来划船送他们去看看那瀑布后藏丹书的地方。

道士来得很快，还抱着几领蓑衣，拿着斗笠。

谢庸、崔熠、周祈都把蓑衣斗笠披戴好了，由那道士划船载着穿越瀑布，来到瀑布后面石壁下。

隔着湖泊，又有瀑布藤蔓杂树遮挡，在外面看不出这壁上有山洞，来到此间就能看到的。

周祈当先跳下船，攀上高石，回头看看身后的谢少卿，周祈手指微动，到底没伸手去拉他。

谢庸上来，回手拉崔熠，三人一前一后，走进那洞里。

这山洞大约普通民宅的一室大小，没什么斧凿痕迹，像是个天然的。洞里当是打扫过，地上常年积累的飘进来的灰尘、枯树枝、藤蔓叶子之类混成的泥巴被铲走了，还留下些痕迹。估计很快这里便会整修一新，放上石龛、石像，遮上幔子，供上瓜果，壁上也会刻字，然后成为这道观一处"盛景"。

谢庸微蹲，用手抚过石壁上一处痕迹。周祈凑近，这是紧挨着的六七条寸把长的痕迹，很细，是经年的旧痕。

周祈笑道："该不会真是狐狸抓的吧？"

谢庸摇摇头，按说狐狸在石头上是抓不出这样深的痕迹的。

三人在这洞里转一圈，并没发现什么，这里也着实无聊得紧，三人便走出来，又坐那船回到岸边儿。

一堆人正在周祈他们刚才所站之地的不远处安放一块大石头，那大石有一人多高，七八尺宽，颇为厚重。

“不行，歪了！不能这样放。”一个二十七八岁的道士站在石前支使，“先抬到一边儿，把这里的石台地砖挖开，再把它安进去。”他身旁还有个穿蓝色圆领袍的，二十八九岁年纪，长得很斯文，像是个士子。

其余道士、仆役有扶着大石的，有开始叮叮当当挖这岸边石台地砖的，凿了一会子，把起下来的砖石抛在一边儿，终于清理出一片儿安放大石的基座。

道士、仆役们把石头往那“基座”上挪。

“还不行，角儿上还翘着。”支使的道士道。

他身旁蓝袍士子走过去，用铁棒斧凿又撬了一块砖石下来，搬着放到碎砖石堆上，回头对道士、仆役们道：“再试试。”

道士、仆役们喊着号子，这回算是终于把大石安放好了。

谢庸等走近。

年轻道士对他们行个道家礼，那蓝袍士子则微颔首。

谢庸微笑道：“这石头上便是临的那丹书吗？蚕头燕尾，简淡庄重，颇有汉风，写得真好。”

周祈也看那大石上的字，上面用朱砂写着隶体的《道德经》五千言。周祈对字不甚了了，若是楷书，还能勉强看出些字风笔意，对隶书根本不摸门儿，是个纯粹的外行。但她能看画儿——不是大石上的画儿，是地砖上的画儿。

周祈负着手瞎转，来到那堆起下来的碎砖烂石前，那砖上竟刻着狐狸！数一数，还是九条尾巴的。刻得虽简单，但颇传神。周祈又看到这些砖石有的青黑，似是被烧过。

蓝袍士子拱手，淡淡地道："贵人谬赞，临摹而已，未及原书一二。"

年轻道士看他一眼："你又何必太过谦虚？"

年轻道士又对谢庸道："这石上之字便是舒安临的。"

年轻道士自云道号清虚，是观主玄阳真人的弟子，蓝袍士子是这里的香客，叫陶绥。

在稍后的晚宴上，谢庸、崔熠、周祈见到了玄阳真人的另两位亲传弟子——清仁、清德。其中清仁居长，清德居次，先前遇到的年轻道士清虚是老三。

清仁道长四十余岁，相貌威武，说话声如洪钟，看谢庸和崔熠时很是打量了几眼。周祈也在打量他，看着他的手指，周祈微皱一下眉，这小小的深山道观还真是藏龙卧虎呢。

清德道长亦四十上下模样，个子不高，略胖，一脸喜兴，总是未说话先笑，像东市上的店铺掌柜。

事实上他做的也确实是掌柜的活儿，在开宴之前，他就观里的几样儿进项开支禀与其师，玄阳道长只道让他自己拿主意。

清德笑道："总要让师父知道的。"

玄阳道长拈须一笑，清仁皱眉看一眼清德，又看低着头正凑在一起说话的清虚和陶绥，眉头皱得更紧了。

这师徒四人，最健谈的其实还是师父玄阳真人。

而谢、崔、周三人中说话最多的则是谢庸。

谢少卿与玄阳真人一路从骊山风光说到求仙问卜、炼丹采药，又说回到道观景致风水上，周祈觉得谢少卿去东市抢书生们的字画买卖，而不是抢自己这帮假和尚假道士的买卖，还真是给面子。

谢庸赞叹："瑞元观山环水抱，佳气葱茏，是个冲阴和阳的大吉之相。某听今日同来的信士说，这里的水拿回去煮药，药效都更好些。可见真是神仙福地。”

玄阳真人赶忙谦虚，又称赞谢郎君博学。

“只是今日某看那湖边砖石似有火烧之痕，按说这种福地，不该有此灾祸……”谢庸诧异。

玄阳真人一怔，笑道：“贵人有所不知，那着火的不是敝观，而是从前的狐狸祠。这里穷乡僻壤，不比京里，多的是各种私庙淫祠，其中不乏供奉狐狸蛇鼠之流的。许是上天也觉得让间狐狸祠占了这样的灵秀地方不合适，降下天火，把那祠烧了，贫道等才又建的这道观。”

谢庸点头：“原来如此。”

玄阳真人和他手下弟子的酒量都不错，又盛情款待，周祈不免就多喝了两杯，回去略加洗漱，黑甜一觉，第二日才醒便听说观里出事儿了。

由慌慌张张的小道士领着，周祈来到道观后醮坛旁的树林中，一堆人正围在一起。

周祈走近，观主玄阳真人侧脸趴在地上，面色青紫，道袍被撩起，后背、臀部各有四道伤痕，流出黑色的血来，背臀部皮肉亦呈恐怖的青紫色。

谢庸蹲在其旁，用帕子擦了血迹，闻一闻，又细看那伤痕深浅。崔熠蹲在谢庸对面，也凑近细看。

周祈走到谢庸旁边，弯腰与他们一起看，其背部的四条血痕，前二，后面两侧各一，离得极近，血痕细，上重下轻，七八寸长，其臀部伤痕亦仿佛，周祈在自己手上比量比量，这是什么小兽的抓痕吧？

周祈直起身，打量这地方，这里到处种的都是松柏，当是为醮坛而植的风水树，在玄阳真人尸体不远处有个蒲团。

尸体周围有踏得乱七八糟的脚印子，其中有几行延伸到林子里面去了——山中夜里雾气大，这里又临湖，林子里地上湿漉漉的，虽有小片小片的草，脚印还是颇为明显。

周祈又看周围的人，清虚双眼含泪，呆愣愣的，显是还未从其师突然亡故中缓过神儿来；蓝袍士子陶绥皱着眉，神情严穆；又有几个旁的道士和一个系着灰扑扑围裙的仆役，其中一个小道士神色尤其惊错。

周祈问："玄阳真人这是出来打坐出的事儿？"

崔熠指着那惊错的小道士，让他再说一遍。

"刚才，我正在醮坛那边清扫，突然听见林子里一声惨叫，我知道每天早晨真人都在林子里打坐，吸收天地灵气，我听那声音不好，怕是真人出了事儿，便赶忙跑过来，还有湖边儿散步的陶施主，还有正雕刻那经书的徐石匠，我们一块儿跑过来。我们来了便见真人四仰八叉地躺在地上，满脸青紫，眼睛瞪着，已是，已是——升天了。"

"你们来时，可看到这林中有什么可疑的人或物？"周祈看小道士，又看陶绥和那个穿灰扑扑围裙的，那想来就是徐石匠了。

小道士摇头："我只看到了真人躺在这里……"又道，"陶施主和徐石匠比我快两步。"

陶绥摇头："不曾看到什么可疑的。"

徐石匠看一眼陶绥和小道士，也摇头。

周祈看看他们，又看那几行延伸到林子深处的脚印："清仁、清德二位道长去林子里查探了？"

崔熠点头。

不多时，清仁、清德和另两个道士从林中返回，对谢庸、崔熠等摇摇头。

谢庸站起来，对他们道："诸位也看到了，令师全身皮肉青紫、血迹乌黑，伤口附近尤其青紫得厉害，像是受伤中毒而亡。伤痕从形状、大小、深浅上看，极似小兽抓痕。另外，小道长叫我来时，诸位尚未到，当时这里脚印只有玄阳真人、陶郎君、那位石匠还有小道长的。"

谢庸又问："我看令师手掌，像是会功夫的？"

清仁沉声道：“不错，家师刀法、拳脚都很好。”

谢庸点头：“但这里没有什么打斗痕迹。”

清仁背后那个颇年轻俊秀的道士道：“这样的抓痕，伤人的又来无影，去无踪，一定是那被夺了丹书的狐狸！是狐狸来找师祖报仇了！都说狐狸、黄皮子这类东西记仇，咱们与狐狸的过节儿也不只丹书的事儿，它们估计还觉得咱们夺了它们的地方，咱们这道观可是在狐狸祠上面建的。”

清仁眯眯眼，没有说话。

清德道：“敬诚师侄不好这般笃定吧？狐狸，那未成精魅的，多半是如其他兽类一样抓咬脖颈；成了精魅的，我虽没见过，但书上却有，多半是蛊惑人心，让人自杀，自然也有极凶残的，掏心掏肺，但不管哪种，从来不曾听说狐狸有毒。”

清德看一眼清仁，幽幽地道：“我觉得，这即便是个来无影去无踪的精，也是个蛇精，毒蛇精。”

清仁拎起小钵似的拳头，瞪着清德道：“狗鬼！你怀疑谁呢？”

清德看一眼他的拳，皮笑肉不笑道：“师兄何必生气？我是疼师父疼糊涂了，不过这么顺嘴一说。”

清仁冷哼一声，放下拳头。

看着这兄弟阋墙，周祈与崔熠互视一眼，谢庸满面肃然。

到底是在林子里，尸体只是初步查验，细微处还要抬入室内细细查看。对于玄阳真人之死，许是他死相怪异，死因不明，要顾忌观里的名声，并没有人提报官的事儿，谢庸、崔熠、周祈亦没有表明身份，只凭借着崔熠“长公主府郎君”“博陵崔氏子弟”的身份掺和了进来。

观里弟子们开始忙忙碌碌地收拾灵堂，崔熠、周祈与谢庸在暂时充任殓房的一间偏殿再次查验了尸体，让人失望的是，并无更多所得。

崔熠对周祈道：“昨日我还觉得这是个神仙福地，这会子却只觉得这观里阴森森、冷飕飕的，好像妖魔鬼怪的洞府一样。阿周，你听那清仁、清德的争执，那清德分明怀疑其师兄是凶手。”

周祈告诉他原因：“你看清仁的手没有？手指末端青紫，有厚茧，那是用蛇蝎等毒物练毒掌、毒爪练的。听清德的口风，他当是用的毒蛇。”

“毒爪？可那抓痕不像是人手啊。不过，满身青紫、见血封喉，倒确实像蛇毒。”

周祈对江湖伎俩熟：“你没见过他们练爪用的爪套子，又尖又利，完全可以做出这样的伤痕来。”

“可他为什么杀玄阳道士？”

周祈看看崔熠，觉得小崔身上皇家的血真是白流了：“玄阳真人死了，这观里就该谁当家了？这么一个道观，若是平常，晚当些年的家倒也没什么，可如今那丹书献上去，圣人若一个高兴，保不齐就给个什么封赏……”

崔熠点头，街上尚有为几文小钱打破头的，更何况圣人的封赏：“可他是怎么做到来无影去无踪，不留足迹杀了玄阳真人的呢？当时那小道士来叫人，我和老谢赶到，过不片刻，清德和清虚也来了，随后就是清仁，随后是弟子们。从足迹和时间上，都有点儿讲不通。”

周祈点头：“确实。但若那清仁轻身功夫好，也不是不能。事发之处离醮坛不过二十尺远，那林子树木种得又密，地上又偶尔有些草，他若藏于树上，偷袭一击成功，足尖点在草上，留不下什么痕迹。陶绥等跑过来的工夫，也足够他借助树和草窜到醮坛上了。然后埋伏在坛上，候准时机下来。这样足迹和时间就都说得通了。”

“这么说，凶手极可能就是清仁？”

周祈却又推翻自己：“我去那醮坛上，并没找到什么证据。推测作不得数，也可能是旁人，栽赃陷害清仁也不一定。”

没有证据，便去寻证据，谢庸、崔熠、周祈先去寻的自然是最被怀疑的清仁道士之处。

一边走，崔熠一边问周祈这毒掌毒爪怎么练。

“据说，有人是这样的，先用毒性小的毒物，比如一只蜈蚣，让它咬一口，慢慢把毒练化了，再让它咬一口，再练化了，如此这般，很快这蜈蚣就奈何不得你了。接着再换一只毒性稍大的蝎子。蝎子之后，就换一只毒性更厉害的蟾蜍。蟾蜍之后，兴许就能上蛇了……”

想象自己伸着胳膊让毒虫毒蛇咬，崔熠胡噜胡噜胳膊：“我信这清仁弑师了。能这么练功的，定是疯子，做出什么事儿都不稀奇。”

周祈眼睛弯起。

谢庸扭头看她一眼，从昨日晨间，她这样胡说八道、这样笑的时候都少了，或许是自己操之过急了。

周祈笑道：“不过，我觉得清仁没这么疯。他应该是把蛇毒取出来，做成丸药服下，然后再练化。很多毒，见血才封喉，若是服用，毒性要小得多。”

崔熠停止了胡噜胳膊：“我就说，像前面你说的那种疯子，哪是那么容易就遇上的？”

绝影去拍门，开门的不是清仁，而是他的弟子，那个相貌颇俊秀雅致的敬诚。看这敬诚面色红润，头发有些乱，周祈微挑眉。

“是谁？”不待敬诚进去通禀，清仁已走了出来。

见是谢庸、崔熠、周祈，清仁皱起眉头，但到底没把他们拒之门外。

到正堂坐下，谢庸说明来意：“听令师弟的意思，似对道长颇有怀疑。为解众人对道长之疑，我等特来问一问，看一看。”

话虽说得客气，意思却明显。清仁脸上现出怒气，但对上谢庸清正庄肃的目光，半晌，到底把拳头又松开。

周祈也把前倾的身子坐正，手离刀柄远了些。

清仁冷哼：“那些没本事的狗奴，只会瞎怀疑。”

清仁看看谢庸、崔熠，清仁道：“不错，我是用蛇虫练五步阴阳爪，但家师不是我杀的。要杀家师，我根本不必使什么毒，露出行藏。”

过了片刻，清仁缓和了些口气：“我与家师在一起快三十年了，一块儿吃过苦、受过难。”清仁卷了卷袖子，露出小臂上一道伤痕，“二十年前，若非家师相救，我这胳膊就废了。我不是那等忘恩负义之人。”

谢庸神色亦和缓下来，看看清仁的胳膊，脸上微现关心之色：“二十年前，道长尚在外云游吗？如何受的这伤？”

清仁面上怒气更淡了一些：“二十年前，初建这道观时，来了一伙山匪，其中一个看着颇年迈的，我以为不足虑，谁知他竟暴起，拿刀来砍我，我躲闪不及，只能用胳膊来挡，幸好家师用刀帮我架了一下。”

谢庸点头：“道长与令师筚路蓝缕，创下这份基业委实不易。”

清仁面上的怒气已经全无，甚至微微带了些得意之色。

周祈越发松弛下来，先抑后扬，又一个被谢少卿引入彀中的……

“那清德道长呢？他是几时入门的？”谢庸道。

“清德那时候还是个毛小子，还是我说着，才把他留下来的。如今翅膀硬了，疑惑起我来了……”

“便是亲兄弟，年纪大了，各自成了家，也往往多有龃龉，道长倒也不必太感怀。”谢庸劝道。

清仁呼一口气，点点头。

“既然令师与道长都是高手，清德道长功夫也不错吧？”谢庸问。

“他手上功夫不行，每日只知算计钱财，对家师用些小巧谄媚。”清仁看看谢庸、崔熠，“他虽对我不敬，却当不是那弑师的。”

“依道长看，这案子是谁做下的？”谢庸看着清仁。

清仁沉吟片刻，微眯下眼睛：“或许真是狐狸来报仇吧。”清仁站起来，“几位贵人随我来看看那毒虫吧。”

清仁领着谢庸、崔熠、周祈转过屏风，来到卧房。屋里一股子淡淡的腥靡气，床榻上褥单皱巴巴的。周祈在心里啧啧两声，果然没猜错，这位道长练化丹药，不只用掌，还用别的……

崔熠嘴角儿带上一丝坏笑。谢庸微皱眉，用眼睛余光看看周祈，神色庄重，收回目光时，却又扫见坐榻上扔着的一堆衣服，其下露出些黑色罗纱来。

清仁伸手指着墙根儿的一个陶瓷大坛道：“便在里面。”

谢庸、崔熠、周祈随他走上前去。清仁打开镂孔的陶瓷坛子盖儿，上面又有一层薄纱盖儿，透过纱盖，可以隐约看到里面一条不大的黑色小蛇，身上有些白色纹理，卧在坛底，一动不动。

“我才取毒不久，它在养着呢。”清仁道。

“这是什么蛇？看着有些似医书上说的银环。”谢庸道。

“书上叫什么，贫道不知道，只知道蛮人管它叫花斑王蛇。这是某前阵子去长安城，在西市跟一个蛮人买的。”

谢庸点头：“听名字便知道剧毒无比了。这东西，道长多久取一次毒？”

“每两月取毒一次。”

“然后炼成丹药吗？”

清仁看一眼谢庸:“想不到贵人对我等武人的事儿知道得这般清楚。”

崔熠插口向清仁求证：“听说还有一种练功之法，先是让毒性小的蛇虫咬伤，然后练化了，等这种蛇虫奈何不得他时，再换毒性更大的一种……”

清仁看看崔熠，半晌道：“贵人怕是从传奇上看到的这方法吧？”

崔熠斜一眼周祈，点点头。

周祈一脸的“你说什么”“我不知道”“与我没关系”。

谢庸微笑:“我等对此着实好奇，不知道道长可否送我等一颗丹药？”

虽知他要丹药何用，但前面相谈还算融洽，到底没有相驳，清仁从腰间荷包中取出一个三寸高的瓷瓶来，又取了一张纸，把倒出的一粒小小的黑色丹药用纸包了递给谢庸："小心些，莫要沾了血，不然神仙也救不得。"

谢庸接了："道长这瓶中是多少颗丸药？可有准数？"

"三四十颗。"

"瓶子从不离身？"

"从不离身。"

谢庸点头，再次道谢，与崔熠、周祈一起出来。

周祈问："去见清德，还是先回去试试这丹药？"

"去见清德吧。"谢庸道。

清德比清仁和气得多，肚子微腆，一双戴着白玉玦和碧玉指环的富贵手放在越窑青瓷盏上，对谢庸的话有问必答，但言辞之间多指向清仁。

"清仁师兄自恃功夫高强，平时不大把师父放在眼里，总提从前与师父一块儿吃苦受累的事，以观里肱股自居，好像该他做观主一样。

"清仁师兄弄毒物练功不是一天两天了，每天在他院子里神神鬼鬼的，还有他那几个弟子……哼，当人不知道吗？

"不瞒几位贵人说，家师前阵子曾微露让我接位之意。贵人们也看到了，清仁师兄性子粗，又不大爱管观里的事儿，清虚师弟则年轻……许就是因此，师父才招来杀身之祸吧。"清德叹一口气。

"听说令师精于刀法、拳脚，清仁道长研习的却是毒功，这着实让人有些诧异。"谢庸道。

"他们的功法不是一个路数。"清德笑道，"敝师兄的功夫不是跟家师学的。倒是清虚师弟是师父手把手教起来的。"

谢庸点头："清仁道长还擅长什么？轻身功夫如何？"

清德笑着看谢庸："师兄这样醉心武学的人，轻身功夫自然是不错的。"

“道长你呢？”谢庸微笑问道。

清德摆手：“我不行，我是师兄弟里最差的。”说着伸出自己几乎没什么茧子的手来。

从清德处出来，三人一鼓作气去找清虚，清虚却未在其院中，许是带人去收拾灵堂了。

“既如此，我去逮只老鼠来试药？”周祈问。

虽然许多毒物中毒症状相似，但总要试一试，万一发现这蛇毒与玄真所中之毒有差别呢？

崔熠赞她：“到底是我们阿周！老鼠这样的东西，说捉便捉。”

周祈轻轻嗤笑，小崔膏粱子弟，最见不得这个，老鼠有什么可怕的？

“可是，阿周啊，你这样英勇，日后与郎君在一处，想借着鼠虫与郎君撒个娇都不行。”

周祈不自觉地看一眼谢庸，一句“郎君向我撒娇也行”在喉咙转一圈儿，又憋了回去。她轻咳一声：“我走了，捉老鼠去了。”

谢庸看着周祈背影，嘴微微抿起。

周祈伏在后园假山石后，老鼠没捉到，却听到了人家说话儿。

“我本是南边人，家乡发大水，跟我阿娘阿爷逃难到了长安。先是阿爷病死了，后是阿娘，我便成了长安城中的乞索儿。师父拴在一座道观门前的马开了缰绳，我帮忙牵住，本只指望能讨得一个半个的饼，想不到师父动了善心，把我带了回来。

“那时候观里只有师父、大师兄、二师兄三个人。道观也没如今这么大，从前烧焦的狐狸祠还没清理完，留下些碎砖破瓦。师父带了我回来，不久又买了刘四他们这些仆役，后来观里又陆陆续续来了些云游道士，师兄们也收了弟子，才有了如今的样子。

“早年的时候，师父脾气还急躁些，这几年好了很多，对我也越发地好，师父是真心把我当弟子看……”清虚哽咽一声。

清虚絮絮地说着旧事儿，旁边坐着的陶绥只静静地听着。

在山石后听着清虚说幼时时光，听他怀念其师玄阳道长，周祈颇有些感怀，在外人看来，玄阳并不是个得道高人的样子，甚至还有些庸俗谄媚，但在清虚眼里，其师就是天下最好的师父。

人的眼睛就如传奇中的神仙镜，看自己放在心上的人，总会觉得他无一处不好，即便看到什么不美不好之处，也觉得可怜可悯甚至可爱。

周祈突然想起自己看谢少卿被揍得青紫肿胀的脸来……周祈没精打采地耷拉下眉眼，像只丢了心爱的肉骨头，又被揍了一顿的流浪狗。

偏老鼠洞里爬出一只老鼠来，这老鼠胆子格外大，蹲在洞口看周祈，周祈顾忌石头那边儿的清虚和陶绥，不好动它，那老鼠越发大胆起来，拖着长尾巴且走且停地从周祈不远处施施然走过。

周祈看着这只老鼠，觉得它特别像前阵子在谢少卿面前的自己，那样似有心似无意地挑逗，但若真去捉它，它定会飞快地逃了。

老鼠停下来，一边吃草籽一边回头看周祈。周祈默默抬手挥一挥，心里叹口气，走吧，人鼠殊途，没缘分！

前面清虚和陶绥终于说完话走了，那只调戏了周祈一会子的小鼠听见动静，也一溜烟儿地跑了，周祈只好再接着蹲守。

等周祈终于捉到一只老鼠拿回来，谢庸和崔熠已经去了清虚处，周祈便也去清虚处，到了却又听说他们去了玄阳真人生前住的院子，周祈便也跟过去。

玄阳真人的住处比其弟子的要大一些，院子正中用碎石砌了阴阳八卦图并紫微北斗图，廊下放着刀剑架子，墙边种着花木，进了厅堂，正面悬着《老子讲经图》，大书案上放着笔墨经卷、黄纸、小香炉，又有山水屏风、木几木榻等物，与长安城中略有些地位的道士所居之所并无多大差别。

谢庸站在大案旁，从手里拿着的《浑天乱》中抬起头，对周祈微笑一下。周祈支起嘴角也笑一下。

“哟，挺快啊——”崔熠回头，他正站在榻边看玄阳真人箱子里的桃木剑、木雕八卦牌之类。

周祈走到崔熠身边看一看，到底又转回大案前。

谢庸已经放下那本占术书，手中拿着的是一张信笺。谢庸看过，递给周祈。周祈接过来，这封信措辞颇客气，不过是日常问安，又说两句瑞元观日常事儿，像是给长辈师友写的信，只是不知道信始所称呼的“真人”是哪位真人。

谢庸问清虚。

清虚走过来：“这是家师写给长安祥庆观玄微真人的信。估计是前阵子本想送出这封信，但出了狐狸丹书的事儿，家师另写了信，并亲身去了长安，这信就没用了。”

谢庸点点头。

查看完了书案，几人又进玄阳真人卧房。

卧房里也是床榻、几案、箱柜，并没什么特别的，除了东墙上的小壁龛。龛上供着武神勾陈大帝，下面除香炉灯烛外，还摆着盘子大的一个木雕小坛。

周祈仔细看看那八卦小坛，与道观后面的醮坛很像，自然，八卦也出不来旁的形状，小坛周围还点了紫微北斗诸星，木头上面有些焦黑痕迹，这应该是雷劈木的。

道家多爱用雷劈木做各种法器，以遣召鬼神，驱邪避凶，镇宅护身。周祈微嘬一下牙花子，这位玄阳真人在卧房供奉勾陈大帝，还有这么个小醮坛……

清虚走过来，轻轻叹一口气：“祈福禳灾，谁想到……”

周祈点头：“这小醮坛有年头儿了吧？”

“嗯，师父请来这坛的时候，我还小。”

周祈再点头。

在玄阳真人处颇逗留了些时候，回到客房时，天已经黑透了。

道观仆役送来暮食，三人吃过，便一起看老鼠试药。

绝影做事儿利落，把药丸摁在老鼠受伤的腿上，顷刻间，老鼠便气绝身亡了，伤口流出乌黑的血，周身青紫。

谢庸、崔熠、周祈互视一眼，没错了，就是这种毒。

“能得到这毒的，除了清仁，就是他的弟子们。”崔熠看谢庸和周祈，“你们注意没有？那清仁跟他的弟子……嗯……”

“练化丹药呗。那药里也不只蛇毒，或许还有石钟乳、赤石脂、石硫黄之类的，性热。”周祈道。爱服食丹药的道士常有吹嘘“夜御十女”者，食药纵欲而亡的达官显贵也不少，只是这清仁出火选男的。

谢庸道：“也许还有旁人也能得到这药——”

外面传来拍门声。

罗启去开门，谢庸、崔熠、周祈一起走出来。

是清虚，还有清仁那个相貌颇俊秀雅致的弟子叫敬诚的。

敬诚神色有些惊慌：“贵人们，家师不见了。”

“最后一次见他是什么时候？他可留了话儿或字条之类？”谢庸问。

敬诚摇头：“今日午时师父服了丹丸，他服药后，用心练功，不让我与师弟们相扰，故而我等都不在。服药之日吃过暮食后，师父当再配合喝一碗汤药。家师于服药之事颇仔细，一般都不错时辰。可如今都这个时候了，他还没回来。有一个洒扫的仆役说看到师父去后门了，可我们去后面找，连师祖出事儿的林子也找了，没找到人。”

“可去问过清德道长了？现在观里的事儿是清德道长管着吧？”

敬诚摇头又点头：“是师叔管着。”

“一起去见一见他吧，然后召集人手出去寻找。”谢庸道。

清虚面色沉重，又带着些无措：“大师兄也出事儿了吗？”

谢庸轻声道：“很难说。”

玄阳真人的尸首已经挪到了灵堂，清德带着几个弟子正在给其师守灵。

陶绥来给玄阳真人上晚香。

清德等弟子顿首回礼。

见谢庸等过来，一个道士也递给谢庸、崔熠、周祈香，三人都插在炉中，又行了礼，清德等也顿首还礼。

“清德道长，刚才令师侄来说清仁道长不见了。”谢庸看着他。

“不见了？”清德面现诧异之色。

正要走出灵堂的陶绥转头：“我傍晚在院中碰见清仁道长，清仁道长说是去后面醮坛见道长你。道长没见到他吗？”

清德略停顿一下，笑道：“他约我去醮坛，不知有什么事儿。我在坛上等了他一阵子，他没来，我就回来了。我还想着等他一会儿来给师父守灵问他呢，什么事儿，非得去醮坛说。师父在的时候，是不许人随便上醮坛的。”清德说着从袖囊中取出一张字条来，递给谢庸。

谢庸展开看：“酉末醮坛一见。仁字”

“这字条是谁给道长送来的？”

“不知道。我忙忙碌碌，这字条儿夹在门缝儿里了。”清德看敬诚，“你们谁给我送去的？”

“我们下午都不在师父身边。”敬诚道。

谢庸看看屋里的人：“我们先去后面醮坛附近寻找吧。”

清德点头，招呼人手，点燃灯笼火把，留了两个弟子守灵，带着其他人都去了观后。谢庸、崔熠、周祈、陶绥等外人也同去。

这醮坛修建得颇雄伟，一点儿不亚于京里大观的醮坛，斋醮法师站的高台子雕着八卦纹，台前三个大鼎炉并排而立，后面有矮一些的平

台，是都讲、监斋、侍经、侍香、侍灯等人站的地方，两侧又有旗台，几个角儿上还蹲着石头神兽。

周祈白日间趁人不备上来看过，这算“故地重游”。

这醮坛平日当是有人打扫的，但打扫这种事儿，尤其日常并不用的地方的打扫，边沿角落等处难免疏忽。上午周祈便查看过这醮坛边沿，以期寻找到带新鲜泥土的脚印。

周祈又蹲在神兽石雕所在的边角儿上，把火把拿近，眯眼看地上的灰尘：“你们看，这像不像蛇虫爬过的痕迹？”

清仁的弟子敬诚道：“不错，这是蛇虫爬过的痕迹。”

“或许清仁道长来过这里——”周祈看一眼清德。

“大师兄莫不是也想害我？我知道了，我来时是带着敬修、敬信一起来的，师兄固然功力高强，用毒的本事也好，却难在一息之间杀死我师徒三人，少不得会闹出动静来，让大师兄露了行藏。若我是像师父一个人，只怕这会子早就凉了。”清德冷冷地道。

敬诚等几个清仁的弟子都露出愤怒的神色。

周祈则看一眼清德身后两个没什么神情只垂手恭立的弟子：“若如道长所说，清仁道长如今又去哪里了呢？”

清德道：“兴许是畏罪跑了也不一定。几位贵人可查出家师所中之毒是不是蛇毒了？”

周祈看一眼谢庸，谢庸点头：“不错，令师所中之毒与清仁道长所养蛇虫之毒非常相像。”

清德击掌：“这就对了，大师兄定是畏罪跑了。临跑之前，还想着害我一命，真是歹毒啊。”

清德看看谢庸、崔熠、周祈：“贵人们，那我们就不找了吧？大师兄多行不义必自毙，我等倒也不必执着寻他出来清理门户，为师父报仇。唉，毕竟同门多年……”清德叹一口气。

清德看向清虚："师弟，以后就是我们师兄弟相互扶持了。"

清虚面带犹疑。

周祈觉得这小小道观还真是人才辈出，前有用毒物练毒爪的清仁，后有巧舌如簧若是生在春秋战国兴许能凭舌头混饭吃的清德……

突然察觉到谢庸的目光，周祈也看他。谢庸轻拍一下白玉栏杆，另一只手拿着火把离那栏杆也近了些。

周祈看向那栏杆。

谢庸对她微不可见地点下头，又看看自己的胳膊，然后看清德。

周祈看向离自己不远的清德那格外宽大的袖子。

清德道："那咱们就回吧，回去接着守灵去。"

众人都转身往醮坛下面走。

"清德道长——"周祈走向清德。

清德扭头。

"玄阳真人葬礼后，观里就该举行新观主继任典礼了吧？可惜我等还要回京，怕是没法儿参加了，先与道长致个歉。"

清德笑起来："施主莫要客气。不过一间山野小观换道士头儿罢了，施主们都是京中贵人，忙的是大事儿，施主们能有此心，贫道等已是铭感不已了。"

周祈走到清德身边："希望下次来时——"

突然，周祈抓住清德双手，把他撞向醮坛栏杆。

清德面朝外，被拍在栏杆上："你——"

清德的几个弟子都抽出随身刀剑来。

谢庸隔在周祈与清德的几个弟子之间，手放在腰间剑上，肃然地看着他们。

几个弟子到底是乡野道士，被他气势一压，不敢轻动。

罗启、的卢也赶忙上前，绝影护在崔熠身侧。

崔熠怒道："大胆！"

周祈则轻笑："都少安毋躁。"说着用左手抓住清德两腕，腾出一只手摸向清德的右臂，果然……"真有好东西啊。"

清德挣扎一下。

有罗启、绝影在，谢庸走到周祈身边："我来。"

周祈便用双手抓住清德："都这时候了，就别挣扎了，难道你还想着把我们都灭了口？"

清德冷哼一声："我不知道施主在说什么。"

谢庸卷起清德的右面衣袖，露出里面的铜管袖箭。谢庸解开袖箭系绳，轻轻地拿下袖箭筒子。

谢庸又摸一摸其左面衣袖，这边倒是没有什么。

周祈道："看看前胸，听说有一种暗器是绑在胸口的。"

谢庸点头。

"兴许带毒，小心！"周祈叮嘱。

谢庸看她一眼，嘴角微提，轻"嗯"一声。

谢庸在侧面拉开清德外袍衣襟，里面倒是没有什么暗器，却有一层油过的不知什么皮子的护身软甲，显然是防备其师兄毒爪的。

周祈："同门师兄弟做到你们这份儿上，也是不易。行了，道长，说说吧？"

清德扭头冷眼看着周祈，又看谢庸："敢问贵人们，我绑个袖箭防身又怎么了？犯了哪条律法？"

谢庸道："在醮坛玉石栏杆上有新痕迹，看大小深浅，是袖箭打上所致。"

"我前日确实在醮坛练了会子袖箭。"

"当时令师还在，道长会违抗师令来醮坛上练袖箭？"

清德语塞。

知他不会轻易招认，谢庸道："案发当确是在傍晚酉末时分，一则陶郎君也这般说，一则白日人多，有些事儿不好做。案后清德道长又准时回去守灵，中间时候不长，"谢庸看看醮坛后面的山，"若是埋尸抛尸，也当就在离这里不远处。松柏林子太明显，且敬诚道长等已经去寻过了，那便只剩了后山了，应该就在后山脚下。"

清德的脸越发阴沉。

让人拿绳子把清德及其弟子绑了，众人一起进山寻找清仁尸体。

崔熠问谢庸和周祈："你们怎么知道清德胳膊上绑了袖箭？暗器这种东西，你们也能看出来？"

谢庸与他解释："清德刀剑拳脚功夫不好，却敢对上清仁，必然有所倚仗；他手上戴白玉玦，玦上有弓弦摩擦痕，他能用弓箭，那么会不会想到用暗器？"

崔熠想起清德伸手给自己等人看，当时只觉得穷乡僻壤一个道士，竟然长了一双东、西两市大掌柜的手，却是没注意此节……

"且清德的道袍衣袖格外宽大，腕部收口儿却又格外小。见到那醮坛上的箭痕，自然便会怀疑他。"

崔熠看看谢庸，又看另一侧的周祈："你们怎么总能想到一处去？"

谢庸嘴角带着一丝笑，亦看向周祈。

周祈否认："我哪是那种细致人？且想不了那么多。是谢少卿冲我使眼色，我听命行事而已。"

崔熠看着她。

周祈点头："真的！"

崔熠扭头看谢庸，谢庸一脸的淡然。

想不到老谢这样的脸，还能用眉眼说这般复杂的话，关键阿周还能懂……怎么这么玄呢？

崔熠略觉忧伤，明明是自己先认识老谢，也明明是自己先认识阿

周，怎么他们就这般默契呢？只隔着一个墙头儿，时常混在一块儿的缘故？崔熠想了想，一定是了。可惜自己没法儿独居，不然也去开化坊买个宅子，与他们做邻居去……

确实如谢庸推测的，清仁的尸体在后山脚下一片杂树丛中被找到。他们找到时，还有两只似猫又似狐的东西正在撕扯啃咬，见人来了，这两只兽刺溜钻进了林子。

清仁的尸身极是恐怖，皮肉尽是青紫色，血迹乌黑，脸上、身上被咬得血肉模糊一片。

敬诚等都被其师的惨状惊住了。

谢庸蹲下，罗启给他用火把照亮儿。

虽然尸体被破坏得极厉害，但还是能看到清仁前胸有很深的两个箭痕，脖颈间亦有一个。

谢庸拿出清德的箭筒，取出一支箭，比一比，确实是这个所致。这箭是七星箭筒，可同时发七支箭，另三支估计也射空了，或许坛上还有没发现的射痕。

崔熠颇有两分感慨地看向清德："同门师兄弟多年，你竟然连埋都不埋一下，任由尸首被山间野兽糟蹋……"

"清德道长或许是有意为之。若我们晚来一阵子，尸体上的袖箭伤口便被啃没了，只余兽痕。蛇毒多为血毒，这些野兽倒是无恙，只是要被当成'狐狸'背了这害死人的锅。清德道长把那丸药抹在其伤口上，用意便在此吧？"谢庸淡淡地道。

变故陡生！

清虚拔刀砍向清德："师父也是你杀的！是不是？"

看押清德的的卢本只防备清仁的弟子会动手，想不到动手的是旁边颇沉默老实的清虚，赶忙举剑来挡。

清虚的刀擦着清德的肩膀而下，道袍破了，露出里面的甲衣。

见清虚刀法凌厉，周祈等从尸体旁跳起奔去帮忙。

清虚变招，那刀挥向清德的腿，的卢用剑去格，那刀到底还是砍破了清德腿上的皮肉。

“啊——啊——”清德叫声惨厉，倒了下去。

不只才奔过来的周祈、谢庸等愣住了，便是刚才还在砍砍杀杀的清虚都提着刀愣住了。清德的伤口流出黑血，很快，他的脸也青紫起来。

“二师兄——”清虚嘴唇微抖。

绝影缴了他手里的刀，清虚没有反抗。

谢庸轻轻拿起清德腰间悬的荷包，荷包已经被砍破了，露出里面碎了的瓷瓶，是清仁装丹药的瓷瓶。

过了片刻，看看满面青紫流着黑血的清德，又看看同样浑身青紫流着黑血死相更凄惨的清仁，崔熠叹口气：“这便是天道轮回吧。”

众人砍木做架，抬了两具尸首回去。

清德的弟子们到底不像其师那样硬气，很快便招认了醮坛上的事儿。

“真的是师伯先要害我们师父的。我们在醮坛上等了片刻，便见师伯走上坛来，我们与师父一起迎下去。突然地上有蛇虫游动，师伯竟然放蛇来咬我们，师父不得已才发了袖箭。

“师伯中招，死在醮坛上。师父说这种事儿说不清，师父和我抬了尸首进山，留下敬修清理打扫醮坛。我们把师伯的尸体放在这里，又撒了他的药丸在伤口上，以伪装是中毒而亡……”

对于玄阳真人之死，清德的弟子们都矢口否认：“师父怎么会对师祖不利？师父对师祖很孝顺，师祖对师父也好。有一回师祖喝醉了，我们与师父一同服侍他，师祖确实说过让师父继任的话。

“师父杀师祖没有好处。师祖没了，又没留下准话儿，那观里就该着大师伯当家了，那我们师父就艰难了。”

对于那条蛇的下落，敬信则道：“师父匆忙间扳动机栝射出袖箭，

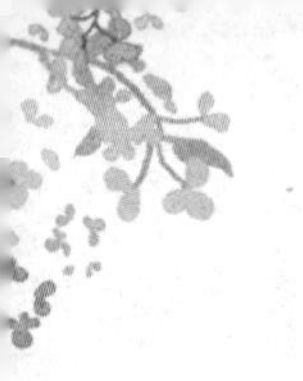

师伯倒地，我们再寻这蛇已是不见了。师父真是迫不得已的，都是大师伯逼的……”

如清德一样，他的弟子们也都长了一副好口齿。

从山里回来，谢庸、崔熠、周祈连夜搜查了清德、清仁的屋子，讯问了他们的弟子。

清仁的弟子则讷言一些，只说师父与师祖师徒三十载，断然不是弑师的人，对其师试图杀清德之事，却说不出什么，毕竟有那字条在，还有那蛇……

站在那养蛇的坛子前，谢庸扭头看敬诚：“那蛇平时都是令师自己伺候吗？”

敬诚道：“是。师父喜欢这个，我们……”

谢庸理解地点点头。

敬诚俊秀斯文的脸微微垂着，带着些悲伤和惶惶。

“道长跟在令师身边几年了？”

“六年了。”

“道长的几位师兄弟都与令师这般亲密吗？除了令师兄弟，令师可还有旁的亲密人？”

敬诚抬头看向谢庸，目光扫过不远处的周祈。

谢庸静静地看着他。

“没有，就我们兄弟。”敬诚垂下头，低声道。

谢庸抿一下嘴：“令师行事时，可有什么怪癖？”他看向坐榻，那个圆头软脚黑罗纱幞头已经从一堆衣服中被掏了出来，摆在面儿上。

敬诚顺着他的目光看过去：“他偶尔会让我等戴上这幞头……”

虽头一晚交子时才睡，谢庸起得仍颇早，他走出门去，对面周祈所居小院的门还关着，谢庸笑了一下，负着手顺着观里的路往外走。

一个小道士没精打采地拿着扫把扫地，见了谢庸，停下施礼，打个问讯。谢庸还了礼，从正门走出去，拐到西面湖边。

湖边雾气中有两个人。

“不能这样！”

“为什么不能这样？”

有人略顿一下：“你这样刻，锋芒毕露，有失雅厚，与《道德经》不合。”

“我不是念书人，不知道什么雅厚不雅厚！刻刀能跟郎君的笔一样软？写在纸上，跟刻在石头上，本来就不一样！”徐石匠把刻刀丢进腰间褡裢里，“这么个破地方，死了好几个人，我还不想伺候了呢！”

徐石匠气冲冲地从谢庸身旁走过。不经意地，谢庸扫过徐石匠的鞋面儿。

谢庸看看陶绥：“倒是个暴脾气的。”

陶绥无奈地一笑。

谢庸与陶绥并排而立，前面飞瀑喷溅，碧绿的湖面上薄雾缭绕，宛如轻纱拢住碧玉，再远一点，苍山环抱，一片苍翠。

“多似仙境。”谢庸叹息道。

陶绥点头：“是啊。”

“来了这两日，一直没有与郎君好好说会儿话。郎君言谈不俗，写得一笔好字，如何没去科考？”谢庸问。

陶绥笑了一下：“贵人谬赞，乡野之人，说什么不俗。某也曾想去科考，但先是家父，再是家母，相继病逝，去年秋天才出了期，做什么都迟了，看能不能参加明年的吧。”

谢庸点点头：“难怪看郎君面上总带着些抑郁之色。”

陶绥没说什么。

谢庸感怀地道：“丧亲之痛便是如此，‘哭不偯，礼无容，言不文，服美不安，闻乐不乐，食旨不甘’尚不足以描述，但夫子说的‘毁

不灭性’‘无以死伤生’却是有道理的。逝者已去，我们还要活着，长者们的在天之灵也望着我们能过得好一些，莫要只沉湎于悲伤之中。”

陶绥行礼：“多谢贵人劝导教诲。”

谢庸看看陶绥，微笑道：“见了郎君，有感于怀，多唠叨两句，郎君莫要见怪。”

陶绥再行礼：“不敢。”

雾气慢慢消散，踏着阳光走过来一个人影。谢庸扭头，眼角弯起。陶绥亦扭头看看，微笑道：“晓日晨光，足暖心怀，真好。不打扰贵人们了。”

周祈与陶绥错身而过，陶绥行礼，周祈还礼。她扭头，看着陶绥洒脱中带着些孤寂的身影：“谢少卿，你觉不觉得，有的人好像天生萧瑟一样？”

周祈问完，又不禁哂笑一下，自己也差不多这德行，命中带“独”，还说别人。见她这样笑，谢庸心中泛起酸楚。

周祈又咧开嘴笑了：“难得出城一趟，本以为能爬个山，泡个汤泉，谁知竟遇上命案，出门真是不能不看皇历……”

“阿祈——”

“嗯？”周祈抬眉。

谢庸看着她，想到她最近的躲闪，到底没说什么，只温暖地一笑：“你看这景色多好。”

周祈偏是个犟种杠头拿刀砍石头的货：“哎，谢少卿，你知道那陈生为何待原六不同吗？”

谢庸只看着她。

“因为他就没见过这样儿的！这么能闹腾，活泥鳅一样。他平时见的都是风拂荷塘，莲叶微动，最多也就是三五尾小鱼优哉游哉，见了这泥鳅，就觉得新鲜了……”

“风拂荷塘，莲叶微动，有鱼摆尾，还有活泼泼的泥鳅，阿祈所言，恰如一幅生动的夏日荷塘画卷，甚好！”谢庸微笑道。

周祈有点无语，风水轮流转，这回改成谢少卿装糊涂了？

“阿祈，你不会做饭，你不知道，泥鳅味道甚美。把泥鳅用油煎酥了，加葱姜蒜爆炒，再放些紫苏、茱萸，极香！下酒下饭，都好得很。”

周祈不争气地咽了口唾沫。

谢庸的笑更深了：“待夏日的时候，做给你吃。”

周祈有些悻悻的，心里又抑不住升腾起一线喜悦来。周祈在心里嗤笑，还真跟传奇里的人渣郎君们差不多了，而谢少卿自然是那些芳心错付的痴情美貌女郎。

大约每个痴情种年轻的时候都会遇上个把负心人渣吧？

等谢少卿老了，子孙满堂了，看到墙头杏花，或是再游骊山，或是看到马上某个不羁小娘子的身影，或许也会作首诗感怀感怀，谢少卿是好性子的厚道人，应该不会骂，只会嗟叹……

周祈在心里轻叹一声。

自误杀清德后，清虚就木木呆呆的，观里便是几个老成些的敬字辈道士合议主事儿。因玄阳师徒皆是凶死，不宜长停，道士们卜了卦，又与谢庸等商量过，便择定三日下葬。

这已是第二日，道士们忙着出山购置棺木、大殓、念济幽度亡经文，谢庸、崔熠、周祈、陶绥等客人帮不上什么忙，只开吊时祭奠上香也便罢了。

同样祭奠上香的还有住在观里的游方道士们。

这些道士只住在这里，不管观中事，其中一个年纪大些的与谢庸打听：“敢问贵人，贫道等昨日只听说玄阳真人在林中打坐时为狐狸所害，晚间又听说清仁道长不见了，这如何清德道长也亡故了？”

谢庸把清仁携毒蛇去见清德，清德以袖箭杀之，又藏了其蛇毒丹

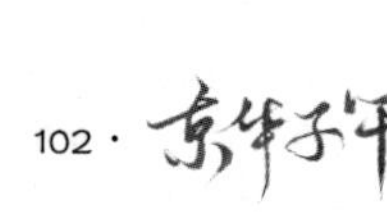

药，后清德又被清虚砍伤砍破丹药瓶子毒发身亡之事说了。

“兄弟阋墙，其祸不远……”谢庸摇摇头。

游方道士们亦摇头感叹，问：“那玄阳真人——”

“如今看来，极可能也是清仁道长所为。之前玄阳真人曾有意传位于清德道长，如今观里又有这丹书之利，清仁自然不忿，他身怀剧毒，功夫了得，要在林子里杀了玄阳道长是不难的，又故布疑阵，做出狐狸爪痕来，不过是为了摆脱嫌疑。自然，斯人已逝，这也不过是推测罢了。”谢庸道。

游方道士们都道，应该便是如此了。就在灵堂前，道士们不好说亡人什么，不然或许还会说些“清仁道长平日看着便颇凶悍”之类的话。

其中一个道士道：“本以为这是神仙福地，最利于修道，如今看来……”

谢庸闻言知意：“莫非道长有远游之意？”

这道士竟然是个爱谈玄的：“贫道等本就是方外人，四处为家，谈何远近？”

谢庸点头：“道长说得是，是某浅薄了。”

周祈站在旁边，听谢少卿与道士们闲聊，眼风扫过不远处正与另一个游方道人说话的陶绥……

道观里扰攘忙乱了一天，烧过了晚香，不久就安静下来，各个院子的灯火渐渐都灭了，只灵堂三盏灵前灯还亮着，几个守灵弟子头一点一点地打着瞌睡。

两个人影拔开道观门插关，走出来，快步向山间去。

“先点着前面的大殿，那边没人，等烧旺了，即便有人去救，也救不下。等都去大殿救火了，我去烧灵堂，你去烧后面的醮坛。”

“不！我去烧灵堂！”

“也可。可惜那醮坛建得太过结实，木少石多，也只能烧什么样算什么样了。”

“要我说就该先点道舍，他们一个个自顾不暇的时候，我们从容去烧灵堂和大殿。”

“我们已经说过此事了。元凶首恶已除，何必多造杀孽？”

“呵！这帮道士没一个好东西，能烧死一个是一个。从他们住进这道观开始，就不是什么无辜人了。”

“二郎！”

“罢，罢，听你的。”

二人来到一个山洞前。那个被称为“二郎”的吹亮火折子，往山洞里面走：“我晨间来看过，都好好的，我之前还怕老鼠之类把油给——”

他突然停住，目光投向洞中放油脂、硫黄、松香等物之处三个黑黢黢的身影。

周祈倚在石壁上打个哈欠：“你们再不来，我就睡着了。”

“陶郎君、徐郎君。”谢庸淡淡地招呼道。

罗启只在谢庸身旁抱剑而立。

陶绥脸上的惊愕化成一抹微笑：“一直没问，不知贵人官居何职，应当不是普通的世家子吧？”

“大理寺少卿谢庸。”

陶绥再笑一下：“想不到会撞在大理寺少卿手里，大约这就是天意吧。”

“什么天意！”石匠徐二郎掏出腰间竹筒，拧开盖子，朝谢庸甩去，又把火折子扔向那堆易燃之物。

周祈跨步挡在谢庸身前，举刀挥过，毒蛇被斩为两截，又身形不止，就势翻身，接住那火折子。

罗启已经拿刀与徐二郎战了起来。想不到徐二郎竟然也是个会用刀的。周祈挺刀上前，架住徐二郎的刀，把火折子塞在罗启手里：“我来！”

周祈撩开徐二郎的刀，左劈右砍，极凌厉地一阵快攻。徐二郎虽多年也勤练不辍，自身也有几分悍气，但到底比不得周祈。周祈刀刀不离其胸腹，徐二郎渐渐左支右绌。

周祈变招，刀沿着徐二郎格挡的刀上滑，还是那式她用惯的杀招——刀尖挑在了徐二郎的下巴上。

“若不是刚才砍了蛇，你今日定会见血。”周祈冷哼。

一直拿剑在旁替她掠阵的罗启极想像陈小六一样喊“老大威武”，但到底顾忌谢庸在身旁，没有叫出口，此时赶忙上前帮着把徐二郎绑了。

徐二郎扭头，看向一动未动的陶绥：“你怎么没——”

“他比你有眼色！”崔熠带着绝影、的卢从外面进来，“以后别把这堵截补刀的活儿交给我了。没意思！”

但崔熠还是没忘替周祈吹嘘：“阿周，你真是越来越英姿飒爽了！活像个女战神，嘴里能喷火那种！”

周祈嗤笑：“嘴里喷火……那是妖怪！”

有绝影拿着的火把照亮儿，周祈看一眼徐二郎，伸手接过罗启手里的火折子，扔进那盛“油”的桶中，火折子应声而熄。

徐二郎一怔。

“还想纵火烧我们？”周祈没好气儿地道，“我们像是会站在一堆燃爆之物旁边与凶徒打架的蠢货？”

徐二郎不说话。

陶绥微笑：“被诸位抓住，我等倒也不冤。不知贵人们是怎么发现我与二郎的，又是怎么找到这里的？”

“郎君名绥，史书中载涂山人之歌，‘绥绥白狐，九尾庞庞’，徐郎君的‘徐’与‘涂’极相似，我猜陶郎君和徐郎君应该都姓涂吧？‘涂山氏’之‘涂’？”谢庸问。

陶绥点头：“不错。”

“这道观所在，原来是涂姓家族聚居之所？”

陶绥再次点头。

“当日我等在湖边见到你们安放那刻丹书的大石，拆那地上砖石时，只二位郎君是把砖石搬过去的，其余人等皆是扔到那堆上。我想，当是那石头上有涂氏家族标志九尾白狐之故。

“因当年的恩怨，两位郎君欲图报复，且是以家族名义报复。两位先是伪造了丹书放在瀑布后的小山洞中，或许还假做狐鸣？月下湖上仙狐吐纳这样的事儿怕是观中道士为了那丹书编的。”

“确实二郎只是在洞中学了学狐鸣。”陶绥道。

“那洞中几条旧刻痕，是你们幼时刻的吧？或许刻的便是白狐的九尾？”

陶绥微怔，想了想：“不记得了，或许吧。”

谢庸点头：“郎君时常来观中，对玄阳、清仁、清德等的秉性、毛病和他们之间的关系知道得颇清楚，甚至——还与清仁关系非同一般，所以便定下这杀一带二之计。”

陶绥的嘴绷成一线。

“郎君是否曾送给清仁一顶幞头？”

陶绥扭头看向别处，没有回答，这没有回答便已是回答。

对这士子们常戴的圆头软脚黑罗纱幞头，谢庸没再追问，而是说道：“郎君轻易地或不太轻易地得到了清仁的蛇毒丹药，又打制了特别的指套，或者其他狐狸爪形利器，至于怎么杀玄阳真人——我猜或许是把毒针插在蒲团上，玄阳真人坐上蒲团，中毒，站起，跌倒，仰面而亡。

“你们和一个扫地的小道士一同跑过去，然后支使受了惊吓的小道士去找人，趁此时候，用狐狸爪利器造出抓痕，为混淆视听，不只在臀上抓了一下，还在背上也抓了一下。

“在此不得不说老天也帮二位。若玄阳真人是俯卧而亡的，让那小道士看到玄阳真人身后完整的道袍，你们怕是就只能抓伤其肌肤，而不得抓破其衣服了。虽说是‘仙狐’，到底还是有些奇怪，不如如今做的这般自然。”

谢庸看陶绥：“或许郎君们有更巧妙的办法？”谢庸又看一眼周祈，“周将军曾猜测伤人的是绑在树上的小弓弩，晨间林中尚暗，玄阳道长或许踏中连着小弓弩的机关，被其射中后背。匆忙间，小道士不注意，你们支使小道士走后，收了这小弓和机关，同样可以造成这样寻不到脚印的场面。”

“没有什么机关，便是如贵人所说的把针反插在蒲团靠里一些的地方。”

周祈看看谢庸，得，你赢。谢庸安抚似的看看她。

“至于醮坛上清仁与清德之争——以清仁道长的性子，写字条约其师弟醮坛相见，未免太奇怪了些，更何况带着取毒不久、伏在坛中不动的毒蛇？

“我猜，塞在清德道长门缝的字条是郎君写的。郎君善书，伪造各人笔迹是极简单的事儿。郎君把伪造的字条塞在清德门上，又亲去找清仁。郎君知道清仁服药后的下午弟子们都不在，或者这个规矩便是因郎君才定的。郎君与清仁说了什么，某不好妄加揣测，清仁被说动，于酉末准时去醮坛找清德。

“徐郎君捉了其他的蛇提前放在醮坛上，当时天色将黑，清德但见蛇行，便以为是那条花斑王蛇，然后发动袖箭机关，射杀了清仁。我不明白的是，徐郎君是如何操控那蛇应时而动的？”谢庸问。

陶绥道：“那蛇刚被喂了老鼠，不爱动。清仁身上有剧毒蛇王的气息，他去哪里，蛇虫都会匆忙避让的。”

所以，那蛇不是要攻击清德，而是逃走，也难怪后来他们没找到那条蛇。

谢庸点头：“受教了。”想来蛇虫绕行这事儿是清仁亲口告诉陶绥的。

“当时徐郎君或许就在隐蔽处看着吧？见死的是清仁，便回到观中，埋伏在清仁住处附近，等众弟子都出门寻他，就进去把真正的花斑王蛇捉出来——清仁的弟子不养蛇，也不注意那蛇，不会知道那蛇是几时不见的。”谢庸道，“若死的是清德，他自己就会留下后手，他的其余弟子知道他去醮坛见清仁了，还有醮坛上蛇行的痕迹，这都是铁证，故而这就是一个死局。”

“只是我没想到清德也会死在那药上，就像崔郎君说的，真是‘天道轮回’，报应不爽。”陶绥冷笑一声。

陶绥看着谢庸：“贵人推测一丝不差，宛如亲见，只是贵人恐怕也猜不到这些披着道士皮的恶人当年做下什么样的恶事儿。

“我们涂氏这一支从淮北而来，安居于此已近百年。我们人丁不算兴旺，可老少也近百口，一夕之间被这帮恶道所害，只我们几个当时未在家中的大人孩子得以保命。我们回去，家中已经一片焦土。一个族伯受了重伤，逃到山林中，我们找到他时，他已经不行了，只说了‘道士害人’几字，便撒手西去，他手里还攥着一块带血的道士衣袍。

“二郎家只剩了他与他阿娘，我家只有家叔与我活了下来，家叔把我托付给我的养父养母，自去告状，那昭应县令受了道士们的好处，反将家叔打了出来，第二日，家叔便不明不白地在家里死了。这样的血海深仇，我们岂能不报？”陶绥眼睛泛红。

谢庸想起清仁胳膊上的伤，他说是当初建道观时为山贼所伤，那“山贼”或许便是涂氏族人。陶绥面对这样的灭门凶手，舍身饲喂，与他周旋……

过了片刻，谢庸问：“这些道士图谋什么？就图谋这块风水宝地吗？”

“或许是吧。我探过清仁的口风，他没说什么，或者是防备我，或者是不知道，毕竟当年拿主意的是玄阳。”

玄阳屋子里供着的神像和雷劈木醮坛，就是镇压这些冤魂用的吧？杀这么些人，竟然就是为了这个？谢庸点头：“是啊，或许只有玄阳自己知道得最清楚……”

谢庸又问：“今早在湖边，郎君与徐郎君在争吵什么？”

陶绥摇头道：“并没争吵什么，只是在说些日后的打算罢了。”

徐二郎冷声道：“我想着点了道舍，把你们这些人能烧死多少是多少，他却妇人之仁，不愿意！”

陶绥看一眼徐二郎：“二郎，你便是如此说，我也不能脱罪。”

“那你又何必给我瞒着？”

陶绥不再说什么。

长长的案子问下来，已过子时。谢庸等押着陶绥和徐二郎回道观，至于埋在洞外的硫黄、松香等证物，只能明日再来取。

周祈伸个懒腰：“还挺累的，找这个藏东西的破山洞，可找了一阵子，又跟徐二郎打了一架。”

“对了，忘了问了，老谢怎么知道他们在这么个山洞里放了硫黄、松香、油脂等物？”崔熠问。

周祈告诉他：“谢少卿说晨间看到徐二郎鞋上有极明显的一大块油污，先前是没有的，然后又想到那传说中被烧掉的‘狐狸祠’。若果真有仇，他们怎么会让玄阳等入土为安？十之八九会选在今晚焚烧道观。”

崔熠看看前面谢庸的后脑勺儿：“一块油渍……就能想这么多？”

崔熠不放过任何一个架秧子拨火的机会：“阿周啊，你与老谢当邻居，得小心啊，保不齐什么时候就吃了亏，他太精了。”

周祈有些心虚地抓一下耳朵，那些传奇上的美貌女郎也都是极聪慧的，也都在那些渣渣郎君手里吃了大亏……可见这精不精的，跟吃亏占便宜并没太大关系。想到占便宜，周祈脑子又歪了，在歪出太远之前，周祈硬生生地把这“歪”给扳“正”过来，又在心里念起了经。

“显明，我听说长公主如今为你挑新妇已是女的、活的即可了？”前面传来淡然的声音。

“不是！不能！没有！”

听着崔熠的“否认三连”，周祈不念经了，专心合伙儿嘲笑起崔熠来。

第二日，谢庸、崔熠、周祈表明身份，带着陶绥、徐二郎、清虚等一干嫌犯和证物回京。

此案涉及二十年前的百条人命大案，大理寺的人颇忙了一阵子，除正式堂审外，还查阅县志，派人询问这山谷附近村落的百姓，询问陶绥、徐二郎后来的邻居等可能的知情人，查问当年昭应县官员受贿渎职之事，并试图寻找当年涂氏家族埋骨之所。谢庸还拜访了与玄阳关系不错的祥庆观玄微真人——到底是二十年前的旧案，几乎所有证据都湮没于岁月中了，便是当年的昭应县令七八年前也一病死了，埋骨之所更是全无踪迹，但陶绥所言当年之事基本确定是真的。

那丹书系伪造的，王寺卿为此专门给皇帝上了奏表。周祈听一个相熟的宦者说，那两日御前的人面色都不太好。

想想也知道，先是回鹘神鹰死了，后来“神狐”献的丹书又是假的，这位成天想着长生不老的老皇帝得是多失望……

此案审判完毕，已经进了五月。

周祈院子里的杏花儿开得早，果子结得也早，还不到端午节，黄黄的杏子已经挂满枝头。

周祈懒而馋，从兴庆宫回来，在坊里顺手买了二三十串烤羊肉，回来在树上摘了些杏子洗净，便歪在院中小藤床上，这么杏子就烤肉当暮食吃。

天正是将黑透未黑透的时候，已经挂了不少星子，亮晶晶的。周祈喜欢此时天空的颜色，一种极漂亮的藏蓝，深而不闷，还有那么一点点不显山不露水的艳，这个颜色如果做成袍子，面色白的人来穿，一定好看极了。

面色白的人……周祈捏着杏子咬一口，咂下嘴——这个有点儿酸。

还没吃完，有人拍门，不轻不重，不缓不疾。

“来啦！”周祈放下手中的大碗，趿拉着鞋去给谢庸开门。

谢庸一袭家常浅灰色布袍，没戴幞头，只用簪绾着发，身后跟着朏朏。

“哎哟！小宝贝！几日没见，想我了吧？”周祈赶忙走上前去抱起朏朏，“好像又沉了呢！你都不苦夏吗？”

谢庸莞尔。

“喵——”

“越夏天越想吃东西？难怪这般富态。”

“喵——”

“你夏天爱吃什么？还是鸡肉吗？小鲜鱼？”

“喵，喵——”

谢庸如主人一般走进院子，后面一人一猫犹在絮叨。

周祈把朏朏放在藤床上，走去屋里给谢少卿端了个竹篾子编的小坐榻来，又拿了一个茶盏，给他倒了一盏饮子。

朏朏正蹲在床上观赏周祈的暮食，谢庸亦看了几眼。周祈便问他可尝了自己送去其家的杏儿了。谢庸道了谢，说吃过了。

周祈点头，两家就隔着一堵墙，自己家的杏儿已经黄了甜了，谢家的杏还青着呢，谢少卿真是没地儿说理去……

谢庸微皱眉头："阿祈，你晚间就吃这个？"

朏朏亦极庄严地抬起头，看向周祈。

被小可爱朏朏和它的主人这么看着，周祈突然有点儿面对御史台、大理寺、刑部三司推事之感。

周祈真诚地对谢庸道："谢少卿，你不知道这样多好吃。杏子的酸甜气解了羊肉的肥腻，这两样儿简直绝配！要不，你尝尝？"周祈也不过是一问，谢少卿这种古板讲究人，恐怕享受不得这种乐趣。

谢庸伸手拿了一串儿羊肉，又拈了一个杏子，把杏儿放在嘴里咬了一口，又吃一口肉。

周祈又看向朏朏："里面有食茱萸——"

朏朏翘着尾巴，高傲地跳下藤床，走到小案边，盯着纱灯旁的飞虫看起来。

就是比它主人有气节！

周祈笑着问谢庸："是不是绝配？是不是好吃？"

谢庸不回答，只问："像这种绝配，周将军还有什么？"

"那可不少。烤胡饼夹糖炒栗子，烤胡饼夹炸兰花豆，烤乳糕子配羊肉串？"

谢庸懂了，点头："干支卫廨房里的小炉子真是劳苦功高。"

对这么点儿讽刺，周祈根本不当回事儿，反而愈加得意地道："我们是没有锅，不然保不齐能做出什么惊天地泣鬼神的吃食来呢。"

谢庸笑起来，想象冬日的时候，周祈在干支卫廨房里，写奏表累了，打牌烦了，一本子传奇看完，与陈小六等人围着小炉子，烤从外面带回来的胡饼、乳糕等物，旁边案上还堆着栗子、炸蚕豆之类零嘴儿，炭灰下面兴许还埋着芋头……

有趣自然有趣，偶尔吃吃挺好，但——谢庸目光又扫过大碗里的烤羊肉和杏儿，好在以后家里不用阿祈做饭。

周祈盘膝坐在榻上，接着撸肉串子。谢庸在她对面竹榻上坐着。

周祈抬眼，恰好对上谢庸目光，谢庸对她微微一笑。

周祈这被看的反而避开，接着垂眼吃羊肉串儿。周祈不觉得是自己㞞，她只是觉得，夜色这个东西太魅惑人。谢少卿的眼睛、鼻子、嘴让灯照着格外好看，他刚才一笑，全无白日间的肃然沉静，特别是他的下唇看着格外柔软，让人忍不住想上去欺负欺负……

还有他穿的是薄布袍，那肩、那胸、那腰、那随意盘坐的长腿……周祈在心里慨叹，夏天太要命，夏夜更要命。美色当前，周祈觉得手里的羊肉串儿都不香了。

这种时候最好就是胡扯。

“谢少卿收了下官五千钱，把下官的画儿画好了吗？”

“还没，想不出画什么。”

周祈一笑，要是真大同世界了，这位靠卖字卖画儿的话，还真吃不上胡饼夹烤羊肉。

谢庸微笑：“若真大同世界了，我还能写传奇。”

周祈被看破心思，倒也不尴尬，反而问道：“当初怎么想起写探案传奇的呢？”

谢庸与她说起当年境况：“当时科考及第，在京里等待铨选，手中没有半点儿积蓄，不知何以为生。开始也是与旁的贫穷士子一样去东市摆摊儿卖字卖画儿，但买卖不佳——”

周祈明白了，难怪那日摆摊儿摆得那般利索，又诧异：“不该啊。以谢少卿的才气，还有——”周祈顿一下，“本事，怎么会买卖不佳呢？那时候的人这般没眼光吗？”

谢庸抿着嘴看她，眼中却带着笑。

周祈清一下嗓子，挠挠耳朵，这调戏人调戏习惯了，就有点刹不住……不过以谢少卿的姿色论，是不该买卖不佳的，前几日他去东市，才去了一小会儿，就有女郎要让他给自己画像。

周祈突然懂了：“莫不是被女恶霸缠上了？”

谢庸想说“如今才遇上女恶霸，且是我缠着她”，到底怕太过孟浪，惹恼了周祈，停顿了片刻，喝口饮子：“哪那么多女恶霸？”

那么多……周祈还是莫名觉得自己被中伤了。

谢庸到底忍不住，微笑着看她，轻声道：“阿祈，你觉得一样东西好吃，便觉得大家都喜欢吃，其实不是。”

周祈想否认自己觉得谢少卿好吃，但想起刚才自己还看着人家的嘴唇想东想西，这否认的话便有些磕绊：“我——我——”

谢庸却已正色说回传奇的事儿：“既然字画买卖不好，总要想旁的出路。我看旁边书肆传奇卖得好，便想也试着写一写。书肆主人说，最好卖的，一则是鬼怪狐仙传奇，你知道，我不信这个，只怕编出来不像；另一则是才子佳人传奇，我这样酸腐之人，只怕写不出婉约情致——”

周祈想起自己与崔熠一起说烟雨斋主人不解风情，得长成什么天仙模样，才能不被娘子撵出卧房来。果然长得天仙模样……周祈目光扫过谢庸的脸，谢庸垂着眼，舌尖轻舔一下唇，周祈赶紧避开眼，确实没人会把他赶出卧房啊！

“故而，只得擦边写断案类的传奇。写完第一卷，便授了官，去外地赴任去了。”谢庸接着道。

周祈也正经回来：“难怪……我买到这传奇已是后来，开始我以为有下卷，只是自己没买到，在东市、西市的书肆很是翻找了一遍，还是没找着，与书肆主人们打听，都说没见，我便疑心根本没有下卷。当时真想查查是谁写的，往他家门首送刀片儿去。”

谢庸笑起来。

过了片刻，谢庸道：“那是紫云十三年。那时候你才进干支卫？”

周祈点头：“还出不得宫门呢。不然兴许那时候就认得你了。”

谢庸想象更年轻些的自己，一身狷介酸腐气，遇上据说“人憎狗嫌”刚到胸口高的周祈，不禁笑起来。

周祈能大致猜到他想什么，嘁，看不起人吗？

谢庸却又哄她：“若那时候遇到你，兴许我就不写传奇了。”

周祈不懂。

“左右卖字卖画儿赚不到钱，会有个能耍刀剑、爬杆子、胸口碎大石的小娘子救济。”

周祈不敢答话。

谢庸笑。

周祈突然发现，谢少卿其实是个厚脸皮的……

谢庸看着周祈逗趣的样子，眼中却闪现出前两日她说想在那道观出家时的寂寥神色，还有种种今朝有酒今朝醉的浪子行径，再想到她大业三十一年出生，还在襁褓中便被那位蒋大将军带入宫中，交给一位老妪养大……

谢庸很想抱抱周祈，亲亲她的头发，告诉她，往后的日子自己会与她一起。

外面更鼓声响，不知不觉，已经二更，本来还十分精神地盯着灯上飞蛾虫子的腓腓已是睡着了。

谢庸站起来，嘱咐周祈：“明日唐伯做樱桃饆饠吃，你早些过来。”

周祈笑道“好”。

把腓腓留在周祈这里，谢庸走出门去。

周祈送他：“哎，对了，谢少卿，为什么你取烟雨斋主人这个名字？”

谢庸微笑：“当时赁屋给我们住的主人家是做鱼鲊的。”

所以，烟雨斋，其实是腌鱼斋？周祈心下纳罕：谢少卿的风趣原来在这里……

谢庸的目光抚摸过她的头发、面颊、嘴唇，温柔地道："早点儿睡，阿祈。"

周祈到谢家时，谢少卿还埋头在文书中。

周祈不扰他，弯腰抱起朏朏来，去远一些的坐榻上与猫玩儿。

"朏朏"这解忧之兽的名字取得真好。周祈觉得，抱着朏朏，把脸埋在它的肚子上，闻着它身上那混着的旧书味儿、刚出锅的蒸饼甜香味儿、春天杏花味儿——这会儿闻着又不像杏花味儿了，倒是有些果子香似的，心里就安定下来，又有些犯懒，人生太长，乐少苦多，何妨在这尘梦中多睡片刻……周祈微垂眉眼。

谢庸抬头看她，周祈展颜一笑。

谢庸卷起案上书册簿子，周祈笑道："你自忙你的，我不过是来蹭吃，不用你招待。"

"已是忙完了。"

唐伯走进来，端着的托盘上除了饮子，还有两碗樱桃酪浆："这正当时候的樱桃本就够甜了，我只给将军加了一勺蔗浆，又加了多多的酪浆，将军尝尝。"

周祈忙道谢，用小瓷匙舀一口吃了，果子鲜甜、酪浆浓酽，又凉凉的，几乎舍不得咽下，周祈满足地叹息一声："真好——真好！"

唐伯笑起来，看着周将军吃东西，就让人高兴，好像自己做出来的是什么天上有地上无的珍馐玉馔一样。

"一会儿还有樱桃饆饠，周将军等着吃。不瞒周将军说，这是老叟我压箱底的本事，用当年县学后面樱桃树上多少樱桃练出来的。"唐伯一向谦逊，难得这般"轻狂"。

周祈赶忙道："为了吃您老的樱桃饆饠，我午间在公厨就喝了一碗粥，把肚子空着呢。"

唐伯笑起来。

谢庸微笑着看他们一眼，从自己的碗中拨出一勺樱桃酪浆给朏朏，两人一猫围案吃起来。

唐伯笑得有些意味深长，真好，多像一家三口，不知何时大郎与周将军能生个娃娃……大郎与周将军的娃娃不知是什么样儿的，是像大郎一样安静有礼，还是像周将军一样洒脱逗趣，或者是个调皮捣蛋上房揭瓦的?

谢庸抬头，对上唐伯的眼睛，唐伯瞪眼做出使劲儿的样子。谢庸让老人家逗得嘴角儿翘起，低头接着吃樱桃。

唐伯知道自己在这里，大郎不好“使劲儿”，又问了周祈两句除了樱桃饆饠还想吃什么，便退了出去。

吃过樱桃酪浆，谢庸道：“阿祈，我给你画张像吧。”

都来吃樱桃饆饠了，成天这样混着，也不差这一张像，周祈点头，又明目张胆地要求作弊：“把我的脸画圆润一些，头发画顺一些，就像别的小娘子那样，丝一般的头发。”周祈揪一揪自己额头鬓边桀骜的碎发，脸上露出不甚满意的神色。她的头发粗、多，又稍微有点儿卷，确实与许多女郎那种丝滑的头发不同。

谢庸笑着答应:“好。”却又看一眼周祈，轻声道，“这般已经很好了。”

周祈觉得脸有些热，却又不禁腹诽，什么叫“这般已经很好了”，你看人家混齐，说我像草原上的花呢……

见周祈面孔泛红，偏又做出“嗯，本将军知道了”的样子，谢庸笑起来。

周祈越发腹诽他，这般不会说话，难怪娶不上新妇，幸好脸长得好看……

“我用什么姿势？”周祈问。

“随意就好。”

周祈觉得自己拈花闻香做娴雅状似乎不太合适，抱剑而立又未免凶悍冷漠了些，拿本书看——拿谢少卿的书，只怕他画未及半，自己已经打起了呼噜……

谢庸铺开绢布，调好淡墨，拿一支细狼毫，微笑着等她。

周祈去与朏朏商量：“你睡一觉的工夫也就画好了。让谢少卿把咱们俩都画得美美的，你想画得瘦一点儿还是胖一点儿？”

朏朏刚吃了樱桃酪浆，心里正愉悦，喵一声，跳到周祈腿上，周祈赶忙抱住它，这是答应了吧？

周祈就这么坐在榻上，搂着肥猫朏朏，笑眯眯地让谢少卿画。

谢庸看周祈一眼，勾两笔，再看一眼，再勾两笔，画得不紧不慢的。

以时下眼光论，周祈固然也算好看，但算不得特别美的美人儿。她有些偏瘦，眉毛有些斜飞入鬓的意思，鼻子也比旁的女郎要挺一些，若不是一双漂亮杏眼儿，就显得英气太过了——自然，谢庸不这么觉得，他觉得阿祈哪里都长得甚好。

谢庸觉得，阿祈笑起来就像春天的杏花树，有女子的娇俏，又有些顽童式的烂漫，让人禁不住跟她一起笑。

谢庸又想起周祈偶尔的惆怅，那样垂着眼帘，微瘪一下嘴……真是再没见过阿祈这样能牵动人心的脸了。

朏朏被周祈胡噜得睡着了，果真打起了小呼噜，周祈让它引得也有点儿困，想打哈欠只能忍着。过了一会儿，周祈到底忍不住：“谢少卿，什么时候能画完啊？”

“你若累了，先歇一会儿，起来走一走。这个要先勾线稿，再慢慢用墨渲染，再着色，着色要一层一层地往上叠，急不得，总得个把月工夫吧。”

周祈本以为他只是简练地勾个样子、画个意态——他屏风上便是极简单的水墨山水，大片的留白，谁想到竟是要画细笔画儿。

“不急，我们慢慢画，都有空儿的时候就画一会儿。”谢庸又道。

这么一说，得画到过年了……周祈看着谢庸，谢庸微笑，面上全无半点心虚。周祈有些悻悻的，早知他会装相，又狡诈多端——却未察觉自己翘起的眼角儿。

又画了一阵子，另一个来蹭樱桃饆饠的从外面走进来。

“哟！画像呢？”

周祈道：“五千钱呢，谢少卿太黑了。”

崔熠不向着周祈：“北方才子，大理寺少卿，给你画像，五千钱还算贵？”

崔熠看谢庸：“老谢，你也帮我画一张！”

谢庸点头：“画你得加钱。”

周祈笑起来，她一笑，震动了腓腓，腓腓不悦地用爪子拍了周祈一下，周祈赶忙安抚。

崔熠问：“为何啊？你们这还邻居价儿？”

谢庸微笑着看他一眼：“你衣服上的花纹太过繁复。”

一身风骚朱红江南缭绫袍子的崔熠表示很受伤。

周祈张大嘴无声地笑起来。

崔熠被两人合伙欺负，总要想着扳回一局。

“老谢，你这画的阿周——”崔熠在画儿上找事儿挑毛病，虽只勾了轮廓，但能看出像是像的，尤其这一笑，但——崔熠说不出画中的周祈与那边坐着的周祈哪里不一样，但就是不一样。

“阿周，你长得这般好看吗？”

周祈挑起眉毛：“崔少尹，你今日才知道我好看吗？”

崔熠看看周祈，把问询的目光投向谢庸。

“阿祈是很好看。”谢庸正色道。

周祈禁不住眯眼笑起来。

唐伯领着罗启、霍英端着托盘进来："吃饭啦，吃饭啦！"

朏朏伸个懒腰，从周祈腿上跳下来。周祈也得以活动活动被压麻的腿，又去洗手，帮着摆饭。

"崔少尹、周将军尝尝这樱桃饆饠。"唐伯热情相让，并亲自拿一双竹箸给周祈夹了一个。

唐伯的饆饠比外面饆饠店的做得要小巧，薄薄的皮子，煎得焦黄，周祈不怕烫地咬一口，露出里面红艳艳的樱桃馅儿，啊，甜！香！这馅子不像饆饠店里的一样一味地只求碎求细，反而有些半块半块的樱桃，让人咬着很舒爽，也不像外面的那么甜，更多些樱桃本有的鲜甜气。

"好吃！"周祈又咬一口。

唐伯又许下："夏用樱桃秋用蟹，等秋天蟹子肥了，崔少尹和周将军来吃螃蟹饆饠，配着菊花酒，那才够味儿呢。"

第八章 鸪歌

不两日就是端午。周祈本以为今年的端午又是大太阳挂着，在曲江畔巡视半日得晒得满脸冒油呢，却想不到半夜隐隐听到几声雷响，晨间起来，便见飘起了雨丝。

周祈举着伞出去踅摸吃的，还未开门，便看见门缝里夹着的字条：“有新粽咸蛋，过来吃。”没称呼，没落款，字比平时飘逸一些，略有些连笔。

周祈去敲谢家的门。

罗启给她开门，朏朏只坐在廊下迎她，谢庸见她进来，从书案旁起身：“洗手吃饭吧。”

周祈恍然觉得自己是从外面归来的郎君，谢少卿自然就是掌主中馈的娘子——又美貌又贤惠那种。

谢家人也确实不拿她当外人，摆上的晨间饭食很是家常，几盘米粽、一盘青壳鸭蛋、一盘拌芹菜、一盘拌菠菜，还有两样咸菜，喝的是粟米粥，不分主仆客人，一块儿吃饭。

唐伯指给周祈，哪盘粽子是红枣的，哪盘是蜜枣的，哪盘是红豆馅儿的，哪盘是栗蓉的。

周祈爱吃甜，对各种粽子都喜欢，一时有些犹豫，不知道先吃什么好。唐伯的粽子包得不算很大，可她也万万吃不了四个。

要不红豆沙？栗蓉也可。

谢庸默默地另取了一副竹箸，把自己刚剥开的红豆粽夹开，把豆馅儿稍多的一半儿置于碟中靠周祈的一边儿，又将自己的碟子往周祈那边推一推。

周祈有些不好意思，不过，馋嘛，是吧……周祈夹过来，笑着道声谢。

谢庸看她一眼，也翘起嘴角："还吃哪一个？"

"栗蓉的吧。"

谢庸点头。

唐伯脸上带着欣慰的笑，却又不好笑得明显——周将军到底是女郎，怕她脸皮儿薄。大郎这般榆木疙瘩的样子，原来也会疼小娘子……

罗启和霍英对个彼此都懂的眼神儿。

周祈得谢美人儿照顾，几种粽子都尝了一遍，周祈觉得还是豆馅儿的最好，细腻，香甜！

唐伯笑道："听说南边儿人吃咸粽，里面放鸭蛋黄、放腊肉，我琢磨着兴许也好吃，我们明年也包一些。"

周祈点头附和道："定然好吃。"

唐伯又让周祈尝一尝自己腌的咸鸭蛋。

周祈拿一个，敲开大头，还未用竹箸去抠，黄中带红的蛋油儿已经冒了出来，周祈赶忙连白带黄儿挖了一箸子。

精通厨艺的人，果然做什么都好吃。唐伯腌的咸蛋蛋白软，又不很咸，蛋黄儿香、细致、油儿多，比赵家粥铺子的还要强一些。

咸蛋与粟米粥是绝配，周祈一边吃咸蛋，一边喝粥。

“不爱吃蛋白便放着吧。”谢庸轻声道。

“唐伯腌的不一样，蛋白也好吃。”周祈眯眼笑道。

唐伯笑道：“周将军爱吃咸蛋黄儿，那回头我们做几样儿蛋黄菜吃。把鱼肉用油煎了，再另起锅，蛋黄儿摁碎炒到起沙，把之前煎好的鱼放进去，这么一拌一滚就行了。要是不用鱼，用虾、用鸡肉都好，若是爱吃素，就用茄子、芋头、豆腐之类。”

一听就好吃，周祈笑道“好”。

罗启则看向周祈的鸭蛋壳，想着若不是自己三人在这里，阿郎会不会与周将军分食鸭蛋。男人啊，哪怕是阿郎这样肃然的，一旦肉麻起来，啧啧……

一起吃过朝食，周祈、谢庸便一起出门儿去曲江——其实谢庸可以晚去，他是去赴午宴的。今上还年轻一些的时候，每年端午曲江边儿百舸争渡，都带着朝臣们去江边观舟，看完自然有大宴，如今百舸争渡还有，宴也有，皇帝却极少去了，多数时候只让几个大王代去。

因下雨，周祈蹭了谢庸的车，自己的马拴在车辕上。

坐在车里，周祈与谢庸胡扯，说起端午节种种传说。

端午又被称作“恶日”，故而这一天要门悬艾草、身佩长命缕和艾符、饮雄黄酒以辟邪驱恶。又有传说，五月五出生的孩子会害死父母。周祈说的不是什么父母将五月五出生之子抛弃，结果孩子是大孝子之类教化故事，她说的是水鬼拿替身儿。

“据说端午这一日多有水鬼出来寻替身儿。它潜在水边儿，若有那八字不好气运不旺的涉水，它便拉住其腿脚，使其不得动弹，即便那人会水，多也不得救。

“但这世间总有格外胆子大又不信邪的人。说有一个人，听说某一条沟渠每年都会淹死人，一晚，他喝了酒来到这水边儿，扯开嗓子开骂，”周祈学着粗汉的声调，“‘那水鬼，你出来！你个脸都泡浮囊的货色！只会躲在水底吓人，你出来与某干一场！’

“那水面平平静静的，没有半点儿动静。粗汉胆气越发壮了，骂骂咧咧个不停。他喝醉之人，到底不谨慎，一时得意，来到水边，哪知一脚踩空，掉在了水里。”

谢庸只含笑看着她。

“汉子会水，奈何被水草缠住了脚，他如何也蹬不开，便屈身去解。他脚下成团的水草浮开，露出一张苍白白的脸来。那脸对他一笑，说道，”周祈微垂着头，略凑近谢庸，诡异阴森地一笑，“‘你看我的脸泡浮囊了吗？’”

谢庸抿嘴。

周祈哈哈大笑。

谢庸手指微动，到底只是攥上，也笑了。

待周祈笑完，谢庸从袖中拿出一把短剑递给她。

周祈诧异，接过来看，这把剑不过一尺多点儿长，刀柄花纹古朴，像是个老东西，蟒皮剑鞘却极新，应该是新配的。周祈拔开，剑身寒光闪动，带着些宝刃特有的肃杀气：“好剑！什么来历？”

“不晓得来历，在东市遇见的，觉得你会喜欢。”谢庸微笑道。

他一向爱逛的是书肆，哪会随意“遇见”，自是专门备下的礼物。

“其实我不大——”周祈抬眼，对上谢庸的目光。谢庸虽还微笑着，眼中却带着一点伤心，甚至还有一点儿委屈巴巴，周祈心头一紧，这拒绝的话便说不出口，“那就多谢谢少卿啦！”

谢庸眼角儿又翘起。

周祈有些悻悻的，谢少卿真是好本事，还学会撒娇耍赖了……

谢庸越发地笑了。

周祈目光避开他的脸，看向剑柄上拴着的五色丝缕，在心里嘲笑他，人家旁的郎君送小娘子都是金玉长命缕，我们谢少卿送五色丝缕……

到了曲江，周祈穿蓑戴笠，自去与她的人会合；谢庸则去曲江亭略坐一坐，过会子再去芙蓉园。

与往年端午节比，今年的曲江边儿简直可算萧索。虽然脚下泥泞走得艰难一些，但人少，周祈巡视起来倒比往年轻松。尤其午时舟船竞渡之后，官员们自去参加大宴了，出来玩儿的百姓则不少都早早回去了，周祈还能得空儿歇歇脚，喝碗饮子。

大宴没有皇帝参加，散得也快，刚过未正，朝臣们便走出芙蓉园各自上马上车。

周祈在芙蓉园门口不远处，一眼看见谢少卿，谢庸对她一笑，接着微侧着头，听李相公和王寺卿说话。把两位老叟送上车，看他们走了，谢庸又看一眼那边不知道与两个禁军将军在说什么的周祈，收伞登车。

上了车，撩开车窗纱帘往外看，阿祈张着嘴，笑得很是肆意，旁边两个将军满脸无奈，谢庸笑了。

这些朝中朱紫大臣散了，江边越显冷清。周祈带着自己的人骑马围着曲江边又绕一圈儿，巡至曲江亭时，目光扫过一辆眼熟的马车，转眼去找，亭子里却只有罗启。罗启笑着对周祈挥挥手，周祈亦对他挥下手，没有停留，接着沿路巡视过去。都转一遍，已经是申时了，周祈挥手，让兄弟们都散了。

周祈骑马走回曲江亭。

罗启笑道："阿郎在江上钓鱼呢。"

周祈"哈"的一声，扭头，一叶乌篷小船漂在江边不远处，船上有个与自己一样披蓑戴笠的正在垂钓。

周祈也把马拴在亭下，笑着往江边走去。

“敢问可有巨口细鳞花背鲈鱼卖？”周祈喊。

“没有，只有两条巴掌大的小鲫鱼。”谢庸回道。

周祈笑起来，谢少卿鱼运不佳啊。

艄公把船慢慢摇到岸边接上周祈，又慢慢摇回江中去。

周祈也与艄公借了个竿子，把饵甩出去，坐在谢庸身边一起钓鱼。

周祈刚才还笑话谢庸，却不知自己鱼运更差，反倒是谢庸没用多长时间就钓上一条二三尺长的厚鱼来。

谢庸笑道：“够给你晚间做蛋黄儿鱼的了。”

周祈看看那条拍打尾巴的大鱼，点点头。

“阿祈，若有一日不做官了，我们在这山水间当个打鱼人也挺好。我钓了鱼，晚间给你做，你想吃什么口味，便做什么口味，蒸的、炖的、片鱼脍、做鱼丸……”

周祈扭头看他。

谢庸对她一笑。

周祈强移开眼睛，看向江面儿。突然她手中一沉：“咬钩儿了，咬钩儿了！”

周祈咋呼得热闹，却只钓上一条两寸长的小鲫鱼来。她摇摇头，把鱼摘下来又扔回了水里：“看来今日鱼运着实不佳，或者是我与曲水八字不合，改日我们叫上小崔一起去渭水边儿钓鱼，广运潭那边若不是乱腾腾的，去那边也使得。”

对周祈的顾左右而言他，谢庸只是一笑：“好。”

周祈接着胡扯：“其实要说鱼傻鱼肥，还是兴庆宫里的，只是你一个大理寺少卿，去偷钓宫里的鱼……哈哈哈……”

谢庸随着她胡扯：“若因此被御史参奏，我兴许能得个‘鱼少卿’的美名。”

“哪能就让御史知道了？你在龙池中间山林子那儿钓，保管谁也不知道……”

两个人闲聊着，忖度着时辰，收了竿子，艄公慢慢地把船摇回岸边儿去。

周祈侧头看一眼谢庸，他戴着斗笠，这样的斜风细雨中，颇有两分落拓散漫之感。对两人之事，他若直来直往求亲或是死缠烂打，周祈也便硬起心肠干脆推拒了；他这样偶尔流露出些情意，又一副“不急，反正岁月还长”的样子，周祈就有些不知该如何了。

周祈正过脸，嘲笑自己，什么不知道该如何？说来说去不过是“不舍得”，不舍得看他那委屈样儿，不舍得真的跟他分割得清清楚楚……

回到开化坊，晚间周祈果真吃上了唐伯做的蛋黄鱼，临走还带走一小坛生的咸蛋。

周祈的嘴巴总带着些老鸦嘴的意思，端午过后不两日，水边儿真出事儿了，就是周祈和谢庸说起的漕渠广运潭。

广运潭是长安城东漕渠上的一个大湖，往长安运送粮食、盐、茶、丝绸等物的商船大多停泊于此。据说从前玄宗朝的时候，广运潭附近尝泊上百艘大商船，船上悬牌子，写所来的州郡，又陈列着各地方物特产，广陵的织锦，丹阳的绫缎，宣城的纸笔，豫章的瓷器，南海的玳瑁珍珠应有尽有，引得许多长安人流连，是都城一大热闹盛地。

如今广运潭虽然没有从前的盛景了，却依旧是个热闹地方，尤其春夏漕运忙的时候，水上总停泊着二三十艘大商船，又有小渔船和卖零嘴吃食的小娘子们的盆船点缀其间，岸边行走着游人们、吆喝叫卖的小贩儿们、从船上下来买东西的商人和奴仆们，一派繁荣景象。

出事儿的便是泊在广运潭上一艘茶船的主人，叫章端吉的。京兆府先是接到其失踪报案，尚不及派人去查，又来说是溺亡。既是人命案，崔熠便让人去叫谢庸、周祈一同去看看。

谢庸、崔熠、周祈、吴怀仁等到时，这章端吉的尸体已经被从水里捞出，又小殓过了，停放在商船的正舱内。

周祈看一眼自称是章端吉侄子叫章敏中的：“这样非病老而死之人，官府的人未曾验过不许动，郎君不知道吗？你们这样装殓收拾了，若令叔系为人所杀，多少证据都被你们装殓没了。”

章敏中二十四五岁年纪，一张斯文俊秀的脸，不像个商家子弟，倒有两分像个读书人，此时其俊面泛红，想来是没想到会被个比自己还小的女官训斥了。

旁边一个团团脸的管家赶忙上前解释：“实在是敝主人捞出来时样子不好，才紧着装殓的。”

管家又紧着用托盘端出几个荷包来：“这样大热天，贵人们从城中过来，着实辛苦。这点茶钱请左右收下。”

这是以为自己几个人是来打秋风的？周祈看他一眼，把管家看得讪讪地缩回手去。周祈走到那尸首旁。

周祈有点儿理解他们为何小殓收拾了，这章端吉确实“样子不好”，右颧骨处血肉模糊，下唇没有了，嘴边、鼻孔挂着刚才吴怀仁揌其胸腹揌出的白色细密泡沫。

吴怀仁解开尸首殓衣查看，他的上身倒还好，并没有什么血肉模糊之处，微胖的身子，皮肤泡得有些皱，看不出什么伤痕来。吴怀仁又解其下裳，周祈皱一下脸，其大腿根内侧、腹部下方亦一片血肉模糊，再往下，其左小腿肚、左脚大趾亦有血肉破损处。

初查毕，屏退章家主仆，吴怀仁禀道：“章端吉，四十五岁上下，血坠浅淡，翻动尸体揌压胸腹，口唇有白色细密泡沫，初步断定此人系溺水而亡，大约亡故于昨晚亥时至子时。

“此人多处有伤痕，据其痕迹看，不像人为，倒像是鱼啃的，周身未见其他人为致死伤痕。另，其手上、指甲内未见泥沙等物，不知是不是被清洗掉了。”

“溺亡之人，其两臂两腿未见鸡皮样肌肤……”谢庸微皱眉，“如今虽然天气热了，但晚间河水还是凉……”

吴怀仁点头：“少卿所言极是，按说是该有鸡皮样肌肤的。”

“还有这——”谢庸看一眼周祈，没往下说，“我们去找章家人问问。”

章敏中和那管家并些奴仆婢子都候在舱外。

“你们是什么时候发现令叔失踪的？”谢庸问。

“晨间婢子去叫家叔起床时发现的。”

“哪个婢子？可否叫出来问话？”

章敏中和那管家都回头，后面走出一个十六七岁的青衫婢子来。婢子对谢庸等福身，轻声道：“是奴婢去叫阿郎起床时发现阿郎不见的。”婢子声音虽微有些抖，但样子还算镇定。

“嗯，说一说当时情况。”

“阿郎平日大多辰时起身，再晚了，河上就闹了，也睡不好。眼看已经过了辰正，阿郎还未起身，奴婢便去叫他，谁知阿郎不在屋里，奴婢出来找，船上也没有，便去禀告了管家和四郎。”

“当时屋内可有异常？”

“没有。”婢子摇头。

“头一晚是谁伺候你家阿郎入睡？”

“也是奴婢伺候阿郎入睡的。阿郎昨晚喝得有些多，奴婢伺候他洗漱沐浴过，他就睡下了。”

“那是什么时候？”

“约莫亥正。”

谢庸看一眼这婢子，点头，问章敏中和管家：“船上可有守夜的？”

章敏中叉手：“船上有巡夜的，船头船尾各有三个。他们都说晚间未曾见家叔出来。”

谢庸打量打量这商船，看其船头船尾，这船虽不足百尺长，却也不小，章端吉的卧房当就在船中间如今当灵堂的正舱厅堂旁，若是章端吉晚间从舱中出来，两头儿巡夜的不注意没看见是可能的。

“说一说晨间打捞时的情景。”

章敏中眼睛微微发红含泪：“卧房里家叔的外衣还在，这个时辰他能去哪儿？到底是在水上，管家与我说，我便让人去水里探一探——家叔竟真的落水了。家叔常年跑船，水性虽算不得多好，却也是会水的，但他的脚被水草缠住了……家奴把他背上来，我们看到他身上，他身上……”

“他当时身上穿的衣服可还在？”

章敏中对身旁男仆道：“去叔父卧房取血衣来。”

男仆正待去，被管家拦住，管家脸上带着点儿为难：“血衣不吉，奴让婢子烧了。”

谢庸看一眼那管家，又看看那婢子和章敏中。

章敏中叉手：“就是一件白绢汗衫，一条短裈，短裈上血迹斑斑的。”

谢庸没再问这血衣的事儿：“小殓时，你们给他清洗，可曾发现其手中、指甲中有泥沙？”

章敏中摇摇头，婢子也摇摇头。

谢庸点头：“我们去其卧房看看吧。”

一干人等再次返回那正舱。

章端吉的卧房不小，在船上就显得尤为奢侈了。里面的摆设也带着股子豪商味儿，嵌玳瑁檀木百花争艳泥金屏风，雕花大榻长案，案上放着金筐宝钿香炉和碧色镂牙笔筒，同样雕花的檀木床上挂着越溪缭绫帐子，简直处处写着“有钱”二字。

那挂着缭绫帐子的床上略有些血污，非喷射血或滴溅血，当是晨间把尸体抬进来小殓的时候弄上的，章敏中亦是这么说。

床上枕旁有书卷，周祈拿过来，嚯！妖精打架！只是这画风是不是也太——野了点儿？动皮鞭子的！

周祈再往后看一点儿，不由得皱起眉头，这已经不只是粗俗了……

谢庸面沉如水，章敏中的脸红一阵白一阵，管家也讪讪的。

谢庸与周祈对视一眼，周祈把手里的图卷交给谢庸，叫了那青衫婢子随自己去其房间问话。

婢子们的屋子便在章端吉卧房的后面，一排四五间。青衫婢子推开最边儿上一间的门，请周祈进去。屋里一个穿月白短襦、深蓝裙子的婢子迎上来。蓝裙婢子满面忧虑地看一眼青衫婢子，又对周祈行个礼。

周祈打量这小小的房间，挤挤挨挨地放了两张床，脸盆之类杂物放在地上，窗户也小，屋里很是潮湿闷热。

周祈问二婢："平时章端吉可虐待你们？"

蓝裙婢子犹疑地看向青衫婢子，青衫婢子沉吟一会儿，默默拉开衣襟口儿。

婢子身上旧伤叠着新伤，最新的伤像是用线香烫的，旧伤痕大多是用鞭子抽的，也有咬伤。

蓝裙婢子也解开衣襟，她身上伤痕略少，却亦触目惊心。

"真是畜生！"周祈低声咒骂。

两个婢子都垂下泪来。

"你们一共几个婢子？"

"我们从南边来时，一共八个，如今只还有六个。"青衫婢子道。

"另两个呢？"

"黄莺喉咙好，长相美，被那边粮船上鲁公看中，阿郎便把她送给了鲁公。白鹄，白鹄实在受不得这样的日子了，行经汴州时跳了水。"青衫婢子泣道。

过了片刻，周祈问："似这种人，当是时常狎妓的？"

“是，他爱招妓子来，但因他总这样儿，妓子们应约的便少了。”

周祈点点头，又问了婢子们些话，便走出来。

周祈回来，谢庸、崔熠已查看完章端吉卧房，正在问章敏中和管家话。周祈对谢庸、崔熠微点下头，两人便知果然如猜测的那般。

又核问过巡夜奴仆，仔细查看了船板等处，谢庸等下船离开。此时章家奴仆正把从城内买的冰和其余丧葬之物往船上搬。到底是商人家，银钱上富裕，置办得很快。

牵马站在岸边，看着已经挂白的章家茶船，周祈突然对谢庸道：“那原六郎也太想不开，好好的江湖豪侠不当，当什么衙门差捕！”

不待谢庸说什么，崔熠已经笑问：“你替原六郎感叹什么？怎么突然又想起《南北迷案》来了？”

“我就是感慨，若江湖侠客遇见章端吉这事儿，只会觉得这姓章的死得好，死得妙，死得晚了，若发现什么谋杀端倪，只怕还会帮着遮掩一二，但当了差捕，不管死的是不是人渣，只要有疑点，就要查，查到最后兴许还会把一个算是替天行道的人抓起来审问判刑。”

谢庸看看周祈，周祈却知道他虽端肃板正，此时也断不会说什么“立法废私”“治国无其法则乱”之类的话，果然谢庸只是叹一口气。

周祈也在心里叹一口气，原六郎不自由自在地在江湖上混，偏跟着陈生去个一共三条街的小县当差捕，自然也有他的道理。

大约叹气也会传人，崔熠也叹一口气。

过了片刻，三人接着说这章端吉案，此案不是没有疑点，但是这些疑点还不足以立案。

“悄无声息溺死的会水者不管是被水草缠住腿脚，或者抽筋呛水，都是在其游水时，而不是落水时。章端吉这个年纪、这个身份，应该不会大半夜贪凉悄悄下水游泳。若说他是醉酒失足落水，他一个会水之人，即便水性不是极好，也总来得及呼救，但没有一个人听到

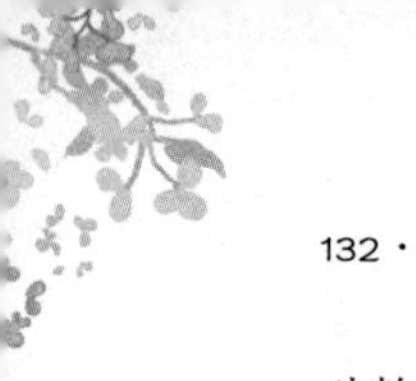

动静……”谢庸道，“若非他杀，或许就只能用醉酒醉得极厉害来解释了。”

“还有那烧了的血衣，我怎么就觉得他们在掩藏形迹？你们说是不是那青衫婢女与管家有什么首尾？章端吉虐待婢女成性，管家设计与青衫婢女把睡得死死的章端吉丢进了水里？若是悄悄地沿着船帮垂下去，前后守夜的几个人真还不一定听见。”崔熠道。

“兴许是那章敏中呢？他年轻力壮，不比五十多的老管家更能干得这活儿？这些看着斯文的人，往往很能干出不大斯文的事儿来。”周祈道。

“哎，阿周，你怎么又针对老谢？老谢做什么不斯文的事儿了？”崔熠不错过任何机会地挑拨一下子。

周祈摇头：“没有，还没有。”

谢庸听得那个“还”字，微侧头看一眼周祈。

“就是！阿周，你对斯文人成见太深。我拿我全部的私房钱担保，我们老谢，就不会干出什么不斯文的事儿来。”

周祈有些犹豫要不要把上回谢少卿在西市与吐蕃细作打架的事儿告诉崔熠，崔熠的私房钱应该挺多的……

但想到回头他又有失钱之痛，又知道单他自己是个练步法把自己绊倒的……罢了，朋友嘛！到嘴的一笔钱财，周祈又吐了出去。

周祈扭头看斯文的谢少卿，他垂着眉眼抿着嘴，似比刚才更端肃了。

给两个朋友架完秧子拨完火，崔熠心满意足地接着说起案情：“你怀疑那章敏中，也有道理。你去查问婢女们时，我们得知，那章端吉无子，故而把章敏中这侄子养在身边，就是让他以后继承家业的意思。他若杀了章端吉，这万贯家财现在就是他的了，不用再等。且他与其叔不算多亲密，他是单独住在后面货船上的。”

周祈听了一段谢庸、崔熠问章敏中和老管家的话，幽幽地道：“兴许跟那老管家说的似的，是‘水鬼’作祟呢。你别说，这还是个挺懂事儿会挑人的‘水鬼’。”

与周祈看法“相同”的人不少，谢庸等牵着马穿过岸边人密的地方，便听得众看客对章家的议论声：“‘水鬼’又拉人啦。先是王家小二郎死了，拉了宋家小娘子，宋家小娘子又拉了这客商，还不知道客商要拉谁呢……”

对这些怪力乱神，谢庸如若不闻，离了人群，回头对崔熠、周祈道：“我们找个水性好的去水底看一看，兴许能发现什么，这几天我们再走访一下与章端吉相熟的人。”

“其实我水性就不错，原先在龙池练出来的。”周祈道。

“你不行。”谢庸一口否决。

崔熠亦笑话周祈：“你是真不把自个儿当小娘子！”

周祈“嘁”一声：“都是两条胳膊两条腿，这有什么？”话是对着崔熠说的，却瞥一眼谢庸。

谢庸恍若不闻：“大理寺差捕中赵大诚的水性不错。”

崔熠道：“我那里齐十二的水性也极好，让他们搭伴儿下去看看。”

正好吴怀仁回大理寺，便让他顺道去叫赵大诚和齐十二郎来，谢庸、崔熠、周祈则去拜访婢子口中粮船上的“鲁公”。

鲁家粮行的船停在靠湖心的地方，船较章家的茶船要大，也多，泊在一起颇成气候的样子。谢庸等坐小渡船过去。

“我家阿郎让小娘子把樱桃拿上来看看。”一个奴仆打扮的站在鲁家粮船上，对下面卖樱桃的小娘子道。奴仆身后站着一个容长脸儿、四十多岁穿绸袍的瘦子。

卖樱桃的小娘子答应着，便把小舟缆绳系在大商船的船梯上，一手挎着装樱桃的篮子，另一手扶着船梯爬上去。

“还真水灵——”那穿绸袍的瘦子拿起一个樱桃，斜着眼看卖樱桃的小娘子，“怎么就这般水灵呢！”

嘿，难怪能相交，还真是一路货色！周祈正待摸两枚铜钱把那船上的色坯头上砸两个青包，却见船舱中走出一个颇有派头的胖子来。

胖子看见了谢庸、周祈等人，面上微现异色，快走两步来到船边儿。那个之前调戏民女的瘦子也看到了谢庸等人。

听说是大理寺少卿来查案问话，胖子忙让人放下大船梯来，谢庸等登船。

胖子面上堆笑，对谢庸等叉手行礼，自言叫鲁清源，是这商船的主人——原来他才是婢女口中的“鲁公”。

“这位是？”谢庸问那瘦子。

瘦子忙上前叉手：“禀贵人，某岳州姚万年，做绸缎买卖的。”

谢庸微微点头，鲁清源笑着请谢庸等去舱内奉茶。

周祈却从钱袋里掏出钱来递给那卖樱桃的小娘子，接过她手里的篮子。本受了一惊有些害怕又有些生气的小娘子笑逐颜开，对周祈轻快地一福，下船去了。

鲁清源面上显出些诧异神色来，姚万年则瞥了周祈一眼。刚才谢庸只说周祈是“周将军”，鲁、姚二人到底是远路而来的商人家，对京中不熟，不知道京中如何还有女将军。

周祈从来放诞，拈了一个樱桃放入口中，抱着那篮子跟在谢庸、崔熠身后进了船舱。

在厅堂坐下，谢庸问话，周祈接着吃樱桃。

鲁清源叹气：“我们也接到章家报的丧信儿了，正要前去吊唁。想不到瑞祥就这么去了，他前日还和某还有延寿一同吃酒呢。”

旁边的姚万年点头。

“他买卖上可有什么仇家？”谢庸问。

“我们到底隔着行，对他们茶叶行的事……”

谢庸抬眼看他。

鲁清源顿一下，笑道：“前阵子听说瑞祥与那边甘茗茶行的甘十四郎有些不对，为了抬价钱压价钱的事儿。事儿不大，没闹起来。甘十四郎虽年轻气盛些，应该不会为了这个要瑞祥的命吧……”

“听说在饶州也有几家不对付的，但这么山遥路远……”鲁清源再看谢庸，“余下的，某确实不知道了。”

谢庸点点头。

鲁清源微松了一口气。

周祈吐出个樱桃核丢在她旁边小案上。

“鲁公对章家家事儿知道多少？”谢庸又问。

“瑞祥虽有几房妻妾，却命中无子女，所以养了其兄家的四郎在身边，指望着让他承继家业，养老送终。”

“他们叔侄处得可好？”

鲁清源笑道：“四郎是个腼腆孩子，爱念书，不像他叔父这般交游广。瑞祥常说四郎若不是商家子，兴许也能考个进士。瑞祥颇疼爱这个侄子，四郎对瑞祥也恭敬，就是不大爱说话。”

谢庸再点头，目光扫过鲁清源身边的姚万年。

谢庸皱眉，沉下脸来：“于章端吉，某等倒是查到一些东西。在此某要告诫二位，‘行德则兴，倍德则崩’，无德无行之人，天不佑之。”

鲁清源不知道这位怎么突然翻了脸，赶忙站起，肃立叉手称“是”。

姚万年亦站起叉手，谢庸清冷的目光落在他脸上。

没人说话，屋里气氛凝住。

谢庸是掌刑狱的绯袍高官，人本也端肃，不笑的时候威仪甚重，何况此时面沉如水。姚万年把头垂得更低了一些，不过这么片刻，叉着的手心里便已都是汗，后背也出了一层汗。

崔熠也不知道谢庸这是怎么了，但他惯常是与谢庸站一起的，便也虎起脸来。

再看姚万年一眼，谢庸转过头来，接着问鲁清源话，鲁清源越发恭谨地回答了。问毕，谢庸站起来，崔熠、周祈也站起来。

周祈突然抬手，一道寒光朝着姚万年飞去。姚万年呆住，其幞头被一把短剑钉在舱板上。

周祈提着篮子，慢悠悠地去取下谢庸送给自己的那把短剑，经过姚万年的时候看他一眼："莫做什么违法悖德之事，不然这剑就会往下靠那么几寸了。"

姚万年双腿发软，抖着声音答"是"。

谢庸、崔熠和周祈下了商船，又坐上来时的渡船回岸边去。

"那姓姚的怎么了？"崔熠问。

周祈道："乱瞄我。"

崔熠立刻也沉下脸来："鬼奴竟敢如此无礼！让人把他赶出京去！"

周祈摆摆手："行了，不至于，已经震唬过了。"

过了半晌，崔熠到底点点头，又看谢庸，难得见老谢这样冷脸，原来是为了阿周，看来老谢与自己一样真心把阿周当兄弟……

周祈亦看谢庸一眼，把篮子举给他和崔熠："尝尝，甜着呢！"

崔熠笑了，抓了一把。

谢庸亦微笑，拿了几颗："你吃这么多，小心上火，嘴上起疱。"

"吃樱桃起的疱，也是快活的福疱。"周祈笑道。

又在岸边略等，赵大诚和齐十二郎就到了，一行人再次上了章家的船。

船上已经挂了白，奴仆们也都穿了孝，各样丧事所需之物看着已经齐备了，有来吊孝的客人，章敏中带着一群奴仆举哀，又有和尚道士念经。

管家指给谢庸等捞尸之处，赵大诚和齐十二郎穿了水靠下去。两人不断浮上来又潜下去，约莫两刻钟，两人上船来。

“如何？”谢庸问。

“并没发现什么太有用的。这里足有三十大尺深，想来当初是专为停大船挖的。水底有乱石，水草丰盛，若不慎被缠住，慌张间不能解开，确能溺死人。”赵大诚低声回禀。

齐十二郎道：“水中鱼不少，在乱石间我们见到有两三尺长的鲇鱼和黑鱼。”

谢庸点头，让两人去换衣服。

周祈却转眼看到灵堂里一个熟悉的身影——“紫微宫传人”！

这是又来挣死人钱了？周祈便也转进灵堂去。

“紫微宫传人”正与旁的道士一起念经领魂，见了周祈，对她庄严地点点头。

周祈见惯了道士们这德行，跟着一起哼济幽度亡经文，又跟在他们后面一起走进章端吉卧房。

道士们烧符念经，周祈则在屋里乱转，她走到墙边小屏风后，目光落在那个晨间已经查过的浴桶上。

周祈围着那浴桶又转几圈儿，里里外外细细地看过，吸着鼻子闻一闻，摇头，从小屏风后走出去。

灵堂中，谢庸、崔熠正在问章敏中和管家话。

见周祈出来，崔熠问：“怎么的？操起老本行跟着道长们一块做法事？”

周祈竟认真地点点头：“从上了这船我就觉得心神不定的，刚才掐指算了算，果然是亡魂不安啊。”

崔熠愣了一下。

但与周祈相处得久了，崔熠搭梯补台的活计干了不少，故而只顿一下，便极自然地接道：“哦？怎么个不安法儿？”

崔熠又扭头对章敏中道：“你们不知道，周将军道法高强，去年长安城里升平坊凶宅便是周将军把那‘鬼’拿住的。”

章敏中和老管家都有些愣，实在不懂怎么官府中人还“道法”起来，看看周祈和崔熠，又看端肃的谢庸。

谢庸点头：“不比丹鼎派和符箓派，周将军这一支最是讲究修炼自身道法，身在法随，勇猛强刚，故而于擒拿鬼怪妖魔，涤荡人间凶戾上最擅长。”

周祈想不到谢少卿也帮自己补这种蒙人的台子，只是这话怎么听着有些耳熟呢？

见谢庸都这么说，章敏中虽还有些犹疑，到底行礼：“请将军指点迷津。”

周祈点头，叫来那几位已经领完魂的道士：“刚才几位道长领魂度亡，可曾觉察亡者之魂怨气甚大，迟迟徘徊此间，不愿西去？”

那领头的道士微愣，“紫微宫传人”已道：“确实如此，这亡魂怨气甚大。”

谢庸面色肃然，这样的时候却突然想起与周祈第一回见面，她说自己“周身似隐有青气流动”，又说“一时断不好吉凶”，要卜上一卦，旁边两个卜卦的道士也是这般随着她说“确实隐隐有些青气”，后面阿祈还要“摸骨”……

周祈不知道谢庸翻起了她的旧黑账，满脸深沉地道：“盖因他本就不是平常的溺死，而是被害死的。”

章敏中和管家都变了神色，周祈看向晨间着青衫如今已换了白的那个婢子，婢子面色苍白，端着托盘的手微微抖动。

道士们想不到就来给溺亡者念个经，竟然赶上这样的事儿，都愣住，只“紫微宫传人”神色镇定。

到底道士们是外人，又有许多奴仆，周祈让人清场。

那婢子也要退下，周祈道："你留下。"

婢子面色越发苍白。

周祈看着她，心中有些不忍："你还是说了吧。"

婢子咬着嘴唇，半晌道："奴婢不知道贵人让奴婢说什么。"

"说章端吉凶死之事。"

又过了半晌，婢子硬挺着声音道："贵人如何就说阿郎是凶死的？这鬼神之说从来缥缈。"

管家忙道："不得对贵人无礼。"

章敏中则看向周祈。

周祈看看章敏中和管家，对婢子道："鬼神之说缥缈，那浴桶上的蝇子却不缥缈。"

谢庸知道周祈为何刚才用鬼神之说诈这一下子了。

"你大约不知道，蝇子的鼻子格外灵，一星半点儿的血腥气，它们也能闻出来。"[1]

崔熠看周祈，晨间查看过那浴桶，没见什么蝇子啊。

周祈目示那撩起的纱帘。

崔熠懂了，因办丧事、和尚道士念经领魂，人来人往的，故而厅堂、卧房等处纱帘撩起，这河上蚊蝇又多，放进不少蝇子去，周祈刚才进去发现了。

婢子双目含泪，摇摇欲坠，却仍摇摇头，不说什么。

"那章端吉虽是溺亡之相，却双臂双腿未见鸡皮样肌肤——或许是因为他根本不是在河中溺亡的，而是在浴桶中溺亡的？

"至于浴桶中的血，是用利器割伤了章端吉的阴部吧？所以他的

1　其实苍蝇没有鼻子，其嗅觉感受器是触角。

尸体上此部位被鱼咬得最厉害——因为鲇鱼、黑鱼等食肉之鱼专爱血腥气。”

婢子瘫坐在地上，哭着摇头。

周祈软下语气：“我知道你一个弱女子干不得这种事儿，即便你能趁着章端吉喝醉溺死他，你也没办法把他沉入水底伪造出湖中溺亡之相。既然已经这样了，你还要隐瞒什么？又能隐瞒得了什么？说出实情，你或许还能保命。”周祈目光扫向章敏中和管家。

章敏中和管家都面上震惊之色未消地盯着婢子。

婢子泣道：“是强盗。”

周祈皱眉：“强盗？什么样的强盗？”

“是，是一个蒙面强盗。”

“说说。”

“阿郎沐浴，我去后面舱里取新的澡豆来。一进卧房，便被一个蒙面强盗捂住了口鼻，然后我便晕倒不知事儿了。等醒来，阿郎已是不见了，地上又有血。

“我本待喊人，但这样的事情，我如何说得清？我便用浴桶中的水擦了地，收拾过屋里，只假装没这等事儿发生。”

“一个强盗——为何要伤章端吉的阴部？且屋内丢了什么贵重东西吗？”周祈道。

婢子摇头。

“你这样说，很难取信于人。”

“我真的不知道……”婢子哭道。

章敏中看着婢子：“说实话！叔父果然死于强盗之手？”

婢子点头。

管家“嗐”一声：“你怎么不……”

周祈看看这章家人，又看谢庸、崔熠，这样一番先是鬼神后扔出证据的打草惊蛇之法，竟看不出章敏中和管家有什么异常来，难道不是他们？或者他们都是作伪的高手？不过这本也只是顺便诈一诈，不能全指望这个破了凶案。

再看看那婢子，周祈在心里轻叹一口气。

既然确定章端吉是被谋害而死，他的尸体便要抬到大理寺去。谢庸与章敏中道，为彻底确定死因，恐怕还要剖尸，故而他也要去一趟大理寺，在剖尸文书上签字。

章敏中垂着头答应了。

一行人带着尸体，押着婢子回大理寺。王寺卿和章敏中都签过剖尸文书，谢庸、崔熠、周祈又来到那间放着捅“僵尸”长竹竿的屋子等着。

崔熠狠狠地夸赞周祈：“不错啊，阿周！见着蝇子，就想到血腥，想到尸体上被鱼啃过的伤口，推断得有理有据，都有些《南北迷案》中陈生的意思了。”

周祈看一眼谢庸，清清嗓子道：“别提鱼！前两天还说约你一块儿上运河沿子、广运潭这边儿钓鱼呢，你想想……后不后怕？”

崔熠：“你以后还让不让我吃鱼头了？”

周祈笑起来，笑完道：“你知道吧？听说南诏那边有大巫，以尸养鱼，制作蛊毒。养的办法不同，鱼也不同，这毒的药效也不同。有的可以惑人心智，只要吃了这鱼，那巫人让他做什么，他便做什么，便是用刀放自己的血、剥自己的皮都使得。有的就是纯粹的穿肠毒药，一口下去，就全身乌黑，很快化为脓水。”

大夏天的，崔熠让她说得后背发凉，在这殓房之地，上回说“僵尸”，这回说“以尸养鱼，制作蛊毒”，阿周是彻底坏了心肠！

崔熠看谢庸，目光中隐隐带着威胁，要是老谢也像上回似的搬出前朝大儒和《山海经》，与阿周一块狼狈为奸，兄弟没的做！

周祈大约也想起上回一块儿蒙骗崔熠的事儿，不由得也笑着看谢庸。

谢庸看看崔熠，又看看周祈："前朝医术《诸病源候论》中确有关于如何养蛊的记载，上面说……"

崔熠指指谢庸，周祈小人得志地笑了。

谢庸看一眼周祈，也翘起嘴角。

三人说着话，时间过得飞快。周祈正说"飞头杀人"的故事，吴怀仁那边有了结果："确系溺水而亡，也当确系溺亡在浴桶中。"

吴怀仁拿小钳子拨拉托盘中几个脏兮兮的小粒东西："这是五味子，有补肾之功，从亡者胃内找到的。这个若入药，不管是汤剂还是粉剂，都不会有这整个儿的，这当是药浴用的，他被人摁在浴桶中时喝了下去。另外亡者胃肠积水里看不出有河中藻类。"

"那就没跑了！定然是婢子与那船上的某个人一起做的。说什么外面来的强盗！外面来的强盗有刀有剑，何必把人摁在浴桶中溺死？也不会专门刺伤其下体，然后沉入水中，伪装在湖中溺亡，更不会放过那婢子……如今差的就是不好确定与她伙同作案的是谁。"崔熠道。

谢庸、周祈也是这样认为，这样的现场，实在不像那婢子说的什么"强盗"所为，事情总在这婢子身上，于是连夜提审她。

婢子这回却改了口："奴确实没晕过去，奴日间说的是避重就轻了。奴进到屋里时，阿郎已经被那强盗杀了，那里还被捅了一刀。那蒙面强盗用刀逼着奴，让奴找出阿郎的衣服来，让奴帮着收拾，奴不敢不从。他背着阿郎的尸首临走时说让奴把剩下的收拾好，若叫喊起来，或是让人发现端倪，他就说奴与他是一伙儿的，奴不得已，只好按他说的做，只希望能蒙混过去……"

听着婢子颇流利的叙述，谢庸、崔熠、周祈互视一眼，从彼此眼中都看到"不信"二字。

然而他们很快便被打了脸——姚万年死了。

谢庸、崔熠、周祈、吴怀仁再次一大早赶到城东广运潭。

姚万年的死相要比章端吉凄惨得多。在尸体右侧枕头上还有一个血手印，死者手上有血迹，对比大小，这手印当是死者自己抓的。

最重要的，他的下体亦被捅了一下子，因是刺伤，可以知道凶器应该是寸宽的短剑、匕首之类，而非单刃刀。

吴怀仁道：“据其血坠推测，死者当被杀于子时前后。”

又是半夜，又是下体受伤，且两个死者很是相熟……这是一起连环杀人案。

崔熠在周祈身边小声道：“脸疼！咱们的推断错了。”

周祈皱着眉，是啊，莫非真如那青衫婢子所说是外面来的人做的？这两个小子都不是什么好人，或许祸害了什么人的妻女姐妹，人家来报仇？

但为何头一起案件要伪装自杀，这一起却这样明目张胆？因为没有婢子帮忙善后？这个样子，恐怕善后也没法善吧。

姚家商船上的管家与姚万年一样是个四十多岁的瘦子，大约也经历过些事儿，看着还算镇定：“阿郎昨日暮食是在鲁公船上吃的，戌末的时候回到船上，婢子们便伺候他歇下了。本来晚间有六个人巡夜，但阿郎听说那边章公被强盗杀了，便又多加了六个人，这样，船头六个，船尾六个，每隔两刻钟巡查一遍，奴问他们，他们说未曾听到看到什么异常。婢子们还有这些巡夜奴仆都在门外，贵人可随时传见。”

谢庸先见婢子们。六个婢子一字儿站在他面前。

“昨晚伺候姚万年沐浴休息的是谁？”

其中一个面皮白净、吊梢眉毛的婢子道：“虽伺候阿郎沐浴是咱们一起，可阿郎只留了芙蓉伴宿。”说着，这婢子看向这六人中靠边一个容貌格外出色的，“如今阿郎出了事儿，贵人只问她便是。”

谢庸目光扫过婢子们，吊梢眉婢子面上带着愤愤之色，其余几个婢子只垂着头一副惊惧惶恐的样子，那个容貌格外出色的神色木然中带着些冷清。

“我亥时就回去了，蜡梅可以做证，我回去她还没睡呢。”容貌出色的婢子冷淡淡地道。

那垂着头的婢子中的一个低声答“是”。

管家亦替那婢子解释：“芙蓉性子怪，这个，伴宿，从不伴整宿……”

吊梢眉婢子眯眼撇嘴，扭头对上谢庸的目光，到底没有冷哼出来。

又问几个婢子几句，谢庸便让婢子们退下，把巡夜的叫进来。

“奴们知道那边茶船上章公出了事儿，听说闹了强盗，都精神着，没敢懈怠，每两刻钟，船头船尾换着巡查一遍，委实没听见什么动静，看见什么人。”

“可发现有可疑船只靠近？”

“没有。平时小船梯夜里都那样放着，昨晚也收起来了。”

谢庸看一眼外面，姚家的船泊得离岸边颇近，周围也有些商船渔船，不管是从岸边还是从这些船上泅水过来，再上船，只要会游水又会点儿功夫的，都能做到。

“令主翁与章端吉可有什么共同的仇敌？”谢庸问管家。

“章公做茶叶买卖，敝主做绸缎买卖，平日就是在一起聚饮游乐，实在难说有什么共同的仇敌……”管家为难。

“女色上。”谢庸淡淡地道。

管家抬眼看看谢庸：“女，女色上……能有什么仇敌？”

“可有什么逼奸良家女子之事？”

管家眼神躲闪：“这个，奴不知道。”

谢庸冷冷地看着他。

管家到底受不了，跪下道：“前阵子，是，是喝醉了酒，在鲁公船上，坏了一个卖樱桃的小娘子，可阿郎、章公已经赔给她家里钱了，她家里人亲口说不追究了。”

谢庸咬一下牙：“卖樱桃的小娘子姓什么？住在哪里？”

“就住在湖沿子上，姓宋。”

谢庸眯眼：“那小娘子投水自尽了？”

崔熠和周祈也想起听说的“水鬼”的事儿来。

“是，是自尽了。”

周祈看一眼那边姚万年的尸首，冷哼：“真是死有余辜！”管家一怔，然后才意识到她说的是自家主人和章端吉。管家不由得又看向谢庸、崔熠，却被谢庸的目光刺得低下头。

谢庸等下商船，坐渡船去湖那边儿宋家。

崔熠问：“怀疑是那宋家人报仇？”

周祈点头：“靠水吃水，这岸边儿住着的大多水性好，夜里划着小渔船来作案，或者游过来，不是不可能。只是——”周祈又摇摇头，这宋家人报仇，那婢子为何……

谢庸等到了宋家门首，见一个四十余岁的妇人正送两个父子模样的男子出来：“早点儿回来，今日人家小娘子家来人相看，总要拾掇拾掇，莫要一身鱼腥子气才好。”

那对父子答应着，扛着渔网、竿子、盆子之类，走向湖边。

妇人从院子里端出一盆极小的鱼来，又去湖边打了水，便坐在门首洗择这些鱼，不知想起来什么，叹口气，面上带了些悲戚。

看了那妇人片刻，又隔着栅栏门看向收拾得颇利索的庭院和院子里圈养的白鹅，谢庸回头对崔熠、周祈道：“走吧，我们去找鲁清源。”

鲁清源面上带着些急切之色，叉手行礼毕，便赶忙问：“果然是那宋家人害了瑞祥和延寿吗？也太无法无天了。”

谢庸看着他，鲁清源有些讪讪的，脸上又堆起笑来：“是某急切了，还望贵人莫怪。”

谢庸淡淡地道：“不是。”

鲁清源有些诧异，有些失望地点点头，然后又殷勤地欠身请谢庸、崔熠、周祈去舱内奉茶。

看一眼后船上正在搬货的奴仆们，谢庸淡淡地问：“鲁公这是着急清仓返航吗？”

鲁清源叹一口气，笑容中的苦意越发明显：“是啊，瑞祥和延寿先后出了事儿，可见是有人盯上这湖里的商船了，还是早些清了货早些回去吧。”

“若未做什么亏心事儿，倒也不必急着走。”谢庸走进舱内。

鲁清源面色微变，跟上赔笑道：“某知道贵人说的是宋家小娘子的事儿。这事儿虽是在敝船上，某却着实未曾对那女子如何。

“这事儿呢，一则是瑞祥和延寿有了酒，便有些把持不住；一则也是那宋小娘子本也不是什么正经女子，进了这舱，让她倒酒就倒酒，让她捧樱桃就捧樱桃，这不是半推半就是什么？那婢子走时也没哭没闹，放在她篮子里的钱她也拿着走了，后来却听说投了水，惹得宋家人找来……若瑞祥他们早让人送钱去买了她，也没这么些事儿。”

周祈的手紧紧地攥着腰刀刀柄，冷笑道：“说得这般轻描淡写，你们在船上强迫良家女子恐怕不是一回了吧？”

鲁清源想起她上次把姚万年的幞头钉在墙上，忙站起叉手道：“真就这一回。这样天子脚下，某等不敢大放情怀做什么……”

这话太过无耻，周祈抽刀抬手，刀尖抵在鲁清源的下巴上：“你们还想怎么大放情怀？还想做什么？”

鲁清源看着那寒光薄刃，腿抖起来，不由得看向谢庸、崔熠，两人都静静地看着，没有要来解救他的意思。

周祈刀尖儿轻进，鲁清源颈间皮肉瞬间便见了血。

鲁清源又疼又怕，腿要跪不跪地哭求：“不敢做什么，再不敢做什么了，以后一定循规蹈矩的，求求贵人们……”

周祈冷哼，这种只会欺软怕硬的货色……

谢庸站起身走过来，握着周祈的手让她把刀放下，冷声对鲁清源道：“记住上次我说的话，‘行德则兴，倍德则崩’，无德无行之人，天不佑之。”

谢庸当先走出去，周祈又看鲁清源一眼，把刀插回鞘里，也走出去。崔熠亦站起：“那姓章的、姓姚的还没走远，再做什么不义之事，你们兴许能奈何桥头搭上伴儿，好自为之吧。”

鲁清源跪在地上，捂着脖子连声称“是”。

船梯上，几个奴仆正从小船往大船上递送糕点、水果、饮子之类吃食，几个婢子接着。见了谢庸等来，奴仆们赶忙避开。

周祈扭头看一眼那几个婢子，其中一个身材纤弱，容色极美，神情沉静，与另外几个婢子不同，周祈心中一动：“你便是黄莺？”

婢子微抬眼：“是。”

周祈点下头，与谢庸、崔熠上了渡船。

崔熠对谢庸道：“你不用拦阿周，她有分寸。”说的是刚才在舱里的事儿。

谢庸点头：“我知道。”

周祈背过手去，在身后揉一下手背，小声嘟囔：“那还拦我！我应该多给他划几个口子。”

“不值得为这种人坏了规矩。回头让人查他，这种无德之人，作奸犯科之事绝非只在女色，查到了，牢狱便等着他。”

周祈到底“嗯”了一声。

谢庸攥一下左手，对周祈微微一笑。周祈清清嗓子，避开眼，看向波光粼粼的湖面。

回到姚万年的船上，细细搜过姚万年的屋子，这姚万年倒不似章端吉有那么些折磨人的用具，看来这相交甚好的两个人渣，渣得也不尽相同。

姚万年凶死，他的尸首自然要抬到大理寺。谢庸、崔熠、周祈、吴怀仁和衙差们带着姚万年的尸首离开。

三人回到大理寺。

“我去把那青衫婢了放了？”周祈问。

谢庸看她一眼，想了想，点头。

崔熠皱眉，但旋即又想，也是，既然是连环杀人凶犯作案，那就排除了这婢子的嫌疑，虽则还有不少疑点，但没有更多证据之前，也不宜再扣住这婢子了。

周祈亲自去女牢释放青衫婢子。

听说要放了自己，婢子面上闪过惊异之色。

“我让人送你回去，嘱咐章敏中，不让他们难为你。”周祈温言道，“毕竟你是被强盗强迫的。”

青衫婢子忙磕头道谢。

也许是看周祈和气，又都是女子，青衫婢子抬起头，嘴巴嗫嚅，到底又低下头。

“你想问为何放了你？”

青衫婢子点头，轻声道：“昨日贵人们还不信奴，如何今日就信了？”

“因为姚万年也被那强盗杀死了。”

青衫婢子猛地抬头，又忙垂下头。

周祈看着婢子，婢子把头埋得越发深。周祈微皱眉，她刚才的神情着实复杂……

婢子用袖子擦一下眼睛：“可见头上有青天，让奴冤屈得雪了。”

婢子再对周祈福一福，周祈让人送她回去。

周祈回到谢庸廨房坐下："果然有问题。"

崔熠挑眉："怎么的？"

"你们没见，刚才那婢子听说我要放她，特别是听说姚万年死了时的神情。震惊——这个不奇怪，还似有些激动，目光却极柔和，她还掉了眼泪，虽用被放出去冤屈得雪高兴所以流泪也解释得通，但我觉得不是……"周祈又道，"我们回到原来的问题，为何那强人杀了章端吉，却放过这婢子？因为冤有头债有主？因为想让这婢子帮忙善后？他不杀这婢子，风险未免太大了些，若这婢子不管不顾吵嚷起来呢？"

谢庸道："最关键是婢子言语中的矛盾漏洞。当时许是没想到阿祈会发现那浴桶上的血味儿并推测出章端吉受伤等事儿，故而婢子惊慌中说的话露出马脚。她说蒙面人使其晕倒，醒来发现章端吉不见了，看到地上有血，怕牵连自身，所以为凶手善后掩盖——但若不知婢子为自己善后掩盖，这样留了证人活口，留了血迹，那凶手伪造章端吉溺水还有何意义？婢子后来反口改了供词，说凶手要挟云云，使得此事合理起来。她口供前后不一的原因却并不合理，她是晕倒醒来后自觉善后，还是被强迫善后，在对其处罚上又有多大差别？先头儿何必撒这个谎？故而她改口供最可能的原因就是让她说的匪徒杀人之事合理起来。"

崔熠道："我也觉得这婢子疑点多，可那姚万年死了，难道是章敏中或者那管家去杀的？这——是不是——也未免——"

"章敏中或者管家或者章家茶船上其他的人可以和那青衫婢子青凤一起杀死章端吉，但是他们要悄无声息地去姚万年船上杀人却是有点儿难。"周祈看谢庸和崔熠，"姚万年那个血手印也有些诡异。"

周祈在自己颈间比画："脖子突然漏气喷血，姚万年从睡梦中惊醒，第一反应是用手去捂脖子，然而他去摸枕头做什么？若是被凶手摁住的，他的手当是手背朝下，形成不了那样的血手印。"

"他是去摸武器。"谢庸道。

周祈点头。

崔熠以拳击掌："对！姚万年这种人恶事儿做得多，心里有鬼，确是该枕剑而眠的。"

"可他的武器呢？"周祈道，"现场我们没有找到武器。被凶手带走了？凶手带走这武器何用？"

谢庸微皱眉："或许这姚万年的武器便是杀死他的凶器，故而凶手行凶之后，将之带走了。凶手行凶不自带武器，而是用被害者的，他或许不容易获得武器，他还要对姚万年的卧房和习惯极熟悉……"

周祈道："婢子们。"

崔熠皱眉道："婢子们？你们是说姚万年的婢子与章端吉的婢子合谋各自杀自家主人？"

周祈点头，又摇摇头："或许姚万年的婢子就是章端吉的婢子。"

崔熠糊涂了。

"那个叫芙蓉的婢子。"谢庸沉思道。

周祈道："不错！"

谢庸站起来："走吧。"

周祈也站起来，崔熠赶忙跟上："哎，你们不能把话说明白吗？"

一边往外走，周祈一边与他解释："你发现没有，或许因为长期被章端吉虐待蹂躏，章家的婢子性子格外沉静冷清，似乎对什么都不大在乎。不管是那个青凤，还是与她同室而居的蓝裙婢子，还是送给鲁清源的黄莺，她们与姚家、鲁家的婢子很是不同。在性子上，芙蓉实在像是章家婢子。如此也更能解释得通为何芙蓉受姚家婢子排挤，她美，性子冷清，又是后来的，与那些婢子本不是一拨人。"

"芙蓉是章端吉送给姚万年的？"崔熠点头，"互赠婢子倒也平常。"

周祈摇头："章端吉的八个婢子，一个投水，一个送给鲁清源，其余六个都在，即便是送的，也是先前送的。但更可能不是送的。芙蓉比黄莺还要美上两分，鲁清源财大气粗，俨然三人中的魁首，章端吉巴结他送给他黄莺，但姚万年财力上似比章端吉还不足些，章端吉为何却送给他一个更美的芙蓉？”

周祈接着道：“我们疑心，这芙蓉或许便是那个投水的白鹄。章端吉、姚万年相熟，两家船只一起从南边经运河而来，后船救下前船落水之人是极可能的，芙蓉样貌极美，以姚万年的为人，扣下了这婢子也是极可能的。”

谢庯道：“‘芙蓉’出于水，姚万年或许便是因此给她取这个名字。一个死过一回的人，上次没能杀死自己，这次选择杀死逼迫自己的仇敌……芙蓉熟悉章家船上的一切，熟悉章端吉的习惯，两家船只又离得不算远，她可以悄悄划着姚家大船下的小船，甚至若水性好，直接游去章家船上作案。”

周祈水性不错：“说到水性好，虽然淹死的常常是会水的，但那是意外，若水性好，想投水自杀却也不容易死成。或许那芙蓉便是因此‘死而复生’的。”

“青凤一个婢子，能接触的人有限，能交托生死、共同犯案的人除了情人，便是朝夕相处、共同被折磨的姊妹了。而芙蓉这么快又犯案或许就是为了给青凤洗脱罪名。所以青凤听说姚万年死，会那等神色，激动、感激，甚至带着些温柔的抱怨……”周祈踩着马镫上马，轻叹一口气，“说实话，我真是不想去抓她们。”

谢庯坐在马上看她一眼，崔熠也有些愀然。

周祈抖一抖缰绳：“走吧。”

谢庯、崔熠、周祈到姚家船上时，姚万年的尸首虽在大理寺，但其余丧仪齐备，已经开吊，与姚家有来往的商家不少来致奠的，或许也为来打探消息，人来人往，颇为热闹。

姚家管家接待谢庯等。

“芙蓉？”管家看看谢庸，顿了一下，“芙蓉，确是从湖里救上来的。”

“原是章家婢子？”

管家再沉吟一下：“是，是章家婢子。”

“她在哪儿？”

“阿郎在时，不让她往前面来，她这会子应该在自己屋里。”

崔熠抬眼：“那是不是？”

灵堂门前，芙蓉显然也看见了谢庸等，扭身走进灵堂去。

谢庸、崔熠、周祈快步走过去，灵堂里已经一片骚动。

“你别乱来！别乱来！”是鲁清源惊慌的声音。

谢庸、崔熠、周祈拨开人群，鲁清源被芙蓉揪住圆领袍后领，一把短剑比在他的脖颈上。

周祈缓步上前：“你放下剑吧。鲁清源犯的罪孽，会有国法惩治，你这样不明不白地杀了他，别人只会说你是恶人。”

芙蓉凄然一笑：“我以奴杀主，不管杀的是个什么畜生，我都是恶人。奴婢比牲畜还贱——”

周祈正待再劝，芙蓉突然手下用力，鲁清源颈间血喷射出来，周祈抢步上前，那剑却已又被芙蓉回手插在了自己胸腹上。

鲁清源睁大眼，肥胖的身躯轰然倒地，芙蓉在周祈臂膀间亦缓缓软倒。

宾客和奴婢们一片叫喊，周祈忙蹲下，把芙蓉放倒，用双手去堵她顺着剑流出的血。那血汩汩地流着，却如何堵得住？

“是我自己杀了章端吉和姚万年，青凤是被我胁迫的，贵人，贵人——”芙蓉眼中闪出恳求。

周祈点头，用扯下的一段内袍堵她的伤口，袍子很快便染透了。

芙蓉一笑，嘴里咳出血沫子，原本苍白的脸突然带了一抹红润，轻声问：“我死了，魂魄能飞回到彭蠡湖吗？”周祈再次点头。

芙蓉微笑着闭上眼睛。

周祈堵着她伤口的手过了一会儿才松开，满手的血。

谢庸轻声道："她也算心愿已了。"周祈点点头。

谢庸、崔熠、周祈带着两具尸首回大理寺。

芙蓉已死，唯一可能知道真相的便是青凤了。青凤双目红肿地再次跪在堂前。

"先说说芙蓉吧。"谢庸道。

青凤哽咽着点点头："她就是白鹄。她本是彭蠡湖边渔家女，十四岁的时候来到章家。她性子倔，长得又好，被阿郎收拾得最狠，身上各种各样的伤，有几次差点熬不过去了……我们比她大些，看她着实可怜，便多有照顾。她对我最交心，说出当年上船卖莲子被阿郎、姚公还有鲁公……阿郎又干脆去她家买了她……

"她骨头太硬，阿郎磋磨她磋磨得最狠，她实在熬不住了，在汴州的时候投了水。那么急的水，我们本以为她一定完了，谁知有一回我去姚家船上送糕点果子，竟然见到了她。我们只略叙了两句，她说因通水性，当时虽立意求死，却没死成，被姚家的船救了上来。我劝她安生过日子吧，姚公虽也……却不似我家阿郎……"

谢庸点头，示意她继续说。

"那日，阿郎从鲁公处回来，喝得酩酊大醉，我伺候他沐浴，出门取新澡豆，回来便见，便见——白鹄把阿郎摁在了水里，我——我上前救阿郎，白鹄用一把匕首威胁我。她说阿郎该死，前两日又祸害了一个湖上卖樱桃的小娘子，那小娘子也是个烈性的，回去就死了。她说，若阿郎不死，以后还不知道会有多少小娘子要被祸害死，或者像她一样被买了，受这活刑……

"她又胁迫我一块儿给阿郎穿衣，伪造阿郎在湖中溺水之相。她用匕首捅阿郎，我拦她，她说水下的鱼会把刀痕咬没，不让我多管。趁着

巡夜的不注意，她胁迫我一起把阿郎顺着船帮垂下去……”青凤突然捂着嘴哭起来，再说不下去。

等她稍微平静些，谢庸拿起案上一把匕首，这是在姚家船只附近捞上来的：“便是这一把匕首吗？”

青凤点头。

谢庸又问了几个问题，青凤抽噎着答了，谢庸便让人把她带下去，退了堂。

谢庸与王寺卿商议：“如今芙蓉已死，亦无旁的人证、物证，实在不好判别青凤是自愿还是被胁迫。自来疑罪从去，青凤当按被胁迫论，她无杀人之实，又系不得已，无须连坐。”

王寺卿看看谢庸，又扭头看看周祈和崔熠，三张年轻的面孔……老叟点点头：“是啊，‘疑罪从去，仁也。’就按你说的断吧。”

谢庸叉手称“是”，周祈、崔熠亦恭敬行礼。

王寺卿扶着腰走出去：“跟你们这帮小子坐了这半日，难受……”又回头交代谢庸：“把文书做好，放在我廨房。”

谢庸再次叉手称“是”。

看着老叟的背影，崔熠道：“那芙蓉在返回途中扔了匕首，或许是没想这么快杀姚万年吧？她水性是真好，看着确也是个力气大的，但她与青凤两个人把章端吉那样的胖子垂入水中……”

周祈看他：“我一个人就行。”

“你是谁？”崔熠神色立刻活泼起来，看周祈一直闷闷不乐，崔熠存心哄她，“你是满长安城最厉害的女郎。是不是，老谢？”

谢庸点头：“嗯，功夫好，心肠好，性子好，哪里都好。”

崔熠点头点了半截儿，觉得有点儿别扭，看看谢庸，谢庸微笑了一下，看一眼周祈，走去写结案文书。崔熠又看周祈，周祈负着手，挑眉看他。

崔熠便把那剩下的半截点头点完："老谢说得对！确实哪里都好。"

谢庸要写结案文书，崔熠、周祈先走。

谢庸叫住周祈："今日夏至，晚间过来吃冷淘吧。我看唐伯买了蛤蜊放在盆中吐泥，约莫是要做蛤蜊菌菇茱萸酱当浇头，虽有些辣，却鲜得很。应当也有鲈鱼片和豕肉丁子的浇头，你若爱旁的，提早与唐伯说，让他给你备下。"

崔熠"喊"一声，撇嘴走了。

周祈回头看谢庸。

谢庸抬眼，笑着问："怎么了？"

他坐在大案前，因热，幞头放在一边，官袍袖子微挽，手里拿着笔，一双凤眼微微弯起，似把这暗沉冷肃的大理寺大堂都映得亮堂温暖起来——或许他也是自己人生中能遇到的最温暖的亮色了。

周祈笑道："我还有事儿，若回去早就去吃，若回去晚，你们也不必等我。"

谢庸没探究她忙什么，只微笑一下，点点头。

周祈出了大理寺，骑马往宫里去。

谢庸写完结案文书，骑马回家，经过周祈家门口，见还挂着锁，便知道她还没回来——她不爱锁门，若是去自己家，门常常只随便掩上。

吃完暮食，谢庸出门散步的时候，周家的门上还挂着锁。

坊门都关了这么久了……谢庸走出小曲，随意在街上踱着。街上卖吃食的小摊子大多已经收了，卖卤鸭脖、卤鸡脚的娘子还在，看见谢庸笑着打招呼："今日未见娘子呢？"

"她还没回来。"谢庸微笑道。

"回娘家了啊？"娘子笑了，难怪这郎君脸上带着孤单，年纪轻的小夫妻真是一会儿也不愿意分开，大家都是从这会儿过来的……

谢庸只微笑。

娘子安慰谢庸："郎君明日去接回来就是了。"

谢庸再次微笑，对娘子点下头，走了过去。

谢庸来到美味斋前，周祈的马在门前拴着的几匹马骡中显眼得很，她的马也看到了谢庸，对他晃下头，甩了甩尾巴。

谢庸若有所思地走进店里去，一扭头，便见周祈正坐在墙角儿吃酒。他来到周祈对面坐下，周祈抬眼，有些惊异，然后眯眼笑了。

她脸上泛着红晕，眼睛亮晶晶的，刚才那一笑又略显呆气，谢庸知道她有酒意了。

谢庸回头招呼跑堂的送一碗解酒汤来，再让上一碗馎饦。

周祈的笑里便带上了无奈："没醉，真没醉，这才喝了多少啊。"

谢庸不与她争辩，只道："嗯，没醉也该喝些汤、吃点正经饭食了，不然晚间肠胃难受。"

他这样说，周祈的酒就没法儿喝了："行吧。"

周祈没什么坐相地盘膝塌腰坐着，略歪头，看着谢庸。谢庸也看着她，微微一笑。

周祈垂下眼帘，又抬手去拿酒盏，谢庸却先一步把那酒盏拿走了。周祈只好缩回了手。

看她耷拉着眉眼，跟不让吃太多被拿走猫食碟子的胐胐神似，谢庸笑着轻叹，眼中探究之色却越发浓了："怎么突然想起喝酒来？为了这两日广运潭上的事儿，还是旁的什么？"

周祈笑道："喝酒，还能为什么？就是想喝酒呗。"

谢庸看着她。

周祈清一下嗓子："也有点儿别的原因吧？小娘子们，太可怜了。"

不待谢庸说什么，周祈已说起旁的："你们没等我吃冷淘吧？其实我本来是想去吃的，但又有些想吃这里的烧鹅和酿豆腐，左右为难，就抛了个铜钱，铜钱指引，让我来了美味斋。你回去可千万别告诉唐伯。”

谢庸不答。

他不答，周祈也能自己说得很欢实：“那蛤蜊菌菇茱萸酱好吃吧？一听就又鲜又香，加了茱萸，什么都有味儿。都说夏天吃茱萸上火，这几天闷闷的要下雨，吃点茱萸酱，也算以毒攻毒了。兴许能把前两日吃樱桃吃出来的疱再给吃回去。

“你说唐伯厨艺这么好的人，怎么就让谢少卿你碰上了呢？真是羡慕！不是，是嫉妒！”

“还有朏朏小可爱，我真是再没见过那么有灵性的猫了。”周祈摇头叹气。

“不过你那里算‘人和’，我那里却占了‘地利’，我那儿的桃子过不几日应该就能吃了，据说极甜……”周祈笑道。

一直到醒酒汤和馎饦端上了，周祈才停住她东一句西一句的胡拉乱扯。稀里呼噜地喝了半碗汤，又挑着吃了点馎饦片儿，周祈便站起来。

谢庸拿出钱袋子替她结了酒钱。周祈没说什么，只拱拱手，笑称“多谢”。

两人出了酒肆，谢庸帮她牵着马，一起往回走。经过那卖卤鸭脖的摊子，摊主娘子有些惊讶，周祈笑着与她打招呼。

摊主娘子好鼻子，闻出周祈身上的酒气，小娘子这是独自去喝酒了？本以为是回了娘家，莫不是小两口吵架了？摊主娘子看一眼谢庸，应该不是，郎君看小娘子那眼神儿柔软的……这小娘子这般洒脱，兴许就是馋了，自己出来吃酒，郎君还惦记着出来接，啧啧……

周祈不知道自己在摊主娘子心里已经坐稳“馋鬼”宝座，犹约下让摊主娘子明日给自己留两片猪耳朵。

两人这样溜达着到了周家门口，周祈去接缰绳，谢庸没松手：“你

去开门。你家里什么也没有，我帮你烧些水。”

周祈无奈笑道：“我没醉，不用这样。”谢庸不说话。

周祈看他一眼，笑着伸手去拽那缰绳，颇用了两分力气，谢庸松手。

“这个时候了，赶紧回去睡吧。回见，谢少卿。”周祈挥一下拿着马鞭的另一只手。

谢庸站着没动：“阿祈，让我以后照顾你好不好？”

周祈回头，看了他半晌，生硬地道：“不好。”接着又轻佻地一笑，“谢少卿你啊，就跟那传奇里的书生一样，定力不足，才为我这样的妖怪所惑，还想着跟妖怪长长久久……啧！啧！好在我是个有讲究的妖，不杀熟，你算是逃过一劫。”

周祈开了门，牵马进去，关上大门，越来越小的门缝隙里，谢少卿静静地站着，月光下他的脸很沉静。

门合上，周祈长眉轻蹙，鼻头竟然有些发酸。周祈觉得自己真是只丢人的妖。

“阿周！阿周！是真的，上头要在咱们中间选禁卫了！场子就在大柳树前面空地儿上。张阿蛮他们都去了，咱们去不去？”细眉细眼细身子的小宦者跑得脸红扑扑的，一边擦汗一边问。

嚯，周祈打趣年少时的玩伴，那时候冯二郎真像个豆芽菜，还是个发得不大好的豆芽菜。谁能想到他以后穿上绿袍，腆着肚子，成了豌豆。

知道是在梦中，年长的周祈如幽魂一样附着在年少的自己身上，从练功桩上跳下来，抬手抹一把汗，手背蜇得慌——让苏师父抽的。

老叟手真狠……年长的周祈和年少的周祈一起抱怨。

周祈把手在衣摆上蹭蹭：“去！为什么不去？”

“可——”冯二郎皱起脸，“都是抽签子对打。刘老大厉害吧？小山似的那么壮，被一个十八九岁的打得鼻眼冒血，鼻子都歪了。白挨了一顿揍，也没选中。”

“不就是挨顿揍，歪鼻子吗？多大点儿事儿。你想想，挑中了就能出去耍呢。”周祈跑去屋檐下拿上苏师父做的竹剑便要走。

“阿祈，你去哪里？”韩老妪从屋里追出来，“莫要打架！”

“不打架！米我已经舂好了，你莫听佟三娘撺掇又去替她的工。”

“哎——哎——阿祈——”韩老妪在身后喊。

出门又碰见两个小宦，年少的周祈领着他们一溜烟地跑了。年长的周祈回头，只见到一个模糊的身影。

转眼便是场上对打。

与周祈对打的宦者十七八岁，周祈只到他胸口。

场边儿坐着的选拔官皱眉——周祈后来才知道，头午是从宦者里挑，过午才挑宫女，自己来错了时候。一堆人挤挤挨挨，那分组的忙中出错，只听“周祈”名字，以为是个小宦，竟然也没有发觉，她便这样被喊着名字上了场。

要对打的宦者亦皱着眉看周祈：“打疼了可不兴哭。”

周祈龇牙一笑，上去就是一拳。宦者赶忙扭身避开，周祈第二拳又到了，宦者用胳膊去挡。周祈狼直拳虎勾拳以肘代拳一阵抢攻。

宦者大约想不到一个小宫女这般匪气，打起架来野狗似的，一开始便失了先机。

但他到底身高力壮，功夫练得也扎实，渐渐摸清了周祈的路数底细。周祈再次使出“黑熊碎石”击其左胸时，宦者一把抓住她的拳头。

周祈拳收不回来，忙右手“白猿送月”去击其颈下颌。

宦者一笑，料到一般，又抓住周祈右手，正欲提膝抬腿把她踢出场子，却被一个头槌顶在颈间。

这一下甚狠，宦者差点儿闭过气去，松开周祈，“噔噔”后退几步。

周祈没上前去加一脚，只是又对他龇牙一笑。宦者揉揉脖子，对她拱下手，又对场边儿坐着的选拔官行礼，自己出了场子。

第二个收拾的又更利索一些，是个十六七岁的小宦，他以为周祈拳好，故而与周祈拼腿功，不出十式便被周祈踹出了圈子。

来挑人的是后来干支卫驻河东道的魏虹将军和甲部子支支长冯牖，他们对视一眼，点头：“行了。”

周祈咧嘴笑着行礼，走下场去。

胆小的冯二他们压根儿没敢上场，只围着周祈转。

“阿周，你真厉害！你以后就不是宫女，你是禁军了！你以后也能当将军！”

“阿周，你出去长安城转过，回来跟我们说是什么样儿的，我都忘了。听说可大可大了。”

“阿周，东市和西市上卖好些好吃的，别忘了给我们带。”

“阿周，你得常回来看看咱们。”

年少的周祈什么都答应着，只恨不得叉腰大笑三声，觉得自己着实英雄了得。那个年长的灵魂也不禁微笑起来。

在干支卫的日子如流水一般过，操练对战，累得趴在地上像死狗；吹牛打牌，贴满脸纸条；偶尔和兄弟们一起被拉出去捉贼拿赃揍地痞……

分到亥支以后，有了薪俸，也能自己出门了。周祈用头一个月的薪俸去东市买了布匹钗子，买了糕点、酒肉、糖果子，回到宫里给韩老妪、苏师父还有玩伴儿们。

韩老妪眼中含泪：“瞎花钱做什么，我在宫里什么吃不着？”却又执意要送给佟三娘一些糕点，周祈懂她的意思，老实人也爱显摆显摆。

苏师父皱着眉：“以后去永兴坊买，东市的都是从那里买的，买了再兑水，一闻就知道这是兑了水的。”话虽如此，老叟一顿喝了半坛。

周祈浮光掠影地把过往在梦中又经历了一遍，那时候，真是觉得这日子再圆满不过了——直到看到了同样从宫里出来的许兰娘的公验文书。

周祈又去问了另外几个进入干支卫的前宫女和宦者，大家都转入了军籍，有自己的公验文书——只周祈没有。

周祈去找当时的亥支长岳长庆，那是个真正的军中汉子。

“先前我帮你问过，确实没有你的。”岳长庆总是绷着脸，没什么神色，此时却显出些不忍来，“或许是因为你还小，性子不定真儿，再等等。等立了功，就好说了。”

周祈觉得，也对，等立了功就好说了，本朝重军功。

然而，并没有，小军功，不小的军功都没有。周祈肋下腿上各中一剑拖着西南大盗“缥缈云中手”，直到岳长庆等赶到，一起夺下南诏送来的信物，也只是让她越级升为七品致果校尉。

还一身硬邦邦刺扎扎青果子气的周祈终于在蒋丰来兴庆宫时堵住了他：“大将军，下官不愿升官，只想要公验文书。”

蒋丰微抬眼皮看看她，拢一拢大氅，带着侍从们走了。

周祈站在残雪中，看着蒋丰的背影变小。旁边院子里干支卫同僚们在笑语喧闹——快过元正了，刚发了腊赐。

周祈抚摸一下犹隐隐作痛的腰肋，眼里氤氲出水汽，凭什么啊？凭什么我不管怎么样都脱不了宫廷女奴的身份？

时空变换，兴庆宫残雪未除的路变成了蒋丰的屋子，蒋丰坐在檀木大榻上，微笑着指指自己对面：“坐。”又招呼小宦：“刚才不是有酥山吗？给周将军拿一碗来。”

周祈早没了当年在兴庆宫路上堵住蒋丰的青果子气，笑着谢了坐，

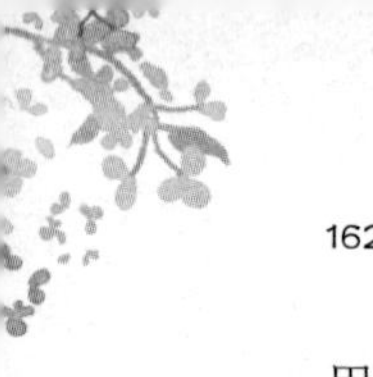

用小银匙吃樱桃酥山，抬眼，蒋大将军目光中几乎带了些慈祥。

“突然想起个事儿来，您说，我现在能申领公验文书了吧？”周祈笑问。

蒋丰看着周祈：“没旁的事儿，吃完就回去吧。对了，听说你在外面买了宅子，挨着大理寺谢少卿家？”

周祈放下银匙，笑着点点头：“那个宅子风水好，果子熟得早，还甜，回头等桃子熟了，给您送一篓来。”

蒋丰面上又带了微笑：“嗯，好。”

周祈睁开眼，日间去见蒋丰的场景消失在黑暗中。

周祈性子粗懂事儿晚，然而再晚，这么些年，该懂的也都懂了，特别又是在亥支这么个时不常就碰见奇诡凶案、见惯各种秘辛的地方待着。

自己出生在大业三十一年，出生没多少时日就被蒋大将军捡入宫中，交给韩老妪养着，然而自己却跟一个大宫女姓“周”……

周祈也曾查过当年戾太子案中受牵连的大臣，其中有名气的大臣姓周的只有太子太傅、左仆射周弼，这位老翁有一子一孙，子早亡，孙子刚满十六，尚未成亲，莫非这位小郎君有侍妾生女？

也可能是旁的臣子，当时受牵连的人太多了。时过境迁多年，此案又未经三司审理，事后卷宗封存，真是查无可查。

慢慢地，周祈也就看开了，这些旧事儿就像血痂子，若掀开，势必鲜血淋漓、粘皮带肉，何必非找那不自在呢？有没有那一纸公验又如何？日子不是照样过？一点儿也不耽误自己斗鸡跑马买刀剑，就这样过着吧……

然而世事便是如此，总有些想不到的人和事儿出现……

周祈坐起，下床，走去窗边把纱扇打开。外面月亮已经下去了，满天繁星，很是好看。周祈趴在窗台上吹夜风，听虫儿叫。

风摇树动，周祈歪头看向东墙，突然想起陈小六说的架梯爬墙的“东邻女”来，不由得笑了。带着这丝笑影儿，周祈接着抬头看星星，一颗陨星飞快地从天空飞过。

夜里这么一折腾，周祈起得便有些晚，梳洗过，在外面买了个夹肉胡饼啃着，便骑马奔兴庆宫。到了兴庆宫，冲灌了两盏茶水，正琢磨今日做什么呢，的卢来送信儿，说崔熠午后约着一起逛东市。

逛东市这种事儿，周祈从不拒绝，只是有些疑惑：“大热天的，他怎么想起逛东市来？”

的卢笑道：“东都留守裴公家的女郎来长安，长公主让阿郎陪着一同逛一逛。”

周祈“哦”一声，笑了：“这种事儿，叫我去做什么？你们在跟前都嫌碍眼。”

“不只叫了将军，还叫了谢少卿。”的卢小声道，“郎君约莫是害羞？”

新鲜！崔熠还会害羞？周祈来了兴趣：“成！我应了。只是说好了，我们只能偶遇。巴巴地赶过去，人家女郎就该害羞了。”

“还是周将军计谋好！奴回去跟郎君说。”

周祈嘿嘿一笑，哎哟，哎哟，小崔，你也有今天！

大理寺。

“郎君——大约是害羞。”绝影总是严肃的面孔上带着些笑影儿。

谢庸也笑了，又问：“还叫了周将军？”

“是。”

谢庸沉吟一下，到底微笑点头答应了。

绝影叉手，告辞出去。谢庸也走出来，去寻正在院中浇水修剪花枝子的王寺卿。

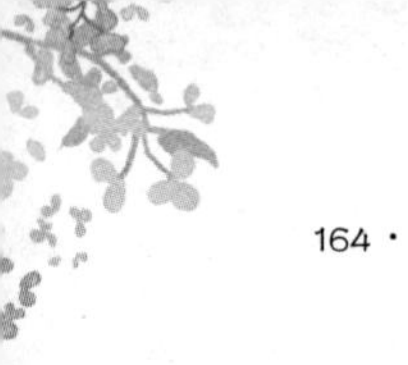

王寺卿拿着大剪子咔嚓咔嚓，左看看，右看看，又咔嚓咔嚓：“咱们这院子里的花草长得忒旺，刑部、御史台他们那儿的就差一点儿，大概是咱们这儿风水好？”

看着老翁略带得意的脸色，谢庸想起另一个说其院子风水好的来，不由得笑了：“是。”

王寺卿又咔嚓了两下，满意了，与谢庸坐在树下石榻上。谢庸呈上最近审的两起涉军案的卷宗：“请您过目，若没什么，我就将之移送北门狱了。”

王寺卿拿过卷宗文书伸着手臂微眯着眼看，这两场他都听审了，故而看得极快：“送吧，判词抄送御史台一份。”

谢庸点头：“是。”

“北衙禁军那帮子权宦虽霸道，但这两案离不了大褶儿。咱们证据翔实，没刑讯、没诈供，正正经经摆证据审出来的，扎实。他们翻不了案。”

“说到权宦，您对蒋大将军熟悉吗？”谢庸笑问。

王寺卿扭头看他：“怎么问起蒋丰来了？”

“有些好奇。圣人身边宦者第一人，听说圣人尝说，他‘比后妃皇子公主还要亲近些’，北衙禁军中的实权人物，又统领干支卫，但这位大将军却不似旁的权宦那样性子张扬……”

王寺卿确实知道一些蒋丰的过往：“这位大将军原先是先帝外书房伺候的，后来跟了圣人，那时候圣人还没登基呢。

“他还舍身救过圣驾。圣人初登基那几年，根基未稳，有反贼行刺，蒋大将军以身相挡，身中毒箭，据说差点儿救不回来了。几十年前的事儿了，那时候我还是个乡下小子，这些事儿也是听说的。”

谢庸点头，站起郑重行礼：“下官还想问件几十年前的事儿——戾太子案。哪怕过了二十年，戾太子案余波犹存，下官着实好奇得紧。”

王寺卿抬手让他坐下：“是啊，皇储大案，余波犹存……”

“听说当年此案未经三司推事，抓人审问都是北衙禁军做的？”

王寺卿点头。

“太子谋反，据您所知，可有证据？”

“我其时尚在外任，也是从邸报、书信还有在京友朋口中知道一些。太子谋反有证据——他调了南衙的兵，围困圣驾。据说当时圣人正在紫云台上，太子带兵围住台子，北衙禁军与南衙禁军对战，双方死伤不少。”

“太子谋反，之前可有端倪？”

“太子性子颇宽仁谦逊，据说对圣人也孝顺。但在事发前一阵子，太子突然反对修建紫云台，将之与殷纣王之鹿台相比——或许是因为那几年天灾多，户部吃紧，入不敷出？当时的户部尚书正是其岳丈秦国公。”

谢庸点头：“听说当时受牵连的大臣极广？”

王寺卿叹口气：“是啊。”想起几位被连累的故旧。

谢庸站起赔礼：“下官之过，让您想起伤心事儿。”

王寺卿摆手：“开始坏事的先是朝中几个与太子走得近的亲贵大臣，后来牵连就广了，朝中倾覆将半，杀的杀，流的流，贬的贬……”

周祈手里摇着泥金芭蕉扇，晃进东市。

这么热的天，头一处要去的自然是石家糕饼店，这是一家卖胡式糕点的店铺，其做的酥山绝美——只是每次都要排队等候。

周祈是个为了吃不怕麻烦的，真就站在大太阳底下排起队来。她挽起袖子，拽拽领口，用扇子遮住头顶，不时歪头数数前面还有几个人。

今天不错，周祈暗自庆幸，上回排了二十多个，足等了小半时辰，今日只有十来个，快!

“你去那边等着。”

周祈扭头，对上谢庸微笑的眼睛。

“去吧。”

周祈嘿嘿一笑：“多谢啦！”走去阴凉地儿，刚走两步，又回来把扇子递给谢庸，“遮一遮。”

谢庸微笑接过。

周祈便去树荫下待着。

谢庸看一眼那扇子上富丽的山水，不由得一笑，到底是阿祈的东西，镶金嵌银的，扇一扇，微有一点儿甜香气，莫不是吃果子糕点蹭上了？但扇子也看不出脏来。

扇子下吊着半尺长的丝线穗子，很是顺滑，谢庸把穗子轻轻绕在手指上。

队排得颇快，谢庸买了两份最大号的鲜果酥山走去树荫下，周祈迎上来，笑道：“辛苦，辛苦！”

“嗯，吃吧。”递给周祈那个看上去果子格外多的。

周祈接过瓷碟，拿碟旁的木勺连带酥油蔗浆鲜果挖了一大勺送入口中，凉、香、甜、滑、糯……

“哈——”周祈把这口酥山在嘴里含了一会儿才咽下，怎么就这么好吃呢。宫里的，达官显贵家的，都没有这个味道。

谢庸含笑看她一眼。

“嘿嘿，回头一定要可着劲儿地笑话小崔，他也有今天，嘿嘿嘿……”周祈说起今日来东市的由头儿。

“嗯，是该如此。”谢庸道。

“东都留守裴家女郎……我倒是见过那位东都留守裴公，样貌颇为清雅，想来其家女郎相貌不俗。”

谢庸只笑，不好评价人家女郎相貌。

“小崔总说不婚不娶保平安，看他这回说什么。”周祈笑道，“等回头他成亲被新妇子家下婿，让阿姊阿嫂们拿擀面杖揍的时候，那才好看呢。头发也毛了，衣服也皱了，还呆头鹅似的笑……不行，想到这场景，我都有点儿等不及了……”

听她说，谢庸仿佛见到了崔熠成亲时的狼狈样子，也笑起来。

两人一边吃，一边拿崔熠磨牙，没人提昨晚的事儿，就好像那只是一场被夜风吹走的梦。

吃过酥山，还了碟勺，依旧没见到崔熠的影子。

周祈揣测：“小崔该不会在家里沐浴熏香，一套一套地换衣服吧？”

谢庸笑道：“也不无可能。”

“或者是小娘子在打扮，小崔在等着？”周祈啧啧两声，不由分说地给崔熠扣了帽子，“以后小崔定是个娘子奴。”

谢庸看她一眼，没说什么。

“走吧，逛着。”周祈又摇起她那富丽堂皇的泥金芭蕉扇。她头发用玉冠束着，一身湖水碧的绸袍在阳光下微微闪光，腰间缀着玉环、荷包等物，十足的五陵年少扮相。

谢庸则穿半旧士子白袍，戴幞头，是街上普通读书人的样子。

两人走在一起，谢庸突然想起春天的时候拿花枝子“比武”她自比“恶少”的事儿，脸皮又薄，性子又直，总怕亏欠旁人，就这还“恶少”呢，只会装样子唬人……谢庸扫一眼周祈风流倜傥的袍子角儿。

两人一路往南走，来到笔墨书肆街，与周祈一块摆摊儿的和尚道士们有一半儿没出摊儿，估计都在寺庙道观里猫夏呢。两人又钻进书肆。午后这个时候，书肆里人也不多，店主人抱着本书，头一点一点地打瞌睡，店伙计也抱着鸡毛掸子，倚在书架上打哈欠。

不过书肆里倒是凉快。周祈站在门口传奇架子前翻一翻，竟然没有什么新鲜的，才子们也热得没劲儿不爱写了吗？

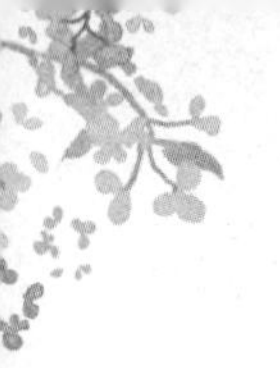

“没有看中的？”谢庸走过来轻声问。

周祈点头。

“我写了一些，你回头先拿去看。正好挑挑毛病，我好改。”

周祈笑道：“那敢情好！”

周祈又笑着问：“对了，谢少卿，你是想着把陈生的探案故事写到他封爵拜相还是写到年老致仕？还要写多少卷？下一部写什么想好没有？”

谢庸看她一眼：“还没想好。慢慢写，不急。”

“老谢！阿周！”

谢庸、周祈扭头，店外站着崔熠和一位戴轻纱帷帽的女郎，并侍从婢子们。

“你们也来逛东市？”崔熠笑问，一脸的偶遇之喜。

兄弟，你神情语气都有点儿过了哈……周祈虽在心里打趣，面上却也露出“偶遇之喜”来，谢庸只微笑。

崔熠给女郎与谢庸、周祈引见：“这是东都留守裴公家的女郎，这是大理寺谢少卿、禁卫周将军。”

女郎撩起面纱，露出一张极秀雅的芙蓉面。女郎对谢庸、周祈微微一福，谢庸、周祈还礼。

崔熠犹问：“想不到遇上你们，这是跑东市买什么来了？”

周祈看一眼女郎，女郎粉面微微泛红，嘴角的笑似带了羞意，周祈很想提醒兄弟，人家小娘子都看出来了，快别提这茬儿了……真是不该给他出这馊主意。

周祈替崔熠尴尬的时候，扭头看谢庸，谢少卿却满脸淡然，若无其事。周祈不禁反省，我这脸皮是不是有点儿薄了？

说过了寒暄的话，崔熠对裴家女郎笑道：“你逛一逛，看看有没有想买的书。”语气迥异平时与谢庸、周祈说话，带着两分温柔。

女郎微笑点头，与谢庸、周祈说了失陪，便走进书肆里间去挑书，打瞌睡的书肆主人和伙计早被这帮富贵男女吵醒了，伙计忙头前引着。

崔熠看看谢庸和周祈，面上带着些犹豫。周祈简直没眼看他，赶忙挥挥手。

崔熠偏要死撑着面子小声解释：“洛阳人，小娘子家家的……”说着已迈开大长腿走去了书肆里间。

周祈看的卢，说好的害羞呢？

的卢憋笑垂下头，绝影亦笑着垂下头。

周祈看谢庸，谢庸微笑着回看她。

周祈以唇语跟他拆穿崔熠的险恶用心：“显摆！”

谢庸只笑。

周祈想起从前自己打的比方，三个人一起吃公厨大灶，临吃饭了，有人请某人吃小灶。如今，崔熠不只先吃上了“小灶”，这“小灶”还好得很——小娘子样貌好、聪慧，性子看着也温和，门第、家世也好，真是哪儿哪儿都好的一个小娘子，与崔熠站在一起宛如一对璧人，也难怪这个小子要显摆。

谢少卿慢一步没吃上小灶，大概都是因为撞在了自己这棵歪脖树上了，周祈不免又生出些歉意来。

裴家女郎估计是怕谢庸、周祈久等，很快便出来了，崔熠帮她拿着她选的两卷书，犹在一旁问：“不再多选几卷了？”

小娘子摇头笑道：“这就够了，等看完再来找。”

崔熠点头，不用奴仆们，亲自拿着书去付钱。

一行人出了书肆，崔熠提议去南边锦绣彩帛行转一转。

裴家女郎笑道：“还是去逛一逛旁处吧，古董铺子、刀剑行之类都好。”分明是不好意思让谢庸、周祈只陪自己逛。

崔熠笑道："他们也要去那边儿。上回打赌，老谢输给阿周两匹上好的锦缎，是不是还没给呢，老谢？"说着看向谢庸和周祈。

谢庸点头："还没有。"

周祈算是认清了崔熠的真面目，但到底是兄弟，不好在其心仪的小娘子面前揭穿他，也随着谢庸一起替他圆谎。周祈扭头对谢庸笑道："我可挑着最贵的买，你的钱袋子不保。"

谢庸微笑："好。"

裴家女郎看看谢庸、周祈，又有些责备地看一眼崔熠，抿嘴笑了。

周祈以为凭崔熠的性子，该是自己从前说过的买法，挑最好最贵的，"这个、那个不要，其余都送去裴公府上"。

却哪知崔熠长出了二十多年不曾长出的眼色，并不自作主张，只在裴家女郎身旁相陪，只要裴家女郎目光在哪个上面多停留一下，他便让店主记下。

"我不过是乱看，如何穿得了这许多？况且有的也不适合我，拿回去白放着，一两年花样子就过时了，太过靡费了。"裴家女郎赶忙拦着。

崔熠沉默片刻，小声道："我是觉得你穿哪样儿都好看。"

女郎俏脸飞红。

店铺一共这般大，周祈练武之人耳聪目明，崔熠虽"小声"，她也听见了，不由得在心里啧啧两声，又看向谢庸。

谢庸却在真的看料子："这一匹甚好。"

周祈看过去，那是一匹藏蓝色的益州纱，有些像夏夜天空的颜色，蓝中带紫，沉静中透着些不显山不露水的艳。

谢庸对周祈道："适合你。"

周祈笑道："为何我觉得更适合你？裁个宽袍大袖的交领纱衫穿着，不束腰带，夜风里弹个琴吹个箫，像魏晋时人。"

周祈又看看那纱："裁女服倒也使得，最好是做裙子，让绣娘以银线绣上星星。"

不知何时能与阿祈穿同一匹纱做的衣服……谢庸嘴上却微笑道："听你说，还是裁女服合适。"谢庸颇后悔昨晚的莽撞之举，她心里本存了事儿，自己还说那样的话……今日她眼睛有些眍，昨晚怕是没睡好。

那边崔熠他们已经挑好，与谢庸、周祈一起出来，又换一家店铺逛。逛完店铺，又一起去吃茶吃糕点看百戏，到快闭市了，一行人才从东市出来。

崔熠与裴家女郎往北，谢庸与周祈往西。

看着崔熠骑马跟在裴家女郎的车旁，不时扭头与车里的女郎说句什么，周祈笑叹："真好，真好……"

谢庸扭头看着周祈的笑脸，不由得有些心疼，若非变故，阿祈或许也是裴家女郎这样的，自小有父兄护着，高门大户里长大，然后嫁给一个门当户对的郎君，生儿育女，安乐无忧。

第九章 空瞳

第二日见了崔熠，周祈自然要可着劲儿地嘲笑他。

“崔少尹，你不是不婚不娶保平安吗？”周祈上下打量锦袍玉冠的崔熠，啧啧……

崔熠大咧咧地一腿蜷着一腿垂地坐在周祈家堂中坐榻上，笑道：“家祖母给相看的，我若不应着，岂不是不孝？”

“哼，好像旁的那些小娘子不是长公主给相看的一样……”周祈揭他底子。

谢庸微笑着在一旁喝冰镇饮子。

崔熠想了想：“这大约就像吃饭，吃前面那些碗的时候都不饱，吃到第八碗，饱了，阿彤便是这第八碗。”

嚯，连小字都叫上了……“你若是早遇见这位有才、有貌、性子也好的‘阿彤’，怕是早就饱了。”

听周祈夸裴小娘子，崔熠到底绷不住得意地笑了，承认道：“或许还真是。”

周祈也笑起来，崔熠这嘚瑟样儿真是让人没眼看。

谢庸亦笑。

崔熠贱兮兮地道：“不瞒你们说，我半月前才头一回见她，至今也不过见过三回，第二回见她的时候，我就开始翻书给我们以后的娃娃取名字了。”

周祈刚端起饮子喝一口，差点让崔熠的无耻呛着，咳嗽两声，好赖没喷谢庸一脸饮子。

谢庸笑着皱眉，递给她帕子，又瞪崔熠一眼。

周祈接过帕子，抹一把嘴角：“你们男的，都这样儿吗？还是独你更‘深谋远虑’些？”周祈不免好奇，像自己这般觊觎谢少卿，也想不到这么深远……

崔熠自然听出周祈的讽刺：“都这样！不信你问老谢。”

周祈扭头看谢庸。

谢庸摇头：“不是。”端起饮子浅浅地喝一口。

看谢少卿肃然沉静的样子，周祈觉得，大概还是小崔格外无耻一些，不愧是自己的朋友……

谢庸看着长案木纹的目光很是柔和，又有些怅然，照着自己与阿祈这样儿，不知道何时才能有抱着糖匣子的豹子奴。

崔熠“嘁”一声：“我也是瞎问，老谢万年老光棍，他知道什么叫心动？”

谢庸抿一下嘴看崔熠。崔熠挑眉抬眼，一脸的不服来战。

若是旁的，周祈就该看热闹不嫌事儿大，学着赌场中人吆喝“我押谢少卿”或是“我押小崔”了，但此事谢少卿之输有自己大半关系，周祈未免有些心虚。

周祈赶忙笑道："小崔，你这先吃着小灶的，在我们这些饿肚子的面前吧唧嘴，不厚道啊——"

崔熠闻言越发得意地扇起了扇子。

周祈看谢庸，谢庸垂着眼帘，神色肃然。周祈不免有些心疼，安慰他道："好饭不怕晚……"

谢庸看她一眼。

周祈知道自己又造次了，只得咧嘴一笑。

谢庸垂下眼去。

崔熠却笑道："其实老谢真还不晚，再等几年也使得，多少我跟老谢这个年纪的读书人还是白身呢，都等着及第以后再娶妻。倒是阿周你，小娘子家家的，过了年岁就不好找了。阿周，你觉得南阳侯次子段明杰怎么样？"

谢庸咳嗽一声："显明，京兆府本季该与大理寺交割的刑案卷宗还未交割呢。"

"我记着呢，晚不了。"崔熠道，"阿周，你发现没，他每次见你都面庞红涨，还总偷看你。我目光如炬，一眼就看穿了他。我拷问他，这只呆头鹅果真存了念想儿，托我打听你的心意。他虽是嫡出，却非长，我嫌他不能承爵，人又有点憨气，配不上你，故而先前未曾与你说。昨日晚间宴会遇上他，他又问。难得有情郎，他也没那么些纨绔的毛病，日后若成了亲，肯定都听你的……"

谢庸再咳嗽一声。

周祈不待他再催崔熠旁的公事，忙道："我这么奸猾狡诈，跟这种老实人，不合适。"

"你果然看不中他，那你觉得——"

周祈赶忙打断他："别了，别了，小崔郎君，小崔少尹，你再让我松快些日子吧。"

看着周祈，崔熠摇头叹道：“浪子！”

周祈冲房梁翻个白眼儿，某人刚不浪半个月……周祈知道崔熠这是怎么了，他与裴小娘子情投意合，觉得情爱滋味甚美，便想着让兄弟们都尝尝。

周祈脸上活泼气消了些，其实崔熠可以让长公主帮谢少卿留意着，找个有才有貌温柔大方的小娘子，就如裴家女郎这样的，与谢少卿弹琴吹箫作画吟诗观花烹茶，多好……

周祈笑了一下，到时候他们两口子月下奏曲子，自己也能隔着院墙享享耳福。

三个人胡拉乱扯着，时间过得飞快，到暮鼓时分，崔熠才走。

站在周祈家门口，看崔熠带着绝影走了，谢庸问周祈：“过来一起吃饭吧？不知道唐伯今日做什么。你有什么想吃的吗？”

周祈扭扭脖子：“今日累，也不饿，不去吃了，省得吃多了，又不消化。一会儿我去粥铺子喝碗粥，啃个鸡爪子就行了。”

谢庸看看她，并不勉强：“嗯，早点儿吃了早点儿歇着。”语气中带着些不自觉的小心。

周祈一笑，摸摸钱袋子带着呢，干脆锁上门，对谢庸挥挥手，晃着钥匙，轻快地往小曲西头走去。

怕她不自在，谢庸只看了她的背影两眼，便也转身回家。

周祈走到小曲头儿上，微扭头，两只细犬追逐着从东往西跑过来，周祈笑了一下，正过脸来，看着街上的小摊儿，间或与认识的邻居打声招呼，慢慢朝粥铺子走去。

周祈暮食果真只就着鸡爪子、凉拌胡瓜吃了一碗菜蔬粥，并没有大吃大喝，一则是确实不大饿，一则是要省钱。

崔熠年纪不小了，双方又都合意，虽则高门大户礼数多，但走起来也快。作为狐朋狗友，他成亲，自然要有厚礼，三两个月的月俸可不大够。

最近又有旁的花钱处：宋大将军征西归来又升官，续弦又是喜上加喜，虽没什么大交情，但这种事儿，总要随着大溜出个份子；沈侍郎中年得子，自然也要贺一贺；胶东侯府太夫人要做八十大寿，自然也要送一份寿礼——只是周祈似乎记得这位老夫人去年不是做过八十大寿了吗？莫非去年是虚岁，今年是实岁，大寿还兴这般做吗？这些老公侯府上日子也确实不好过……给吧，给吧，也不差这一点儿。

下半年又节庆多，过节就要花钱……要不以后中午还是在兴庆宫吃公厨吧？想想干支卫公厨的饭，周祈又拿起勺把碗里剩的粥底子都吃了。

为这些日常事儿操心的日子没过多少天，京里又出事儿了。

出事儿的还是平康坊，一个四十多岁的男子名褚子翼的及一个叫澜娘的妓子被杀死在路边一处亭台花木下，且死状凄惨。

这褚子翼身中多刀，遍身都是血窟窿，澜娘被挖下了双目。

这次出事儿的是平康坊东回中曲。

中曲不像北曲那般逼仄杂乱，尤其这个时节，佳木葱茏，花卉争艳，配着三五块怪石一方小池、十步远的一道廊子、六尺宽的一个凉亭，就是一处街边小景。

尸首便在这么一个亭子里。亭曰“留亭”，旁边种的有竹子，有藤萝，藤萝花叶从亭顶瀑布似的垂下来，若无两具尸首，应该是个挺美的地方。

大理寺仵作吴怀仁蹲在尸体旁，谢庸、崔熠、周祈站在他身边。

吴怀仁道：“死亡男子年纪在四十至五十之间，观打扮和手上笔茧，当是个读书人。颈部有利刃致命伤一处，割断了右侧大血脉。胸腹部有利刃伤十六处，都极深，有的穿透背部，在其身下木板上留下了刃痕。其下裳被脱到大腿，阴部有利刃伤七处，虽狼藉，但其势未被割除。看刀口形状，凶器应该是横刀。

“由其血坠推测，死者当亡故于昨晚亥时许。由亭柱上的喷射血迹看，杀人之所便是这里。

“死者口中微有酒味，昨晚应该是喝过酒的，身上有钱袋，袋中没有钱财，不知是都用尽了，还是被凶手拿走了。”

吴怀仁转看死亡的女子：“该女子三十岁上下，颈间一道利刃造成的致命伤，被挖下了双目，眼球弃置于其身侧。身上衣物完好，亦未见其他伤痕。死亡时间与另一死者相同。”

谢庸看看亭柱上的两片喷射血，又看两个死者的位置：“当时二人当是并排而立的，居右的男子先被杀，颈间血液喷射在柱子上，男子倒了之后，女子再被杀，这样血液才能不被遮挡地喷射在同侧的柱子和栏杆上，他们颈间的伤痕又极相似，由此推测，两人当是被同一人所杀。”

崔熠皱眉：“亥时，平康坊这样的地方，街上还有人来往呢，他以一杀二，就不怕这女的一嗓子喊出来？他杀死二人之后，又捅刺这男子多刀，还挖下女子眼睛……是喝多了傻大胆儿？”

“或许是艺高人胆大。”周祈道，“两个死者颈间刀痕长短、位置极相似，喝多了的人恐怕拿捏不了这么好。两个死者死状凄惨，流了那么多血，凶手竟然没有留下一个血脚印。我甚至疑心他身上也无明显血迹。他若一身血衣，在坊内不好躲藏，这里在皇城附近，外面大街上金吾卫巡查得严，他也出不得坊……”

谢庸道：“至于一嗓子喊出来的事儿，人在极度惊惧的时候，会先愣怔失神而非尖叫。他若自信刀快到能趁着此时杀了这女子，便不用忧虑此节了。”

崔熠想了想，点点头：“看这二人死状，特别是这男的下体被刺成这德行，又是在平康坊这种地方，这应该是情杀吧？你们说平康坊这是怎么了，时不常就有凶案，且每次还都这般惊悚邪乎，去年冬天无头裸尸，这回又是这个样儿……”

崔熠看周祈："对了，阿周，你还记得大前年北曲那起碎尸案吧？"

周祈点头。那时自己刚领亥支不久，崔熠亦刚当上京兆少尹，自己好赖还擒过凶见过血，崔熠则是个纯乎的生瓜蛋子，那次崔熠几乎把胃呕出来。

崔熠也记得当时自己的德行，吐得昏天黑地，抬头却见干支卫那个姓周的小娘子正与仵作凑一块儿看一截膀子上的刀痕。后来混得熟了，自己问她，见了那样的场景就不想吐吗？

她说："想，忍着！"

自己也便释然了，原来大家都这般，只是自己没忍住。那时候觉得这小娘子真是个实在人——后来凶案见得多了，自己也能面不改色地与骷髅眼对眼了，方察觉她当时只是安慰自己。

阿周这般汉子的一个人，其实颇心软，崔熠扭头看旁边的谢庸，老谢也是个表里不一的，自己的朋友们怎么都这般……崔熠看看谢庸，又看看周祈，看看周祈，又看谢庸。就在这离尸体一步远的地方，讨论命案案情的时候，崔熠的脑子竟然不合时宜地想起了旁的——老谢、阿周其实很配啊。

崔熠越想越觉得他们两个配，老谢文，阿周武，老谢外冷内热，阿周嘴硬心软，老谢爱做饭，阿周爱吃，两个人又都狐狸似的那么精……哎哟，哎哟，原先怎么没发现？

周祈摇头："那起情杀案着实让人嗟叹，太惨了。这一起，看这伤口，这情景，确实也像是情杀。"

谢庸亦点头："凶手对这男子恨意更浓，杀死他之后，又捅刺多刀泄愤。"

崔熠暂时放下把两个朋友凑堆儿的念头，问："只是——挖这女子的眼是怎么回事儿？"

周祈猜："估计是怪她有眼无珠。"

“先别猜了，去问问知情人吧。”谢庸道。

不远处围了不少看热闹的，其中又有两三个男女，面色惊惧，被衙差单叫到了一边儿。

看谢庸等走过来，衙差叉手禀道：“那为首的是旁边芳菲馆里管事的钱氏，晨间便是他们报的案。她说死的那女子是芳菲馆的妓子，名叫澜娘，男的他们也认得，叫褚子翼，昨晚也曾在他们那里喝酒。”

谢庸点头，与崔熠、周祈走过去。

钱氏拿帕子擦眼泪：“澜娘是我这些女儿里琴弹得最好的，是我们院子半个活招牌，性子又最温婉，样貌也好，想不到遭此横祸。早知如此，我就该让她早早随南边那个绸缎商人走了……”

谢庸点头：“那绸缎商人如今可还在长安？对澜娘可还有意？”

钱氏到底是做这个行当的，最会察言观色：“不是他，贵人。那商人去年秋天就回了南边儿，今年夏天还未见他呢。”

谢庸微微点头：“说一说与澜娘走得近的旁的客人。”

“前阵子光福坊开酒肆的陆郎君倒是对澜娘有些意思，可也有阵子没来了，前两日听奴仆说见他去了那边的清韵楼。别的人……”钱氏摇头。

“对那位姓褚的男客，你知道多少？”

钱氏叹口气：“说来，褚公与我们也算老相识了。头一回来，他还是个二十多岁的青年郎君。当年也是同侪里最有名气的才子，作极好的大赋，诗也写得好，可惜始终未能及第。

“他中间有好些年没来，我们只以为他去哪里得了重用，谁想去年冬天他又来了，头发鬓角都白了，看着落魄得很，说是要再次应试，可惜又没有及第。他这回是来辞别的，要回家乡去了，以后恐怕不会再来长安了。唉，谁想到……”

“他可曾说中间这些年去了哪里？”

“据说去了河东、关内诸道游历，他还去了受降城，与我们说起那边的风光。澜娘说他认得一位丰州贺刺史，澜娘见过他与这位贺使君唱和的诗。”

谢庸再次点头，邸报上曾有贺青桐贺刺史去岁春捐馆任上的消息。谢庸是关内道人，对关内诸官总多注意一些。或许这位褚公近年便在贺刺史手下做幕僚，所以贺刺史故去后，他又来京里应试。

“说说昨晚的情景吧。他们一同出去，你可知道？”

“知道。昨晚戌时，也许是亥时，反正不早不晚的时候，堂上萱娘舞完《绿腰》，赵司马、高校尉、唐录事他们一帮年轻郎君闹腾着让萱娘跳胡旋和拓枝舞，旁的彭郎君、赵郎君、佟郎君他们干脆自家敲起鼓来，褚公坐在旁边，原不是与他们一路，怕是厌烦这般闹腾，便要走了。

“不瞒贵人说，我疑心褚公也是付不起夜渡资。他虽偶尔来，也不过喝一盏酒，与澜娘说会子话，听两支曲子罢了。

“澜娘念旧，说健舞用琵琶，不用琴，自己得这点儿工夫，正好去送一送褚公。年轻郎君们都爱健舞琵琶，不缺司琴的，我便应着了——外面总说我们这个行当无情，那真真是错怪了我们。谁想，等堂上散了，年轻郎君们尽都歇下了，老身查问，澜娘竟还未回来。我便以为澜娘怕是与褚公去坊里逆旅住下了——如此便省了夜渡资。谁想到他们竟然……”钱氏又拿帕子抹泪。

周祈与崔熠互视一眼，突然有些伤感，一个怀才不遇的老才子与一个红颜将衰的过气花魁……

可这样的两个人，是谁要杀他们?

让人把两具尸首抬回大理寺，查看了澜娘的屋子，又让人去查找钱氏口中“光福坊开酒肆的陆郎君”，谢庸、崔熠、周祈便去辗转问到的褚子翼住处查探。

褚子翼租住在新昌坊一所小院中，同住的是一个叫陶华的士子。陶华三十上下年纪，看相貌，是个厚道老实人。

褚子翼屋门未锁，陶华推开门，请谢庸、崔熠等进去。

屋中器物用具俭朴，最贵的大约就是架子上的存书了。

崔熠、周祈查看屋中物品，谢庸问这位陶生话。

“褚公是个顶庄肃的人，不苟言笑，有些似学堂夫子。其实他虽庄肃，脾气却不错，并不难相处。某读过他年轻时候的诗文，一股子豪迈气，迥异如今的沉郁。”

“他可有什么仇家？”

陶华摇头：“他不爱出门，除了去贵人们府上投行卷，偶尔参加诗会，又偶尔去平康坊探他的一位红颜知己，其余时候都闷在屋里念书写诗文。他这样的性子，与年轻人在一起不合宜，固然没有几个友朋，可也没什么仇家。”

陶华犹豫片刻，到底叉手问道：“敢问贵人，褚公莫不是出了事儿？”

谢庸点头。

“敢问出了什么事儿？”

“他被人在平康坊路边杀死了。”

陶华大惊失色，过了片刻，才再行礼：“请贵人恕某失仪之罪。听说同住之人出事儿，某实在是，实在是……他这样一个读书人，怎么会有人杀他呢？”

谢庸点点头，谢过陶华。陶华再行礼，退了出去。

谢庸走去案边翻看褚子翼的诗文。褚子翼的字确实极庄肃，诗文字里行间带着些郁气，大约与科考仕途不得意有关。

谢庸也见到了他与丰州贺刺史唱和的诗，诗写于前年，不过是普通的宾主宴席酬唱，贺刺史礼贤下士，褚子翼感念知遇之恩，措辞都客气得紧，看起来至少当时他们不算亲密。褚子翼会因这位主翁卷入了什么

官场纷争，从而引来杀身之祸吗？

谢庸又翻到一卷讽喻诗，里面颇有几首叹百姓疾苦、讽刺朝政的，又有讽富商为富不仁、讽时下奢靡之风、讽年轻人目光短浅不思上进的，但这些诗大多并不独独针对某个人，难道会有人为了这么几首诗来要他的命？

谢庸看诗文的时候，周祈、崔熠把褚子翼的屋子翻了个底儿掉，也并没发现什么特别的。三人只得离开。

周祈坐在马上，抖一抖缰绳："或许还是再回平康坊看看吧？查访查访，万一有人听到或看到了什么呢？"

崔熠点头。

"澜娘被挖下眼睛……"崔熠想起他们一起破过的那些奇案，"阿周，眼睛这事儿，可有什么民间传说，或者什么奇诡传奇？"

"有啊。"周祈从不会在这种事儿上被问住，"有一卷叫《魔眼》的传奇，说有一门邪术，人们若与修炼这邪术的人对视，便会被迷了心神，按那修炼者的意图做事儿。又有一卷叫《鬼眼童子》的，说有个孩童长了一双鬼眼，看谁谁死，无一幸免。这孩子心有不忍，自刺双目，坏了自己的眼睛，但到底被乡民当成邪物烧死了。

"民间又有瞎眼阿婆的故事。说有一户人家，老妇当家，这老妇眼明心瞎，向着作恶的幼子，欺压老实的长子、长媳，这长媳到底被幼子害死了。长媳去阎君处告状，阎君便差鬼兵来罚这老妇。鬼兵朝着这老妇的眼睛一抓，她便瞎了。只等她阳寿尽了，再去阎君面前领旁的罚。"

崔熠胡噜胡噜胳膊："还有吗？"

"还有一种说法，说人临死时最后看到的人会在其眼中留下影像，只需用五月五日江心镜来照，便能看出这个人是谁……"

崔熠击掌："莫不是那凶手信了这个故事，怕我们用江心镜来照，找出他来，故而挖了这澜娘的眼睛？"

“那他不该只挖一个人的啊。难道褚子翼死得快，没看见他？”

崔熠想了想：“不无可能。”

“你或许也可这么想，如今进了七月，那澜娘穿着石榴裙，大半夜凶死的，这种最容易化为厉鬼。凶手挖下她的眼睛，是为了……”

崔熠赶忙道：“打住！打住！怎么还弄出红裙厉鬼来了？越说越邪乎——”说至此，崔熠自己硬生生先打住了。

崔熠坐在马上挺一挺腰，脸上带了个真诚的笑，扭头对谢庸道：“阿周这样胆子大的小娘子真是难得啊。”

周祈、谢庸都看他。

崔熠一脸的认真：“真的，真的。”

崔熠又看谢庸：“我时常想，世上怎么有我们阿周这般好的小娘子。长得好，功夫好，性子好，聪敏，洒脱，风趣……真真是哪儿哪儿都好，天上地下再难寻到第二个了。”

自己与崔熠固然时常不要脸地互夸，但似他今日这样，却是少见。周祈笑着看崔熠：“小崔，你这夸法，非奸即盗啊。”

周祈突然睁大眼：“小崔，你莫不是移情别恋看上我了吧？”

崔熠想拿手里的马鞭子投她：“我失心疯了吗？看上你？”刚说完又自悔失言，闭嘴扭头看谢庸。

看一眼藏不住试探之意的崔熠，再看一眼满脸浮夸劫后余生相的周祈，谢庸到底让那句“是我失心疯了”只是在喉头滚了滚，又咽了下去。

周祈再抖一下缰绳，说起越发奇诡的各种传奇，把刚才的话头儿岔开。小崔自从有了裴小娘子，是越来越爱管闲事儿了……

谢庸看一眼满嘴不经之谈、神色活泼的周祈，只是温和地笑了笑。

就在谢庸、崔熠、周祈全力在两位亡者身上搜寻线索之时，案件突然拐了弯儿，两日后，崇化坊一户胡商家遭遇灭门之灾，那胡商娘子亦被挖下了双目。

胡商的尸体躺在正堂中间的地上，颈部被割断了右侧大血脉，胸腹有捅刺利刃伤多处，短裈撕烂挂在腿上，下体亦被捅刺多次，身下有一道拖擦血痕，从里间屋子延伸出来。显是在卧房被杀死后，又被拖到厅堂。

胡商旁边躺着其妻。胡商娘子亦死于颈间利刃伤，眼睛被挖下，眼球弃置身侧，身上只着中衣，衣物完好，口中塞着衣物，双手被反绑着，身下亦有拖擦血痕。

谢庸、吴怀仁在外间验尸，周祈与崔熠走入卧房。

床上帷帘半掩，被褥凌乱，床头外侧和帷帘上有喷射血，地上、床头小柜上有另一片喷射血，地上亦有大片血迹。

看着地上和床头小柜上的喷射血，崔熠皱眉："这是——"

"应该是凶手进屋，先杀死睡在外侧的胡商，然后制住胡商娘子，反绑，塞住其口，胡商娘子委顿在地，凶手再割其颈，这样才有这两片血迹。"周祈道。

"杀胡商娘子这般大费周折是为什么？为何要反绑她？"崔熠问。

周祈摇头，目光扫过卧房内被掀开的柜子、打开的橱子、被扔得满地的衣物东西，走去这些橱柜前约略翻找。里面没有什么值钱财物，这胡商家道小康，不会没点儿压箱底儿的东西，应该是被行凶的匪徒拿走了。

崔熠、周祈从卧房走出来，谢庸、吴怀仁这边也验看得差不多了。

旁的倒还罢了，当听吴怀仁说"该男子被鸡奸过"时，周祈、崔熠着实有些吃惊。

"我大略猜到胡商娘子为何被反绑塞口错后被杀了……"周祈道。

谢庸点头，淡淡地道："让她观看辱尸。"

崔熠"嗞"的一声："这个凶手还真是……"

周祈点头，确实还真是……

验看完正房胡商夫妇的尸首，几人又移步后房和下房。后房胡商的两个女儿亦被奸杀，颈间都有利刃伤，但眼睛没有被挖下。下房一个五六十岁的老仆、两个四五十岁的仆妇都是颈间一刀毙命，身上没有其他伤痕。

崇化坊的里正、坊丁等在胡商家门口儿，谢庸、崔熠过去问询胡商家的情况，周祈则独自绕去查看门关和院墙。

周祈站在北墙下，弯腰查看地上一双只留了一半的新鲜脚印。

这个时节，不朝阳处多有苔藓，但今年雨水不多，墙根儿下青苔只有尺把宽，还带干不干的，便是在这青苔边缘，留下了一双前脚掌的脚印。

印迹虽不全，但也能看出此人脚不小，据此推测，这人极可能是个高大壮汉。

周祈直起腰，抬头看墙，竟然没什么踏痕……胡商家的院墙颇高，与大多长安人家的一样，中间是夯土的，地基和墙头是青砖的。

周祈在墙下逡巡一圈儿，后退两步，足尖轻点院墙，蹿了上去。

蹲在墙头往下看，上半部的夯土墙上确实没什么踏痕，不是自己在下面看错漏了。墙头青砖上也看不出什么。

但门插关没有被刀拨动的痕迹，凶手应该就是跳墙进去的，不是只在墙下站了一站。

周祈跳下墙，站在墙根儿下，又抬头看看墙头儿，猛地使力，脚未踩踏墙面借力，就这样硬生生旱地拔葱，再次蹿了上去。

手刚好攀住墙头儿。

周祈松劲儿，轻飘飘地跳了下来。

周祈拍拍手，看着地上那一双脚印，如今轻身功夫高手这般随处可见吗，还是一个壮汉高手？

周祈在轻身功夫上颇用心，年少时天天上桩子踩绳子，便是进了干支卫也没放下，她又是女子，本就身子轻盈，故而轻身功夫比旁的刀枪剑戟拳脚棍棒练得都好，被苏师父嘲笑“练了一身逃跑的本事”。

前年苏师父喝醉了，考较周祈功夫进退，竟然夸她：“若入江湖，单凭这轻身功夫，也算年轻一辈里的俊才了。”固然老翁兴许是喝糊涂了吹牛，但也许是“酒后吐真言”呢？

如今周祈却有些脸热，老翁可能确实在吹牛……

周祈想了想，不过，兴许是别的……

带着尸体，谢庸、崔熠、周祈回了大理寺——郑府尹打四月间身子就不大爽利，这几个月京兆府崔熠当家，崔熠把自己当成半个大理寺的，有命案，直接去叫谢庸、吴怀仁，尸体也抬去大理寺，只等案件审结后补个移交文书。

王寺卿看着一字儿排开的尸首，面色沉重：“是十年前那个凶犯回来了。”

谢庸、崔熠、周祈、吴怀仁都看他。

王寺卿走去书案前，拿来几份旧卷宗分给谢庸、崔熠等。

周祈看自己手里的一份，这是十年前丰安坊发生的一起命案。焦桐，四十三岁，是位塾师，与其妻叶氏、其子十七岁的焦长平、其女十一岁的焦大娘夜半时分被杀死在自家宅中。

周祈又换看了谢庸、崔熠、吴怀仁的，一个是延福坊进京科考的河东道士子，一个是靖安坊一个开印馆的，还有一个是兰陵坊一家布匹铺子的账房，都是灭门惨案，情形与丰安坊命案类似。

“前两日，平康坊发生命案，男子身中多刀，女子被挖下眼睛，我便有些疑心是这个凶徒再次作案，但因他每次都辱尸，且都是入户作案，我还有些犹豫，如今看来，就是他了。”王寺卿道。

“当年，他接连犯下命案，京城人心惶惶，不只大理寺和京兆府，禁军也与我们一起全城查寻搜捕。便是在这样的时候，这个凶徒又犯下了兰陵坊一案，然后他却突然消失了。”王寺卿又道，“十年，他又回来了。”

过了半晌，崔熠道：“相隔十年，再次犯案……十年前，为什么断了？十年后，又为什么再次作案？据说这种杀人狂魔极少会自己停手的，都是迫不得已。”

王寺卿点头：“或许我们弄明白这个，也就找到了他，或许只有找到他，我们才能知道为何会如此。”

“从胡商胡伯禄一案来看，凶手并没有改变他喜欢入户作案的偏好，毕竟他要行凶，要辱尸，还要让死者妻子观看，这些在户外很难做到。这也是平康坊褚子翼、澜娘被杀案中，他只是用刀伤褚子翼下体，却未进一步辱尸的原因，路边实在不适宜——没有进行这一步，凶手应该心里也不满意得紧。”谢庸道。

“那么是什么缘故，让他十年后，在路边做下这么一桩让其不满意的凶案？他为何一定要杀死褚子翼？”谢庸顿了一下，“褚子翼，落魄中年士子；十年前丰安坊案焦桐，中年塾师；延福坊案佟哲成，河东道来京科考的中年士子；靖安坊案盛明玮，印馆作坊主人……”

崔熠道：“我懂你的意思。除了最新的这胡商案，这些被害的都是四十多岁的读书人，盛明玮虽说是小商家，但开印馆，肯定也是识文断字的。”

“你细看这胡伯禄，也是一副清癯文雅的相貌。”谢庸道。

“所以，他专挑这种中年文士下手，在平康坊遇见褚子翼就没忍住？”

“这些亡者身上应该还有我们不知道的共同的东西，毕竟中年读书人这么多。”

崔熠皱着眉，从鼻子里呼口气。

谢庸接着道：“细比一下，这凶徒作案，十年前与十年后还是有很大不同。先是致死伤，他在十年前犯案时，刎颈与捅刺胸腹并行，十年后这两案，似乎更惯用刎颈；十年前的几桩案件，大多是三四口之家，而胡伯禄一案中，其家主仆七口；十年前，他未曾对女子行奸淫之事，但这胡商案中，两个小娘子却被奸杀了。这凶手，明显更在意的是中年男子，却突然对年轻女子下手——会不会这奸淫女子的另有其人？”

王寺卿点头：“同伙儿？不无可能啊。十年前的几起旧案，虽这凶犯谨慎，未曾留下足印，但其刀有卷刃，我们比对刀痕，觉得应当是一人所为。这胡伯禄案——”王寺卿看周祈，“小周，你最通刀剑功夫，你如何看？”

周祈禀道：“不管是平康坊案中的褚子翼和澜娘，还是胡家七口，致死伤都在右颈，凶器都是横刀这样的窄身直刀，刀很锋利，没有卷刃缺口，入刀重，出刀稍轻。”

“凶手若右手持刀，割断被害之人颈部右侧血脉，”周祈抽出腰间横刀来，慢慢伸臂挥刀，“应该用的就是这一式‘燕子于飞’。”

周祈把刀插回鞘内：“这是最普通的招式，从街头混混、赌场打手，到衙门差捕、军中兵士，只要会两下子武艺的，都会。虽如此，各人用起来往往也稍有差别。褚子翼、澜娘颈间伤痕不管是位置还是长短都极一致，应该能确定是一人所为。胡家七人就麻烦一些，他们有的躺在床上，有的坐着，伤痕难免有差异，单从刀伤看，不好说这七人是不是同一人杀的。”

王寺卿点头。

“但我也觉得在胡伯禄家作案的不是只有一人。”刚回大理寺与谢庸、崔熠一同禀报案情时，周祈已经说过北墙根儿下青苔边缘发现一双前脚掌脚印、夯土外墙及青砖墙头儿未见踏痕的事儿，此时说起自己的推测，“胡家大门没有被拨撬过的痕迹，也就是说，凶手，至少凶手之一，是从墙上进入胡家宅院的。翻墙而不在夯土墙上留踏痕，一者，可能是轻身功夫高手；一者，也可能是两人协作，其中一人立于墙下为踏脚，另一人踩其肩背，这样，普通会些功夫的，便能轻松上得墙头，不留踏痕了。

“这也解释通了那墙根儿下的一双脚印。那脚印离墙太近了，他站在那里做什么？在墙根儿下‘旱地拔葱’上那高墙？着实有些难。不瞒王公和诸位说，我试了试，极勉强。”

崔熠道：“阿周轻身功夫顶高，她若觉得勉强，那能这般上去的，估计没几个人，哪里这么容易就让我们碰见一个？如此看来，应该就是两人协作翻墙的。”

王寺卿再次点头。

谢庸道：“我看十年前旧案，每案相隔两月到十几日不等，但这次平康坊案发两日多，便发生了崇化坊胡商案……”

王寺卿道：“或许是因平康坊一案中，杀褚子翼而未能辱尸，凶手未得‘尽兴’，故而极快地犯下崇化坊案件。”

谢庸点头。

然而，事情并非如此。在大理寺、京兆府并千支卫亥支诸人查探几起凶案被害之人之间关联异同、寻找更多破案线索证物时，虽禁军和各坊加派了巡夜人手，两日后，西市南长寿坊还是再次发生了灭门惨案。

出事儿的亦是胡商，安善来，四十岁，在西市开一家小胡式玩物店，专卖从大食等地贩运来的摆件古董玩意儿。

安善来亦如其余被害男子，颈间致命伤，胸腹被捅刺多刀，被鸡奸，尸体摆在厅堂上。其妻于氏尸体在其身侧，亦被挖下双目，眼球弃于堂中。

安善来长子，二十岁的安甫田，除了颈间致命伤外，面部三道交叉刀痕，深可见骨，很是狰狞，左耳也险被割下来，身体亦被劈砍捅刺多刀，刀伤有深有浅，被残害之惨烈不亚其父。尸体在其卧房。

安甫田妻卜氏被奸杀，眼睛完好，同样被奸杀的还有一个婢子。另有两个仆役被杀，颈间伤，一刀毙命。

安甫田的尸体在离其床榻四五步远的地方，脚朝外，身下有从床到其卧处的拖擦血痕，但拖擦血痕不很多，其卧处血迹亦不算多，但有滴溅血。

在其尸体旁，有四枚血脚印，两枚清晰一些，两枚浅淡，又有两枚更浅淡的在离尸体两步远的地方，周祈顺着鞋头的方向看，是掀着盖子翻乱的箱柜。

安甫田妻卜氏的尸体在床上，颈间利刃致命伤，小衣被撕烂，露着的小臂清晰可见被抓握造成的青紫。

床头帷帘上有两片喷射血，两个枕头及下面的褥子被血浸透了。

谢庸、崔熠、吴怀仁在验看安甫田的尸体，周祈蹲下，查看那几枚脚印。

这几枚脚印大小形状相同，是同一人的，周祈又从怀里掏出崇化坊案中的脚印图与之比对，也是同一人的。这脚印长约一尺一二、宽约五寸，以此算来，此人身长总要在七尺半到八尺之间了，是个实打实的“八尺壮汉”。

周祈细看那两枚最清晰的脚印，其左鞋前掌、右鞋前掌、右鞋后跟的边缘微有参差，左鞋跟部有些连缀的细小纹路。

周祈指着那左鞋跟部印痕：“这是鞋底的麻绳印？可看这鞋印边缘，磨损成这样，断然不是新鞋了——”千层底子的布鞋，新穿时，踩下能看出纳鞋底的麻绳印迹；穿久了，穿旧了，鞋底布磨毛了，麻绳磨细了，绳子嵌在了布里，便看不出麻绳印子了。

谢庸走过来，也蹲下细看：“此人跛足？”

周祈点头，只有他左脚跛了，脚跟儿踩不实，才会出现这样的足迹。

那边崔熠咂一下嘴：“一个跛脚大盗……阿周，你的推断很对，一个跛脚的是万没法儿像你说的什么‘旱地拔葱’，蹿上那样的高墙的。”

周祈点点头，站起来，与谢庸等一起看安甫田的尸体。这个年轻人的样子委实凄惨。面部三道刀痕，一道从左鬓到右颌，一道从右鬓到左颌，一道在眼下从左到右平平划过，这雪花刀痕，使得其鼻子被割成了几块。其左脸侧又有一道从上而下的刀痕，使得耳朵险被割下。身体亦被横七竖八劈砍多刀，除了劈砍伤外，胸腹还有三四下捅刺伤。

吴怀仁道："看床头喷溅血和这拖擦血痕，他是在床上被杀死，又拖到这里的。床中部被褥上血迹不多，他身上这些利刃伤都是被拖到这里后再被劈砍捅刺造成的。"

"除了此处。"谢庸指着安甫田右小臂内侧的划伤道。

"是，"吴怀仁道，"若是死后泄愤劈砍，按说伤不到小臂内侧，这或许是抵抗伤。"

周祈举起右臂做抵挡状，以左手为刀比画一下，所以这安甫田睡梦中醒来，见有人举刀，下意识抬胳膊去挡，但并没挡住，还是被砍在了脖颈上……

崔熠以拳击掌："我懂了！凶手对四五十岁的中年文士愤恨，但对年轻郎君们恨意却没那么浓，前面崇化坊胡伯禄案中虽无年轻郎君被杀，但十年前丰安坊案及靖安坊案中十七岁的焦长平与十五岁的尹有恒都是一刀毙命，身上没有旁的伤痕。为何这安甫田被伤得这般厉害？就因为他突然醒了，做了抵抗！我之前还只道是这安甫田年纪大些，已经成亲了的缘故。"

"就因为他抵挡这么一下，凶手就把他的尸体拖到地上，劈砍捅刺这么多刀泄愤？"周祈皱眉，"是不是太——丧心病狂了些？"

"这样杀人如麻，自然丧心病狂。"崔熠道。

周祈没说什么。

谢庸看着安甫田的脸，突然摇摇头：“阿祈说得有理，或许还有旁的原因。”

吴怀仁突然抬头看一眼谢庸，又看一眼周祈，哪怕在这种时候，他也注意到谢少卿叫周将军“阿祈”，这般亲密……果然，果然啊！

“他或许是为了遮掩。”谢庸道，“卜氏没有被捆绑塞口的痕迹，小臂有被抓握造成的青紫，她是被先奸后杀的。若杀安甫田、奸杀卜氏的是同一人，他应该是先杀了安甫田，再奸杀卜氏，再把安甫田拖到地上劈砍捅刺，而不会是杀安甫田，拖到地上劈砍捅刺，再去奸杀卜氏——地上血流得并不多也是佐证，因为那时候安甫田已经死去一阵子了，体内血液凝滞，即便被劈砍捅刺多处，流的血也不多。”

“是啊，这怎么了？”崔熠问。

周祈道：“谢少卿的意思是，凶手先杀安甫田，中间经历过奸杀卜氏，他被抵挡那一下子的‘怒气’已该消了，按理说，不该再这般毁尸泄愤。”

崔熠想了想，也是，尤其中间还是奸尸，凶手心里应该……

吴怀仁则注意到周将军说的是“谢少卿”，看来少卿还需再用些功……

“你们不觉得安甫田脸上的雪花状刀痕，还有他身上这横七竖八有深有浅的刀痕太刻意了吗？关键，这么快的刀，是什么让他在左脸侧的那一刀这般短浅，耳朵都没全割下来——这是左耳。”

周祈目中精光一闪：“兵士！”

崔熠和吴怀仁也懂了：“割左耳计军功！”

谢庸点头：“凶手被抵挡一下，到底杀了安甫田，又按照从前的习惯，顺手去割他的左耳，已经下刀，突然意识到，赶忙停手，在奸杀卜氏之后，想到此处漏洞，便做补救，把安甫田拉到地上，劈砍其脸颊身体，以混淆耳畔之伤。”

既然这跛脚人是兵士，他那正房中杀死安善来、挖下于氏眼睛的同伴，那个十年前作案累累的人，当也是兵士。

周祈道："这便解释通了，为何十年前几桩旧案杀的都是唐人，这两案杀的却一家是回鹘人，一家是吐蕃人……也解释通了，这十年他为何没有在长安犯案，他在军中对战胡人呢，是近来才回到长安的。"

"宋大将军的人！"崔熠道。

周祈点头，应该就是前阵子加官晋爵又续弦的宋大将军带回来的人，他回来一个多月，时间正好对得上。

宋大将军虽是六年前去的西北，但征西军却是几十年的老底子，军中兵士有新有旧，每隔三五年就从各地征一拨输送过去，那主犯十年前进入军中，如今返回长安，完全可能！

在京畿募军，京兆便有记档，崔熠让人快马回去查。

周祈虽不是什么正经兵士，却也算禁军，对军中事颇熟："军中步兵常用小阵，同伍之人，有人用刀、有人举盾、有人用矛，其中又有人专门割耳，其割下的耳朵，算全伍的军功。宋大将军这回带回来的人不多，查找这么个跛脚的曾专门割耳的，应该不难。"

可那主犯呢？

先找到这跛脚人再说。

很快京兆府司兵参军来报，十年前虽无大批在京募兵，但当时廖昌大将军去西边，在京畿募集了一千人押运犒军之物。

司兵参军奉上这一千募兵的名录。谢庸、崔熠、周祈带着名录去宋大将军府上。

宋大将军是从后宅被请出来的，脸上带着温煦笑意。这位大将军虽官高爵显，倒不是个盛气凌人的，长得也好，长眉凤目悬胆鼻，三绺美髯，年轻的时候当也是个风流雅致的郎君。周祈喜欢凤眼，为了这凤眼儿，当时随份子一点儿都没小气。

谢庸等站起行礼，宋大将军扶住谢庸、崔熠的臂膀，又对周祈笑

道："快都莫要多礼了。"

四人分宾主坐下，谢庸道明来意。

"哦？十年前那个灭门凶徒竟然在军中？"宋大将军皱起眉头，回头招呼奴仆，"王长史他们是不是在偏院演武场蹴鞠呢？去叫他来，让他带上回朝士卒的名册子。"

宋大将军回过头来对谢庸等道："这回带回来的八千人中有一半是要解甲归田的，其中年迈伤残者不少。这跛脚凶徒若果真在军中，便定是在这些人里。"

谢庸等都点头。

时间不长，从外面匆匆走进两个人来，其中一个三十出头儿的样子，白净面皮，一双笑眼，看其行止像个读书人；另一个二十七八岁，剑眉星目，穿武官缺胯袍，飒爽英姿的样子会让人想起鲜衣怒马少年郎之类的词句。两人都头上勒住红抹额，一脸的汗。

二人行礼。宋大将军摆手，与谢庸等道："这是长史王灿，振威校尉高远。"

宋大将军与两位手下官员说了长安城近来的凶案和谢庸等的怀疑，王灿忙施礼道："下官已经让人去取名册了。只是这其中谁当初是专管削耳的，还要细细地查问。"

宋大将军看高远："近之知道吗？你惯常在营间行走，可记得这里面谁跛脚、身材高大，又曾是割耳的？"

高远想了想，肃然叉手道："下官只能想起一个迟二郎来。"

宋大将军皱眉，约莫想不起这是哪个。

"请高校尉说一说这迟二郎。"谢庸道。

"迟二郎确是个身高体壮的，上阵颇勇猛，是步卒军中一个队正，若不是性子不好，几次在军中打架，早该提校尉了。去年秋与吐蕃一战中，他伤了左脚，今年便退了回来。"

谢庸展开京兆府募军名册，一目十行地浏览，很快便找到了这“迟二郎”，当年入伍时十九岁，身长八尺五寸，万年县通善坊人，应该就是他！

“既是解甲归田的，此人如今还住在军中吗？”谢庸问。

“已经遣散了。”高远道。

那便只能去其家找他了。

周祈突然问：“听说斥候们都是十八般武艺样样皆通的，敢问大将军，他们练不练轻身功夫攀墙术？”

宋大将军点头：“他们虽不专门练攀墙术，但确实练些轻身功夫。周将军疑心另一个凶徒是军中斥候？”

周祈点头。

“斥候乃军中要卒，这回是回朝，带回来的斥候不多，极好查。”

高远淡淡地道：“不必查了，这人应当是白敬原。他与这迟二郎熟。”

宋大将军竟然也记得这个人：“上回侦察吐蕃伏兵的里面是不是就有他？”

高远点头答“是”。

宋大将军摇头：“可惜了……”

谢庸问：“此人应该不在解甲之列吧？”

王长史道：“不在解甲之列，斥候们住在大营中。”

宋大将军让王长史亲自带谢庸等去抓人——却扑了个空。

不只他不在，营中许多士卒都不在。想也知道，士卒们难得回长安，哪里在营中憋得住？自然有家可回的回家，家不在长安的也要出去逛逛。

衙差翻找白敬原的东西，并没发现什么赃物。

同营的人有些惶恐，不知道白敬原犯了什么事儿，让绯袍官员亲自来找。

谢庸问他们，其中一人道：“他应该是去迟二郎那里了。恍惚昨日听他说，迟二郎要修宅子，估计他去帮忙了。”

谢庸、崔熠、周祈带人赶赴通善坊。

见到官员、衙差们，门口担着碎砖瓦出来的一个瘦削身材的年轻人神色一变，扔下担子，逃进院里。

周祈吆喝衙差们：“去后墙围住！小心狗急跳墙伤人。”

周祈拽出横刀，当先闯进迟二家的院子。

迎头一刀劈过来，周祈赶忙拿刀架住，定睛看去，是一个身材极高大的壮汉，怒目圆瞪，庙里金刚似的。

壮汉身后又有些旁的穿短打的汉子，手里拿着铁锹、棍棒、砖头之类，谢庸沉声道：“官府办案，闲杂人等退后。”

汉子们惊疑地互视一眼，到底老实地退远了。

白敬原不在院中，显然是翻墙跑了，谢庸带人去追。

周祈擒拿迟二郎。迟二郎虽身高力大，人也凶戾，但功夫怎敌周祈？况且他如今是“匪”，心下早乱了阵仗，只不过熬了六七式，便被周祈以刀抵在了颈上。

周祈把迟二郎交给衙差们，也急忙去追白敬原。

白敬原被衙差们堵在了小曲中，双方正打得难解难分。

周祈抱刀站在谢庸身旁看。

这白敬原的功夫确实不错，脚下步子腾挪辗转，一把刀劈砍捅刺、上下翻飞，对几个差捕好手，也只小落下风。

他使的是军中七绝刀。七绝刀据说是凌烟阁名臣鄂国公尉迟敬德所创，从打铁中化来的，简单，不花哨，威力却不小，是军中最常见的刀法。

七绝刀中也间或夹杂着那么一两式旁的招式。

突然，白敬原探身以刀为棍横扫出去，衙差们或挡或躲，白敬原借着这一瞬之机，竟不惜被刺伤上臂，一个翻身，从衙差们头顶翻了过来，直奔周祈：“别动！动就杀了她！”

衙差们都不约而同地抿起嘴，有点儿不知道这位是精是傻，想死中求活劫持小娘子是挺精的，但你劫持的——那是小娘子吗？那是大老虎、花豹子！

谁想与这凶徒先交上手的竟然是谢少卿！

周祈有些无奈，又有些熨帖，自己有多少年没在打架的时候被这样护着了？平时兄弟们都是：“好了！老大来了！老大威武！”

不会爬墙，只得绕过来的崔熠站在小曲头上一脸悻悻的，刚才看老谢翻墙就觉得不对，他果然藏奸……老谢！你行！

谢庸用剑，周祈用刀。谢庸用剑虽不算老辣，却稳健，不急不躁，总能料敌于先，颇有些大将气。周祈用刀却霸道中带着三分街头痞气，又强横又不要脸。单只周祈自己拿下白敬原便不难，更何况再加上谢庸，两人刀剑配合，只打得白敬原左支右绌，全无还手之力。

看他们一起打架，似颇为默契的样子，崔熠心里很有些羡慕，若回去加紧练阿周给的刀谱，应该过不了几年也能并肩子跟他们一起上了吧？这若编到传奇里，就是《三英擒凶》……

崔熠心里又埋怨周祈，她定然是早发现了，却还帮老谢瞒着。今日这事儿，一定要让老谢烤五回，不对，十回羊肋骨，每次吃完还得玩牌，贴阿周满脸纸条，不如此不能算完，到时候也带着阿彤一起去……

崔熠不过乱琢磨片刻，周祈的刀已经架在了白敬原的脖子上，衙差们上前将之绑住。

崔熠上前，似笑非笑地看看谢庸，又看看周祈，“哼”了一声，负手转身走了。

周祈在身后小声道：“没有五顿烤羊肉，莫想过得去。”

谢庸看着崔熠的后脑勺儿，亦轻声笑道：“五顿怕是不行。”

捉到了迟二郎和白敬原，衙差们又在屋中起出了赃物，除现钱外，还有些女子首饰，并些玉飞马、银酒壶、胡式金币等金银玉器、古董摆件，一共两包，都用胡式长袍包着，其中一条袍子上有抹擦血痕。那两

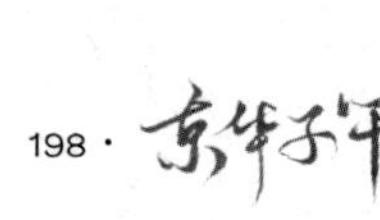

件袍子看长短大小怎么也不可能是迟二郎的。

衙差们虽未找到那双带有血污的鞋子，但找了迟二郎其余的鞋，其大小宽窄与血脚印相同，关键是左脚跟磨损都极浅。

谢庸、崔熠、周祈带着人犯回大理寺，王寺卿升堂亲审。先审的是证据最足的迟二郎。

迟二郎倒也光棍，承认得很痛快："不错，那些胡人是我杀的。杀个把胡人有什么错？那些胡人杀了多少咱们唐人？他们凭什么在长安好吃好喝、呼奴唤婢，过这太平富贵日子？我们这些人流血流汗，伤胳膊断腿，过得反倒穷哈哈的，凭什么！"

王寺卿不与他辩驳对错："说说你们是如何作案的，先说崇化坊案。"

迟二郎缓一口气，想了想道："我头两天先去踩过点子，夜里潜在崇化坊的一处荒宅中，等三更天，便从墙头儿翻进那胡人家，先去主屋，杀了那胡商夫妇，又去主屋下房杀了仆役和仆妇，最后去后院，看那两个胡人小娘子白羊似的，便奸了她们，末了一刀抹了脖子。贵人们莫可怜她们，边关打起来，若我们的小娘子落在那些胡人手里也是这般。杀完了小娘子们，我回到主屋搜了财物，又去那荒宅藏着，等开了坊门，便大摇大摆走了。"

"那长寿坊案呢？"

关于长寿坊案，迟二郎叙述得与崇化坊案差不多，只多了杀安甫田的事儿："我刚举刀要抹他脖子，谁想他竟然醒了，伸出胳膊来挡，又用左手来抓我。就他？岂能挡得了我的刀？我利利索索地杀了他，又奸了他娘子。因当时他挡了我两下，我一时顺手，就如对阵杀敌时一般割他耳朵，已经下手了方想起来。奸完那小娘子，想到这割耳之事，我怕被你们追查到，便把那胡鬼拽下床榻，胡乱劈砍了几刀，又在他脸上划了几下子。想不到还是被你们找到了……"

待他都说完，王寺卿道："你是说，这两起凶案都是你一人做下的？"

“是我一人做的！你们别看白五跑，他是胆小，根本不干他的事儿。”

“你为何要奸淫那胡商之尸？”

迟二愣了一下：“恨他。我最烦那等道貌岸然的了。”

“那你又为何挖下其妻双目？”

迟二郎梗着脖子道：“我腿脚残了，那些女人每每偷看，我恨不得挖尽这些女人眼睛。”

“那平康坊案呢？十年前的几起旧案呢？那些死的可不是胡人，且十年前你的腿脚尚未伤残！”

迟二郎一时语塞，过了半晌道：“左右都是些该杀之人，杀便杀了。”

不管王寺卿怎么问，迟二郎都一口咬定是他自己作的案，于平康坊案和十年前的旧案，都推说时候太久，记不清了。

王寺卿挥手，让人把迟二郎带下去。

关于白敬原，本只是周祈的推测，再加上他心虚逃跑，并没有更直接的证据——去保宁坊白敬原家的衙差回来了，也并没找到什么赃物，倒是把其父还有保宁坊里正带了回来。

白敬原之父约莫曾经中过风，嘴有些歪，一边手脚也不大利索，颤颤嗦嗦的，估计也问不出什么话。

保宁坊里正对白家事知道得却颇清楚，说得也明白：“这白敬原家中有老父老母，还有一个长姊，嫁到升道坊了。十年前——说来他也是倒霉，那时候他爷娘早早给他娶了妻，是长安县那边常安坊的，看着也文文静静的一个小娘子。娶进门时日不多，小娘子便有了孕。

“却哪知这孩子根本不是白敬原的。原来他娘子早便与其娘家邻居一个书生有了首尾，那书生有家有室有孩子，并不能娶她。即便这样，小娘子还是时常归宁，去与那书生相会，结果被人撞破了，喊将出来。

“那书生斯文扫地不说，那小娘子一惊一吓，便小产了。白敬原年轻气盛如何忍得？不顾爷娘的劝，执意休了妻。当时事情闹得颇大，某与常安坊里正给调停的，故而这事儿知道得清楚。

“休虽休了，这男人家‘剩王八’的名声到底不好听，当时正好募兵，他便应征入了伍。听说这回他回来，他娘又给他张罗亲事儿呢——却也有些艰难，他还在军中，不知什么时候便走了，又不是什么大富大贵人家儿，也没个一官半职，谁家愿意把小娘子送去空守着？”

保宁坊里正与王寺卿、谢庸等说起这横跨十年的家长里短。

“里正可记得其妻与旁人有染事发是什么时候？”王寺卿问。

“大约是麦熟的时候。为了他家的事儿，某在城外庄子上的几亩地割麦打麦，都没亲去看看。”

王寺卿点头：“那读书人叫什么？多大年岁？”

“好像叫柳广志，如今四十四五岁吧，是个白净俊秀人儿，长了一双笑眼儿，样子很斯文和气。某前日还见到他了呢，跟十年前看着也差不多，没见老，始终也没及第。”

让这里正退下，王寺卿道：“时间倒也对得上，十年前第一起案子是在七月，只是——”

谢庸微皱眉头，周祈揉着下巴，崔熠等王寺卿接着说。

王寺卿摇摇头：“先审吧。”

谁想审白敬原比预计的容易。王寺卿用诈术，只伪称迟二郎已经招出了他，又问白敬原是否是其妻不贞之事使得他性情大变做下这连环灭门凶案。

白敬原沉默片刻道：“不错，是我做的。因那贱人与人有染，让我当了‘剩王八’，被人耻笑，我便作下这些案子，杀那些轻浮读书人，挖那些有眼无珠的女人眼睛泄愤。”

“说细致些，从十年前第一起案件说起。”

白敬原看看王寺卿，垂下眼道：“这又有什么好说的？左右不过是杀人奸尸挖眼。杀人偿命，贵人给我定罪就是了。”

王寺卿再问什么，白敬原都不再说话。

王寺卿让人把白敬原也带下去。

王寺卿看谢庸，谢庸点头道：“如您所怀疑的，本案主犯或许还另有其人！”

王寺卿点头。

崔熠问道：“为何？我看白敬原所言倒也说得通，因前妻与柳广志有染，他憎恨柳生这样的中年士子，但若直杀柳广志，嫌疑未免太大，他便报复旁的中年读书人泄愤，况且时间也对得上。只是——已经这般时候，他为何拒不交代那些旧案的细节？”

谢庸摇头：“柳广志十年前不过三十四五岁，且是个白净俊秀的，约莫看起来比实际年龄还要年轻些，至少不老相，而被害者都在四十至五十之间。

“白敬原说憎恨轻浮读书人，柳广志或许是个轻浮读书人，但褚子翼却不是，褚子翼庄肃稳重，不苟言笑，旁的，丰安坊焦桐是个严肃的塾师，便是两个胡商，也不是那等油滑轻浮人。

“这些案件中的被害中年男子除褚子翼外，都被拖入正堂，以一种极不体面的样子陈尸堂上，这当是败坏其名声之意；而当年柳广志与人通奸事发，事情弄得很大，两坊里正调停，柳广志已然斯文扫地，声名狼藉，若是白敬原所为，实在不必对名声之事再这般耿耿于怀。

“再便是如你说的，他如今实在没有隐瞒的必要，除非——他根本就不清楚。”

崔熠揉起了下巴：“还真是扑朔迷离，那这主谋真凶会是谁呢？白敬原为何替那人顶罪？”

周祈扭头看他：“你知不知道坊间一句话，最瓷实的友朋便是一块同过窗的，一块扛过枪的，一块贪过赃的。”

崔熠笑起来：“这话精辟。”

谢庸嘴角也略带了些笑影儿，有些薄责又有些纵容地看她一眼。

王寺卿点头道："小周所言不错，以迟二郎和白敬原经历论，能让他们甘心顶罪的当确是这'一块扛过枪'的。"

谢庸若有所思地道："下官怀疑一人——"

王寺卿看他："哦？"

大案上有本案各种口供物证，谢庸拿起褚子翼案的口供看了看，又打开京兆募军名录，一目丨行地逐卷查找起来，将到最后时，终于找到了："振威校尉高远。"

崔熠和周祈有些诧异地互视一眼，王寺卿微皱眉："除了这名录，他还有什么破绽？"

"那平康坊妓馆管事钱氏在口供中提到当晚在那里喝酒的诸多客人，其中有一个'高校尉'。如今在募军名录中也找到了高远的名字，那么这'高校尉'是不是就是高远？"谢庸道。

那些酒客，钱氏只知官称，说不清其由来，便连全名都不知道，后来城里又紧接着发生了两起胡商灭门案，妓馆酒客这条线便彻底搁下了。那钱氏随口一提的人物……真是难得老谢这记性，崔熠摇头。

周祈也想起来，点头道："那些或许都是征西军中人。若是京中常客，钱氏那些人当略知根底。"

谢庸道："当时我们去查案，宋将军让人去传的是参军王灿，高远不请自来。军中最重规矩，固然可能因受大将军器重，这高校尉管的事多些，也随意些，但抑或另有他意。"

周祈皱眉道："若果真是他，他指引我们去捉拿迟二郎和白敬原是为什么？"

王寺卿与谢庸对视一眼："争取时间。"

"要么逃，要么还有未完的事儿，以他这几日接连作案三起的疯狂来看，应当是后者。"谢庸指指那名录，"十年前，他十八岁，未婚。

杀的人是四十至五十之间的中年人，那人外表庄重，名声不错。从其未婚还有反常的奸尸并陈尸堂上的行径，我们或许可以大胆猜测，这里面涉及的不是男女奸情、夺妻之恨，而是那人凌辱了他，他求告无门，无法与人言说，所以才报复到旁人身上。那个被挖掉眼睛的女人或许是他曾经求告过的人，但这女子不信他，或视而不见——这种事，他能求助的，极可能是他的母亲，而让其母视而不见的那个凌辱他的人或许是他某个师长父辈。”

周祈站起来：“那他现在肯定不在军中，而在家里。”

谢庸点头：“永安坊。”

宋大将军府上。

宋夫人递给宋鼎巾帕，笑问：“郎君这是想什么呢？洗手都洗了有顿饭工夫了。”

宋鼎回过神儿来，对娇妻笑一笑：“就是想起些军中事儿来。”

宋夫人含羞带嗔地道：“郎君心里眼里都是军中事，再没旁的。”

宋鼎笑起来，拉住娇妻的手，低声说两句什么，宋夫人轻唾一口，含羞走回了内室。

宋鼎脸上的笑淡去，刚才自己问他，那些事是不是他做的，他反问：“我在大将军心里，便是这般一个凶徒淫贼吗？”可是……宋鼎眯起眼，走到门外吩咐：“去找高远来，他若不在军中，就在家里。”

谢庸、崔熠、周祈带人来到永安坊。

守门坊丁是个四十多岁的汉子：“高校尉家就在十字街东，高家祠堂边儿上。我刚才打那儿巡过，还在祠堂门前见到他了呢。不光他，还有旁的一些高家人，听说是高校尉升了官，要拿钱出来重修高家祠堂。”

“高校尉的父亲可还在？”周祈问。

“高先生早没了，那年夏天淹死在河里，得有十来年了。那可是个有学问的，他掌高家族学的时候，族学可兴盛了，不只高家子弟，我们

坊旁姓的孩子、别坊的孩子，也有不少去念书的……”

谢庸、崔熠、周祈直奔高氏祠堂而去。

高氏祠堂颇宽大，外院是高氏族学，内院正堂供着祖宗牌位。许多高氏族人此时聚在正堂。

高远一脸讥诮地站在祠堂神案前：“……高筹，你从十四岁就偷长嫂，如今改成偷弟媳了吧？高卫，你从前偷你娘的钱去赌去嫖，你两个兄长到这会儿也不知道吧？不过他们也不是什么好东西，高荼偷偷在外面置了铺子，还有……”

“住口！”老者把拐杖重重地顿在地上。

一个五十多岁的妇人去拉高远，哭道：“大郎，这好好儿的，你这是要做什么？”

高远瞥母亲一眼，看向老者，笑道：“大伯，听说早年你与三嫂……”

“住口！住口！你这个孽子！六郎怎么生了你这个孽子！”

高远微笑道：“家风如此。”

老者摇摇欲坠，其余靠前的汉子们吵嚷着，人群中又有几个妇人，其中一个还抱着孩子，见此情形，便要出来。

高远抬眼见到走过来的谢庸等人，面色一冷，将其母推倒在地，翻身跳上神案，抬脚把案上香炉等物都踢了下去，又把背上一个包袱掼在地上，包袱散开，露出几段断骨：“这便是我那好父亲。”

众族人本在吵嚷，此时都惊住了。

周祈拽出刀来，吩咐衙差们：“护着高氏族人先出来，他要狗急跳墙。”

高远抬手从牌匾后取下弓弩——竟然是军中也配备极少的寒鸦手弩！他对着房顶便是连珠两射，每射五支箭，那箭上约莫涂抹了磷、硝等物，随着破空声，竟然燃了起来，霎时屋顶便着了火。

屋里顿时乱了，众人推挤着争相往外跑，呼喊声一片。高远笑着再次抽出五支箭。

周祈脚蹬门框腾空飞起，在一个壮汉肩膀轻点，往前跃去。

高远的箭恰好到了。

周祈挥刀砍掉射向自己肩膀的一支，扭身侧翻，砍飞三步外射向一个老翁的箭，行将落地时又险险挡住一个年轻人后背半尺远处的另一支。

然寒鸦手弩一射多支，方向四散，是军中杀敌利器，岂是周祈一人能挡住的？到底有两人被射中了。

两个汉子身上着了火，大叫着在人群中冲撞两步，倒在地上。

看着倒在脚下的汉子，抱孩子的妇人惊恐大叫，旁边有人推搡，妇人被踩了裙子，一个踉跄，孩子便脱了手。眼看孩子便掉在着火的人身上，周祈飞身一跃接住。

高远的箭又到，其中一箭射向周祈胸肩，一箭射向妇人脖颈。箭已到身前，周祈只来得及侧身护住孩子，挥刀砍向那朝着妇人射出的一箭。

听到箭入肉的声音，周祈扭头，目眦尽裂，是谢庸替自己挡了那一箭，恰射中他前胸。谢庸挥剑砍断箭尖儿，就地翻滚灭火。

周祈把孩子塞给妇人，迎着高远的箭朝其跃去。周祈到得极快，挥刀砍向高远脖颈，高远匆忙以弓弩相挡，梨木寒鸦手弩应声而折。周祈第二刀又至，高远终于抽出刀来。

周祈左劈右砍，似全无章法，却又凌厉无比，活似被毁了窝巢的虎豹凶兽。

高远虽悍勇，但奈何周祈气势慑人，只得被压着打，攻少守多。到底占了一回先机，高远抬刀刺向周祈腰肋。谁想周祈竟不挡不避，举刀砍向高远的脖子。

两疯相遇，更疯者胜，到底是高远撤刀回挡，刚才的先机再失。周祈冷笑一声，刀锋划向高远拿刀的手腕。高远目光一寒，竟也不挡不避，砍向周祈手臂。在刀离肌肤三两寸时，二人同时变招，两刀磕在一起，“噹啷”一声，刀都飞了出去。

周祈挥拳砸向高远面颊，高远提膝顶周祈肚腹，高远口鼻喷血，周祈也被顶得弯下腰。高远满是血的脸上露出笑意，右手去揪周祈后领，却不提防周祈一个头槌顶在其颌下喉咙处。

喉咙最是脆弱，周祈又是全力施为，高远登时闭过气去，仰身后倒，周祈上前，挥拳猛砸其头面脖颈。衙差及干支卫的人赶忙上前接手。

周祈回头看向谢庸躺着的地方。崔熠、罗启，另有几个大理寺衙差围着他。周祈的手有些抖，脚下也似有千斤重，那是弩，不是普通的弓箭……

罗启挪开身子，回头看周祈，崔熠也让一让。

周祈对上躺着的谢庸的目光，谢庸对周祈一笑。周祈的眼泪哗地流了下来。她快步奔过来，蹲下查看谢庸伤口。他胸前的伤已经绑过了，有些血迹渗出来。

谢庸笑道：“不碍的，怕那箭尖儿在身体里不好，阿启已经帮我挖了出来，又上了药。”

周祈点点头。

谢庸手握了握，到底没有抚上周祈的面颊：“真没事儿。刚裹伤呢，才躺着，其实能跑能跳。”

周祈再次点头。

崔熠看看周祈，又看谢庸，再看周祈，再看谢庸，一个面带泪痕，一个目光柔得能掐出水来，崔熠只觉得脑中一道闪电划过——奸情！

阿周与老谢！啊啊啊啊……

崔熠恨不得出去围着高氏祠堂跑几圈儿，又恨不得现在就拷问谢庸和周祈这奸情是什么时候开始的，谁先看上的谁，到哪一步了，要什么时候成亲……

但到底顾及此处人多，又还有许多事儿要办，崔熠悻悻地看看谢、周二人，放你们一马。哼！连我都瞒着！哼！都装得一手好相！

见谢庸确实无大碍，周祈缓过神儿来，扭头看向崔熠手里："这是什么？"

崔熠手中是一个镶银羊脂玉佩，玉已经碎了，上面还挂了些黑灰。

"老谢的护身玉，救了他一命。"

周祈懂了，那箭是射在了这玉佩上……

若是旁的时候，周祈定要问谢少卿这玉是从哪儿求的，但此时惊魂甫定，周祈只是点点头。

身后还有一摊子事儿，周祈站起，巡视祠堂内。到处狼藉一片，火已经被救下了，死了三个人，伤了八个，都是高氏族人。伤的有轻有重，轻的如谢少卿那样，已经裹伤止血了；重的两个放在卸下的大门板上，只能抬去让郎中医治。

还有高远，伤得颇重，衙差们若晚接手半刻，可能就死了。

周祈不否认，自己当时杀心极盛。

"行了，我领着他们善后，你送老谢回去吧。"崔熠走来。

周祈回头看崔熠，崔熠用那天周祈在东市挥自己的嫌弃手势挥她，赶紧走，赶紧走，带着你们家老谢。崔熠又回头看一眼谢庸，阿周去哪儿，老谢的眼神儿跟到哪儿……啧啧，原来怎么没看出来呢？

周祈略想，点头："好。"

走出祠堂，外面围了不少人，有逃出的高氏族人，也有旁的看热闹的，有一个五十余岁的妇人木呆呆地站着，另一个妇人哭喊着去推她，被衙差拉开。周祈扫眼，在围观的人群中又看到几个略有些眼熟的身影，周祈微皱眉，想了想，没多加理会。

虽谢庸说他能骑马，但周祈和罗启还是在坊里借了车，把他送去信得过的医馆，让郎中重新收拾了伤口，又诊了脉，开了方子，罗启去旁边药铺子拿了药，才回去家中。

唐伯是个颇经得住事儿的老翁，虽面色发紧，知道并无大碍之后，并不唠叨，指着罗启、霍英给谢庸铺床换衣，又让两个小子一个去熬药，一个去买鸽子等炖汤滋补之物。

老翁拜托周祈："还劳烦周将军多待片刻，帮着照看一会儿大郎，我去厨下看看。"

周祈自然无有不应的。

唐伯自去忙了，周祈走到床边看看谢庸，谢庸对她一笑。

"你嘴有些干，喝点儿水？"

谢庸摇头。

"吃个桃子？"这是周祈院子里的桃子，她这几日没空，只好让唐伯自己去摘。周祈说完，自己先否定了，"受伤了能吃桃吗？我恍惚记得谁说过不行，说吃桃伤口痒，还是别吃了。"

"你闭会儿眼睛养养神？"周祈又道。

谢庸依旧微笑摇头。

"要不我给你念一卷书？"

"你陪我坐一会儿就好。"

周祈看一眼谢庸，谢庸微笑着看她。

周祈默默地把窗沿下一个鼓凳搬过来，放在谢庸床边，坐下。

两人对视片刻，周祈避开眼睛："你又何必这样？我是武人，皮糙肉厚，被箭叮一下子也没什么，你——"周祈有些说不下去了。

过了片刻，周祈方垂着头，又小声道："你这样，我觉得亏欠你良多，无以为报。"

"嗯，只能以身相许。"

周祈抬眼，虽是玩笑话，谢庸眼中却无玩笑意。

"阿祈，你为何不应我？说实话。"

周祈再次别开眼。

“身世？”谢庸看着她。

周祈咬着下唇，过了片刻方道：“身世。你知道，我出生在大业三十一年，刚出生没多少日子，就被蒋大将军抱到了宫里……”周祈将自己姓周的蹊跷，宫中捡孩子的规矩，从小到大蒋丰对自己的态度都说了，把扣发公验之事也说了，“我至今仍然是宫廷女奴身份。”

“大将军捡我用意何在？养我用意何在？扣着我又用意何在？”周祈看着谢庸烟青色床帐，目光苍凉，“谢庸，我是一个没来处、没归途的人。”

没来处，没归途……她这样的话，这样的神色，谢庸只觉得心似被人狠狠攥了两下，原来只想到她或许是怀疑自己的身世，却不知道还有扣发公验之事。是啊，阿祈这样洒脱豁达的性子，但凡能过得去……再想到她的洒脱豁达，又有多少是被迫不得不洒脱的豁达，谢庸的心更难受了。

“那日你独自喝酒，是去见蒋丰说公验的事儿了？”谢庸轻声问。

周祈点头，却又解释：“不是为你，我一直想脱离宫廷出来。”

周祈平静地看着谢庸：“怪我没跟你讲清楚，也怪我之前轻浮，总逗引你，谢少卿，我不是你那个合适的人。”

谢庸亦平静地看着周祈：“阿祈，岁月还长，可以有无数的变数，我们可以查，查出当年真相；也可以等，等我们站得更高更稳些，等今上驾崩，等新皇登基。阿祈，你不能不给我与你一同等的机会。

“阿祈，我们遇见彼此不容易，别轻易说什么不合适。”

周祈微仰头瞪大眼睛，半晌方道：“我只是觉得，你不必这样熬着，你可以幸福圆满地过你的日子。”

谢庸叹一口气：“没有你，谈何圆满呢？”

忍了半天的泪到底流了下来，周祈觉得自己今日大概把过去许多年没流的眼泪都补上了。周祈看着谢庸，谢庸微笑着看她。

过了片刻，周祈用袖子狠狠抹一把脸："谢少卿，你真是个倒霉蛋儿。"说完又笑了。谢庸也笑了。

周祈趴在床头，凑近谢庸。谢庸抬手抚摸她的面颊，用大拇指把她眼角最后一滴眼泪抹去。

朏朏蹲在不远处，"喵"一声，甩一下尾巴，走了。

谢庸受了伤，未能去听庭审，崔熠、周祈自然是要到的，一块儿听庭审的还有宋大将军手下那位王长史。

高远在庭上对其罪行供认不讳。

这高远可恨之人也有可怜之处。从七八岁上其父对他便有猥亵之举，高远开始年纪小，不懂什么，后来渐渐懂了，十二岁时逃出家去，流落陇、岐一带。在陇州时，被一个游侠看中，收为弟子。十八岁上，其师与人比武重伤死了，高远便返回了长安家中。

其父与从前一样，还是那样的"德高望重"，满面肃然，满口仁义。高远自知无法让人相信这样一位"君子"猥亵独子，毕竟当年诉诸其母时，其母都只以"阿爷疼爱你"来搪塞。

但此时的高远已非当年茫然无助的幼童，他伪造邀约书信骗其父去坊里永安渠旁的酒肆，然后埋伏在路旁，趁着天黑阴雨推其入河将其杀死。其父无伤无痕无仇敌，当时的京兆府尹便以失足落水结了案。

其父死后，众人都说"这样一位端方君子竟然寿数不永"，都叹"可惜"，高远还要扮孝子，以免被人指点不孝，被人怀疑。

其父身后令名让高远心中极是不忿，虽杀了他仍愤恨难消，于是做下了丰安坊案。他潜入焦宅中先杀了焦桐的子女，然后杀了同为塾师的焦桐，令其妻观看辱尸，再将其尸体摆于正堂，最后杀了其妻，挖下其妻眼睛。

丰安坊案稍稍缓解了高远的愤恨，但时日不久，他又动了杀机，又相继犯下延福坊、靖安坊、兰陵坊等案，杀的都是与父亲样子差不多总是一副端正严肃貌的中年读书人：“哼！都是些伪君子，不知道背地里做下过多少恶心勾当，就像我那好父亲、我那些好族人一样。”

王寺卿做刑狱官多年，知道与这种凶徒讲不清道理，故而并不指斥其歪理，只又问：“那你为何在做下兰陵坊案后，突然收手从了军？”

高远沉默了片刻：“我怕我忍不住杀了家母，她虽……况且当时官府查得紧。”

王寺卿看看高远，点头：“你到了西北可曾作案？”全国各州府凶杀命案都会报到大理寺，这些年王寺卿未见到旁处报来这样的奸尸挖眼案，但西北边塞，时有战乱，流民多，也许他做下了，没被发现，或者未报上来。

“未曾。”

“为何？”

高远笑了一下：“打仗嘛，也是杀人。砍敌人砍得刀都钝了，也就没心思再专门找人杀了。”

“据我所知，那边近三四年没什么大战。”

高远脸上的笑淡去：“那边像这种人不好找，还是都城里伪君子多。”

王寺卿看着高远，高远垂着眼帘，神色漠然。

王寺卿再问：“你一向入室作案，为何会在平康坊杀了褚子翼和澜娘？”

高远皱眉：“那个人喝酒、听人说话皱眉头的样子真是分外像我那死鬼父亲，好像他最才高、最不得志一样，我实在按捺不住……”

听高远叙述完杀褚子翼和澜娘的经过，王寺卿又问：“两起胡商被杀案，你为何寻了帮手？”

“我一个人到底不方便，迟二郎勇猛，白敬原机敏，都是好帮手。

他们一个瘸了腿脚，一个顶着剩王八的名头，当个斥候，不得升迁，随时要跟着大军走，心里都不痛快着呢，听说杀胡商抢钱，自然一呼即应。”

“与旁人一同作案风险大。”

“他们卖了我？”高远哼笑一声，“我当初与他们在一队，救过他们的命，我还只道他们俩不是那等忘恩负义之徒呢。不过，我也卖了他们，也算两不亏欠。”

王寺卿微点头。

高远交代完两起胡商灭门案，将其妄图烧了祠堂、射杀族人的事儿也一并交代了：“都是些蝇营狗苟之徒，死不足惜。”

高远有些悻悻地看周祈，周祈挑眉，高远挪开眼。

“你可还有什么要说的？”王寺卿问。

高远摇头。

让他画押过，王寺卿挥手让人将其带下。

转身时，目光扫过旁听席，高远抿一下嘴，随着衙差走了出去。

王寺卿再提审迟二郎和白敬原，因高远已服罪，二人也不再硬扛，俱都交代了。把三人供词与诸案现场痕迹、证物对照，没有纰漏，这起连环凶杀案庭审才告终结。

王长史叉手：“一起在军中共事多年，竟然不知道他是这样的人，真是惭愧……”

王寺卿道：“这却也不好看出来，王长史不必过于自责。”

“不只下官等，便是宋大将军也自责得很。下官临来时，大将军已经在起草请罪奏表了。”

王寺卿看一眼王长史，微笑一下：“大将军就是太谨慎，他一个大将军，如何知道一个小小校尉的底里？”

王长史点头：“是，是，下官也是这般劝大将军的。”

周祈看看王老翁还有这位王长史，又想起高氏祠堂门口那几个身影来。

王长史告辞走了，剩下的便是自己人，他捶捶腰背："子正到底怎么样？"

崔熠两手比画个碗口大小："胸口这么大个窟窿，差点没把他那多窍的心眼子跳出来。"周祈瞪了他一眼。

王寺卿亦瞪他："尽胡说！满嘴不吉利。"崔熠赶忙呸呸两声。

王寺卿和周祈都笑了。

"让他好好养着，赶紧好了，赶紧回来干活儿。今日我是去不了了，明日我去看看他。"

知道老翁还要复核此案卷宗、定罪、写结案文书，崔熠和周祈都行礼出来。

崔熠让侍从们回家，自己跟周祈慢慢骑马溜达回开化坊。看崔熠先遣开侍从，周祈便知道他要问什么，果然——

"阿周，你跟老谢是什么时候有一腿的？"

周祈咂一下嘴，小崔说话忒难听，什么叫有一腿？这话忒容易让人想歪，自己昨日不过才摸了谢少卿的手而已……

这"什么时候"也委实难以回答，若说动小心思，那可就远了，从见谢少卿头一面，自己就想摸他的骨来着。至于谢少卿什么时候动了心思……嗯，倒是回头可以问问他。

看周祈脸上挂着坏笑，不知在琢磨什么，崔熠催她："说啊！说啊！"

周祈清清嗓子，摇头叹道："情这东西，实在很难说起于何时，等人发现，早已蚀骨入心。"

崔熠看周祈，缓缓点头，阿周这话说得——有点儿味道，有点儿味道……看崔熠这德行，周祈哈哈地笑起来。

崔熠接着问："你们俩，谁求的谁？"

这种事儿，周将军自然是要占先的：“当然是我求的谢少卿。”

“怎么求的？老谢那样庄肃的人，你怎么下的手？”

周祈沉吟了一下：“你念过恶少与小娘子的传奇吧？把那小娘子换成书生就是了。”

崔熠眼睛睁大，那传奇上恶少和小娘子可都……

阿周已经把老谢睡了？！

再想想他们住处只有一道墙，崔熠越发笃定，老谢已经被周祈叼过了。

崔熠用手指点点周祈，满脸钦佩：“利索！到底是阿周你。”

周祈眨巴眨巴眼，小崔是不是想多了？

不过想到谢庸的性子，那可不是个会屈从谁的“淫威”的，还有老谢为阿周挡箭，他看阿周时眼里那黏糊劲儿……阿周该不会掉到老谢陷阱里了吧？掉里头还觉得是自己猎了人家？

越想越可能，崔熠看周祈的目光便带了点儿可怜和无奈，这个傻娃子。但想到老谢一把年纪，终于得偿所愿把阿周糊弄到手，从此不是孤家寡人，当兄弟的也很该替他高兴……

崔熠脑子里把自己在男家人和女家人中间换来换去，犹如在练周祈刀谱上的步法。

周祈扭头看崔熠，琢磨什么呢？不会在琢磨“陈生”和“原六郎”谁上谁下吧？小崔这个小子，忒龌龊，很该鄙视他！

崔熠、周祈到了谢家，谢庸正倚在床头喝药。

周祈皱眉：“怎么坐起来了？”

罗启无奈：“阿郎非要坐起来自己喝，不让人喂。”

谢庸看着周祈笑道：“不碍的，今日觉得好多了。”

周祈点头：“昨日也有人说不碍的，还想自己骑马去医馆呢。——昨日郎中是怎么说的？”后一句问的是罗启。

罗启一点儿不给其主人留情面："昨日郎中说：'胸骨有断裂，差一点伤了肺腑，若是伤了肺，大罗神仙也难救。回去吃药，老老实实躺一个月再说。'"学那冷脸老郎中竟颇为神似。

周祈点点头，冷着脸看向谢庸。

谢庸突然想起小时候因不听话伤了、病了被阿娘训斥来……实在想不到此生还有人会再为这些小事责备自己。

"阿祈——"谢庸心里有些酸涩，又有些满胀，微笑着轻声叫周祈。

"喝你的药。"

谢庸很老实地咕咚尽了碗中药汤，漱一口清水，便去拽自己身后的枕头隐囊，要躺下。看他微皱的眉头，周祈快步上前，扶着他的肩背把他放平。

"阿祈——"谢庸再叫她，语气中带着些可怜巴巴。

周祈强虎着脸道："你可老实着点儿吧。"谢庸忙一脸郑重地点头。

周祈到底忍不住眼角儿带上了笑意。

崔熠在心里对谢庸"哼"一声，娘子奴！装相鬼！又再对周祈"哼"一声，傻阿周，果然掉到老谢陷阱里了。

罗启把药碗端出去，送上两盏茶饮来。

喝着饮子，崔熠把堂审的事儿与谢庸叙说了一遍："……这样杀人如麻的凶徒，竟然也顾恋其母，哪怕其母当年视若无睹、对他不住。这委实有些出人意料……"

他顾恋的恐怕不只其母。谢庸想起被抬出高氏祠堂时晃眼看见的那几个人，宋大将军派侍从去寻高远做什么？一个大将军派贴身侍从去家里找一个小小的校尉，又偏巧是那种时候……他是不是猜到了什么？他为什么能猜到什么，或许是因为他知道高远的身世？一个大将军为什么会知道一个小小校尉的身世？还有高远的未传而至，宋大将军称呼高远"近之"时熟稔的神色……

高远在西北十年未再作案，前几年与吐蕃大战小战不断，无暇他顾或“杀人癖”得到满足还说得过去，后几年却还算太平，他未杀人真是因为那里稳重严肃的中年士子不好找？宋大将军是六年前去的西北。

征西军回到长安开始的一个多月，高远并未作案。他开始作案是在宋大将军续娶继室后不久，且这次作案间隔时间极短，一副不怕被抓不怕死的疯狂架势……

这种种，不得不让人怀疑高远与宋大将军……谢庸不信王寺卿未看出来，他又看一眼低头玩扇子的周祈，阿周应该也能猜到，但这种隐情，揭出来无益，毕竟从情理和证据上看，宋大将军都未参与这些凶案。

崔熠还在感慨着：“这些凶徒固然可恨，细究起来，也是可怜……”

周祈点头：“不过，那些被他们害死的人更可怜，漂泊半生的士子，过气的妓子，就因为也是教书的就被灭门的塾师，连塾师都不是的印馆主人，还有倒霉的胡商们……真是从天而降的奇祸。”

崔熠也点点头，看向一直没怎么说话的谢庸，突然哼笑一声：“可恨之人可怜，可怜之人也可恨，比如某位躺在床上动不了的。”瞒着会武的事儿，瞒着与阿周的事儿，这两件事儿阿周只能算帮凶，老谢才是主谋……哼，还兄弟呢！

崔熠又做起了老本行：“阿周啊，你一个小娘子家，哪知道男人内心的险恶？可要当心，莫要被某个人骗了……”

谢庸抿抿嘴。

周祈笑起来，看一眼谢庸，深深地点头。

崔熠这会子已经完全把自己代入了“内兄”身份：“阿周，你去看看唐伯做什么新鲜吃食没有，弄两盘子来。我午间吃得少，饿了。”

周祈甩给谢庸一个“自求多福”的眼神儿，极给崔熠面子地走了出去。等周祈端着一盘子热气腾腾的桃子酱蒸糕回来时，崔熠却要走了。

看着崔熠的背影，周祈扭头问谢庸：“这是怎么了？”

谢庸微笑道："大约是相思难耐吧。"

周祈恍然大悟，悟半截，停住："你跟这傻子说什么了？"

谢庸看一眼周祈，轻声道："莫要叫旁人'傻子'，不好。"

闻着这隐约的醋味儿，周祈放下糕，嘿嘿一笑："只能叫你？"

谢庸再看周祈一眼，眼尾翘起。

让他这样子勾得心里痒痒，但对一个病人……不行，太禽兽了。

周祈正经着脸笑叹："你说你还吃小——崔少尹的醋，怎么说你才好呢？"谢庸只是笑。

"刚才你们说什么了？"周祈拿两块糕，坐到谢庸床边，自己啃一块，递给谢庸一块。

"没说什么，只是说了几则奇闻。"

周祈挑眉："说说。"

谢庸也吃一口糕，咽净了才笑道："比方说恶少与书生。"

这个崔熠！

"还有某个女郎说'情这东西，实在很难说起于何时，等人发现，早已蚀骨入心。'"谢庸方才说"恶少和书生"时的戏谑没有了，他的目光温柔，深沉，甚至带着一点儿悲意，过了好半晌，方又道，"阿祈，我很欢喜，从没这般欢喜过。"

谢庸看着周祈，神情郑重："阿祈，某此生不敢有负。"

周祈也看了谢庸半晌，点点头，眯眼笑起来，又开始吃糕。

看她那娇憨样子，谢庸真想把她拥到怀里，使劲儿地长长久久地搂着她，但想到医嘱，想到她之前凶巴巴的教训，谢庸只好又把贼心摁了回去。

关于何时动心这事儿，周祈不想问谢庸了，她想起了一个更让自己开心的问题："阿庸，你喜爱我什么啊？"

周祈把手里的桃子糕都塞进嘴里，拍拍手上的糕末末，活动活动手

指，显是要开始计数了。

先是让这声“阿庸”叫得心头一甜，接着，谢庸心里升腾起强大的求生之欲来，认真想了想：“聪敏。”

周祈极不要脸地点点头，伸出一根手指。

“仁善。”

周祈又伸出一根手指。

“洒脱。”

“豁达。”

“坚忍。”

“风趣。”

……

周祈十根手指头都不够用了，眉头却皱起来，难道他不觉得我长得美?

其实从前他也夸过好看，就上回画像的时候，但那是为了一块儿挤对小崔，作不得数。

周祈看一眼自己英武的武官缺胯袍，我固然是个美人，但——或许谢少卿眼瘸呢？他这么些年没娶上新妇子，或许便是这个缘故了。周祈不禁遗憾起来，又琢磨着怎么给谢少卿的眼睛支个拐杖才好。

傍晚时分，天阴沉沉的，罗启进来给谢庸掌上灯：“阿郎，你坐了有一阵子了，躺躺吧。”

谢庸在床上躺了足有半个月，得老郎中首肯，周将军同意，才得偶尔倚在床上坐一坐，边上还有个唯“周老大”命是从的罗启时常提醒“该躺躺了”。

对以后家里谁说了算这种事儿，谢庸已是认命了。从前在鄜州任上时的刺史鲁有林是个惧内的老翁。有一回被夫人赶出来，去谢宅中“避难”，老翁一边与谢庸下棋，一边嘿嘿笑道：“惧内这种事儿，妙不可言。老弟，等你娶了新妇便懂了。”

谢庸觉得自己现在就懂了，老翁所言不虚。他微笑着放下书册，罗启扶他躺下。

看着自家郎君脸上的笑，罗启不用琢磨便知道他又想起周将军来了，啧啧，怀春的男人啊。只是如何都这会儿了，周将军还没来？这阵子周将军差不多每日下值就过来陪阿郎说话，吃过暮食，再陪阿郎消遣一阵子才走，风雨无阻。

朏朏突然抖抖耳朵，从坐榻上跳下来，“喵”一声，走出屋去。

罗启笑道：“周将军来了。”说着迎出去。

谢庸微笑着看向屋门，不大会儿，便见竹帘外一个倩影。周祈已经撩开帘子进来，她抱着猫，笑嘻嘻的，朏朏用头蹭她的衫子。

她今天没穿武官缺胯袍，也没穿胡服袍子，而是穿的白罗衫藏蓝纱裙，甚至还披了轻纱披帛，头发也梳了双环髻，簪了两支小珠花，极是俏丽。谢庸的目光扫过她颈下雪肤，又忙避开，嘴角儿的笑却越发深了。

周祈是一定要从谢庸嘴里挖出那句“好看”的，当下来到床前，抱着朏朏转一圈，绣了星子的裙子下摆散开：“你‘输给’我的料子做的，好看吧？”

“嗯，好看。”谢庸微垂着眉眼笑道。

周将军的问话越发刁钻起来：“是我好看，还是裙子好看？”

谢庸笑起来：“你好看，裙子也好看。”

“说真话。”

谢庸赶忙郑重了神色：“真的好看。”

周将军岂是那么好打发的：“那为何那日你没夸我？”

谢庸又笑了，却没说什么。

周祈把朏朏放在床边，微弯腰看谢庸，嘿嘿一笑：“莫非是怕我觉得你见色起意？”

朏朏大约是觉得再听下去，耳朵会长疮，从床上跳下来，翘着尾巴，顶开门帘，自去厨房寻吃的了。

周祈越发凑近谢庸：“见色起意有什么？你看我就见色起意。头一回在东市见到你，就想摸骨来着。”

看着她带着促狭笑意的俏脸，闻着她身上淡淡的香甜味，谢庸再忍不住，把她搂在怀里。周祈微愣了一下，谢庸小心地吻上那惦念了许久的唇。

周祈博览群书画册，但身体力行还是头一回，原来与心爱的人亲吻是这样的滋味……然而周将军到底是经过大风大浪的，意乱情迷的时候极短，慌慌张张地撑起身子：“哎，别压疼了你。”

“不疼。”谢庸左手搂着她的纤腰，右手放在她脑后，微用力，周祈再次趴在他身上，谢庸再次细细地品尝起来。

周祈也放任自己晕乎乎的，只觉得这滋味比东市最好吃的酥山、奶糕、糖饼加一起还要好。过了好一阵子，谢庸才松开她。

周祈侧开身子：“真不疼啊？”

“不疼。”

周祈笑起来，这一问一答忒容易让人想歪。

看着她亮晶晶的眼睛，泛红的面庞，红润的嘴唇，谢庸又想亲她了，但谢庸只是克制地用手抚过她的鬓角、眉边、面颊：“阿祈，你是我见过的最好看的小娘子。”

周祈眯眼一笑，亲一下谢庸的脸：“你也是我见过的最好看的郎君。”

两个人互相看着，半晌，都笑起来。

周祈坐直身子，顺手拿起谢庸放在床头的一卷书看，《江南游记》。

“江南——”周祈眼中闪过向往之色，“看到哪儿了？有什么好景致、好吃食？”

谢庸笑道："看到姑苏篇，书中说姑苏多水多桥，许多人出门便乘舟。有小娘子们划着船卖角黍、豆糕等小食，或者卖鲜果、鲜花，乃至针头线脑儿的。有住在楼上的客人懒得下来，便开了窗，垂下篮子来买。"

周祈笑道："这怎么像是我干的事儿？又懒又馋……"

谢庸看着她，阿祈这样的性子，却被圈在这京畿之地，总有一日，可以陪她去江南、去塞外，去她想去的地方都看看。

"还有吗？"

知道她馋，谢庸便专门说吃食："在姑苏城北有个王娘子，做得极好的樱桃肉。炖煮时放樱桃，虽是用豕肉做的，但皮酥肉烂，并不腻口，颜色也红润漂亮。"

周祈开始咽唾沫。

"又有船家罐子鸭，是把整只鸭子放在罐子里慢慢煨熟的，有点似关内道那边上元节吃的坛子鸡。上元节的时候，家家点灯拨火，院子里掺了油的锯末糠要着一晚，把这装了鸡的坛子埋在锯末糠里，第二日晨间启坛，香气四溢，肉酥骨烂。汤汁也鲜美，可以下索饼吃。"

周祈再咽一口唾沫。

"还有姑苏城外一个陈二郎，最会做鱼。与我们这边浓油赤酱的鱼或者鱼脍不同，他做蒸鱼……"

周祈摆手："啊啊啊，不能再说了，再说该馋坏了。"

谢庸笑着哄她："徐侍郎家有个很好的庖厨，从江南道来的。等我好了，去与他请教，回来做给你吃。虽不能与原模原样的江南名吃比，但慢慢摸索，味道总不会太坏。"

周祈看着谢庸，突然趴下，在他脸上又"吧唧"了一口。

谢庸笑，觉得除了与这江南的庖厨学艺以外，还应该再去书肆找找有没有什么好的食谱菜单。

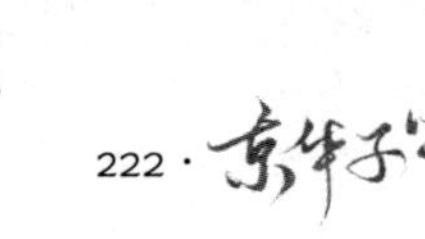

谢庸又养了半个月，终于可以下地走动了，最近大理寺事情不多，王老翁允他在家再多待几日，等七夕假过后再去衙署。

周祈以己度人："是不是越在家待着，越不想去？"

谢庸点头，微笑道："养伤的这些日子实在快活得很。"

周祈脸皮厚，嘿嘿一笑："便是你去衙署，不是也时常见我吗？你们大理寺后面殓房树上的老鸦都认得我了。"刚说完，周祈便意识到什么，赶紧"呸呸"两声，"我们还是少为公事见面的好。"

谢庸笑起来。

"下了衙回来，我们再一块儿玩儿。"周祈道。

听她这顽童街头相约的语气，谢庸越发笑起来。

既然说到七夕，周祈便扯起宫中过七夕的规矩："这可是宫里的大节日，望星楼是专门为了这七夕盖的，虽不及宫外的紫云台还有乐游原上那些寺庙道观里的塔楼雄伟，却更华丽漂亮。打头半个月这里就打扫起来，铺陈一新，七月七的时候，妃嫔中稍微有名有姓的便预备了供桌摆过来，比着看谁的乞巧果子最精巧最贵重。我记得有一年一位张昭仪供桌上做鹊眼的都是一色的黑色宝石。

"妃嫔们斗供桌，宫女儿们就斗穿针引线。每年这一天，我都得被老妪唠叨死。老妪说我这种拿不得针拈不得线的，若是在宫外，便是那嫁不出去的小娘子，嫁也只能嫁个癞痢头。"

周祈的目光在谢庸头顶打个转儿，笑道："谢少卿，你可得保重自己的头发。"

谢庸睁眼说瞎话："你缝的那装符箓的荷包就很好，如何说拿不得针线呢？想来老妪是爱之深责之切了。"

周祈点头："那是缝袜子练出来的绝技。"

谢庸亦点头："如此足矣。"

周祈却又想起他刚才说的"爱之深责之切"来，似笑非笑地刁难：

"老妪对我'爱之深责之切'，阿庸对我却实在宽松，这是不是——"周祈假咳两声，"比较浅的缘故？"

谢庸笑着看她。

周祈脸皮虽厚，问这样的话，耳边却还是有些红了，然而脸再红，神情却绷得住。周祈负着手，仰着下巴，斜眼看谢庸，做出睥睨的样子来。

谢庸走上前，环住她的腰，轻声道："你是我的至爱，阿祈。在我心上，没有什么能与你比。"

周祈两眼弯起，脸越发地红了，她伸出两手去捏谢庸的脸："让我看看，这皮子是什么做的？这般厚。"又去捏他的下巴，"还有这嘴，又这般巧。"

谢庸抓住她作乱的爪子放在自己腰后，吻上她的唇。周祈缠绵地热烈地回应他，在我心上，也没有什么是能与你比的，谢庸。

不知过了多久，院中传来说话声，两人才分开。

罗启撩开帘子，崔熠走进来，罗启去厨下端茶饮。

崔熠看看谢庸，再看周祈，两人面色红润，周祈的嘴唇似有些肿，谢庸的领口则散开一些，啧啧，这俩人……

崔熠绷起脸，眼中却藏不住笑意："白日那什么，有伤风化！"

一句话把周祈逗乐了，谢庸微瞪他一眼，也笑了。

周祈极不要脸地问："怎么？羡慕嫉妒馋？"

崔熠用手指指周祈，对谢庸道："你能不能管管你们家亲亲阿祈？有个小娘子样子吗？"

周祈看谢庸。

听崔熠说"你们家亲亲阿祈"，谢庸一笑，看着周祈道："我家——阿祈这样甚好。"到底没有说出"亲亲"二字。

周祈得意地笑起来。

崔熠把手改指谢庸，又回来指指周祈，突然放出“撒手锏”：“我的事儿已经定好日子了，就在九月初六，嘿嘿嘿……”

周祈和谢庸赶忙恭喜他。这回轮到崔熠得意了。

周祈与他打商量：“哎，崔少尹，你刚才也说我是阿庸家的，那份子钱，我们俩能出一份儿吗？”

“不行！”崔熠斩钉截铁地道，又嘬下后槽牙，“阿庸”……怎么从前没看出阿周这么酸来。

周祈“嘁”了一声。

谢庸最近被周祈练得极有眼色，微笑道：“无妨，家里的钱袋子尽归你管，我们给崔少尹置办两份礼还是置办得起的。”

周祈对崔熠挑眉。

色令智昏！崔熠给谢庸下了断语，等着阿周把你们家家当都换了刀枪剑戟，有你哭的时候……到时候看我怎么嘲笑你。

崔熠决定不提醒他们这个，只等以后看乐子，但看着这两人，不挑唆两句又难受。他想了想，语重心长地道：“明日七夕，阿周也该乞些巧来了。这么拿不得针拈不得线的，等成了亲，可如何是好？你总不能让老谢自己缝袜子吧？”

谢庸、周祈相视一笑，都想起刚才“爱之深责之切”的话来。见两人那德行，崔熠撇嘴，忍无可忍地站起来：“走了！”说着甩袖子往外走。

周祈叫他：“哎——”

谢庸笑道：“别管他，他去裴府。”

崔熠笑着掀开帘子，轻快地走了出去。

端着茶饮而来的罗启一脸诧异。

廊下的胐胐却似颇知真相，看着崔熠的背影“喵”一声，不知是告诫还是嘲笑。胐胐用爪子胡噜一把脸，看一眼正屋的帘子，翘着尾巴走去了厨房。

罗启去屋里换了茶饮，也去了厨房。

“我这针线是真没办法了，但我觉得我庖厨的本事还有救——不是说嘴馋的人，做饭不会太差吗？要不明日我给你做糖糕糖果子吃吧？你先教我——”

谢庸笑着答“好”。

周祈知道自己被他看穿了，便不再找借口：“真的想吃了……”

“做，我们一同做。我虽不会做乞巧果子，但在县学时帮唐伯做过供孔夫子的供果，也是差不多的东西。我们再一同与唐伯学做糕。”

周祈眉眼弯弯，手环上谢庸的脖颈：“阿庸，你真好……”

那娇娇的“好”字似带了个小钩子，谢庸喉结滚动，把她拥在怀里，低声“嗯”了一句，心中却在苦笑，还与阿祈说“我们可以等”呢。

第十章 土木相逢大梦归

周祈七月七乞没乞到巧难说，吃撑了是真的。

唐伯果真会做许多种糕饼，桃子酱馅儿的“仙桃”、绿豆馅儿的“莲蓬”、芝麻糖馅儿的“鸟雀”、枣泥馅儿的“花朵”……这些都是蒸的，都与实物差不多大小，样子也极像；又有用熟江米面裹了各种馅儿放在模子里扣的福禄寿喜、花鸟鱼兽的糕饼，不过一寸多大，精致得很；还有麦面加了奶、蛋，抹了果子酱做的糕；再有炸糖圈、炸花瓣、炸面鱼儿各种炸货……

帮着扣糕模子的时候，周祈一边扣，一边把扣得不大好的塞嘴里“毁尸灭迹”，后来各种蒸糕炸货出来，周祈又每样都想尝一尝，但这么多种，是如何也吃不过来的，她便用老办法——与谢庸分食。

周祈递上来的，谢庸都默默接过来吃了，最后只得陪她一块儿喝山楂饮子消食。

周祈想起初次与谢庸一块儿吃饭时他那不贪不过的克制吃法，不由得嘿嘿一笑："我这是把你带坏了吧？"

谢庸笑着看她一眼："坏不坏的倒不打紧，只怕总这么吃，会吃得肥壮无比，与'清逸洒脱'相去甚远。"

周祈挑眉，上回他与吐蕃细作打架受伤，自己说只喜欢"清逸洒脱美少年"，他这是还记着呢！忒小心眼儿。

自己选的人，小心眼儿能怎么办？只能哄着呗。周祈上前胡噜胡噜谢庸的肚腹，笑嘻嘻地道："你便是吃成大肚汉，也是清逸洒脱的大肚汉，比什么美少年都好看。"

谢庸抓住她的手，笑起来。

周祈却又撩拨他："上回你去东市摆摊儿，是不是怕我勾搭什么美貌小郎君？"

本以为以他的性子，怎么也不会承认，谁知谢庸竟点头："嗯。"

清清嗓子，周祈义正词严地道："有你这样的美色当前，我都能忍得住，何至于去勾搭那些'庸脂俗粉'？想得忒多！"

谢庸越发笑起来，阿祈这张嘴啊。

周祈亦笑了，嘟囔道："醋郎！"

谢庸拥着她，低声笑道："醋郎便醋郎，我本来便爱酸爱辣。"

两人腻歪半晌，周祈笑着问："这阵子也没什么事儿，回头儿再一块儿去东市摆摊儿吧？"谢庸一口应下来。

这阵子也委实闲，那连环杀人大案似是把这几个月的"凶气"都吸走了，城里一片太平景象，京兆差捕们最多逮个小偷小摸卖假药的，周祈这边报上来的也是张家长李家短王二麻子媳妇与人通奸之类的事儿。

这样的太平景象一直持续着，过完七月七，又过了中元节，出了七月进了八月，天渐渐凉爽起来，眼看就到了中秋，周祈、谢庸摆了多少回摊子，也没发现什么“异常”。

中秋三日假，周祈倒比平时还忙些——秋高气爽，多有出门游玩儿的，人一扎堆儿，就容易出事儿。因此曲江、乐游原、各大寺庙道观皆须巡查。

但到底这不是上巳、端午、重阳，更不是上元节不禁夜，没到倾城出动的地步，又有之前谢庸建议京兆推行的义勇巡逻、张贴告示等节日举措，干支卫这边只注意着些就好。

过完三日假，按照惯例，周祈与崔熠在京兆府一起处理节日报上来的案子，两起失踪案、一起盗窃案。

盗窃案不大，一个胡商家里丢了些银钱。其家不远处是间赌坊，看那急匆匆瞻前不顾后的盗窃痕迹，周祈与崔熠猜极可能是堵红眼的赌徒做的，便让人去赌场查探。

失踪案，一起是永崇坊一个扈姓小娘子，十六岁，八月十五午后与其妹一同出门去乐游原，在那里遇上了拐子。据其妹说，自己被人拍了一下肩膀便只觉如堕云雾，似乎听到人说“跟我走”，她便要跟着走，却又觉得不对，等醒过神儿来，其姊已不知去向。

又有一起，失踪的是城郊一个商娘子，八月十五吃过早饭说是在门前走走，便不见了——这商娘子是个怀胎八月的孕妇。

周祈与崔熠道：“你去其家细问那扈小娘子之妹。我觉得这里面有蹊跷，几时拐子这么挑了？姊妹花都晕了，却只拐走一个？还有这拍一下就如堕云雾、半晕不晕的药……有点儿邪乎，我只在街头巷尾的传说里听过，可从没见过。”

崔熠问：“我去扈家，你呢？”

“我去城外这商娘子家。”

“成！”

崔熠带着绝影和的卢，周祈领着陈小六，一个朝东，一个朝西，分头走了。

这失踪的商娘子在城西北八九里处的王家庄上。

说是庄，其实颇大，倒似个镇子，庄外种了大片大片的果树，桃、杏已经过季，便是梨子、枣子也已经在节前收了，只剩下枝干叶子，从远处看去，一片绿意。大约离城近，也可能是这大片果树的缘故，庄中颇为富庶繁华，倒似比城里最南边诸坊还要像样儿些。

进了庄子，打听着，来到这报案的人家。这家三间青砖瓦房，修建得颇体面。

商娘子之夫，姓王，叫王十二，是个身材高大、相貌憨厚的汉子，看起来三十上下。

坐在王家堂中，周祈让这汉子说说始末。

王十二沉着脸叹口气：“她有八个月身子了，稳婆说再有一个多月就生了。八月十五早晨吃过饭，那边瑞清观跟净明寺的道士和尚送了供果儿来，她收了供果儿，一块儿给了压篮钱，说在屋里坐着闷得慌，去门外树下坐坐走走。等我伺候我娘吃过药，再出去，便不见了她。”

东边屋里传来虚弱的咳嗽声。

“这是令堂？”

王十二郎再叹口气，点点头。

“道士和尚的供果儿只送与信众。这又去道观又去寺庙的，是为了给令堂禳灾去病，还是——”这院内堂中没有半点孩童存在的痕迹，这汉子都这个年纪了……

果然，王十二沉默半晌：“去寺庙、道观，都是为了求子。”

周祈点头。

汉子黑红的脸膛似乎越发红了，他垂着头道：“我命里子孙运不济，与前室娘子成婚四五年没有孩子，她一病死了，我又续娶了如今的这个，进门两年也没有动静儿。”

周祈点点头，等他接着说。

“她也急，岳母出主意说让去求神拜佛……我本不……但我娘这样儿，我兄长没得早，家里这一辈只我自己，我没个子孙后代，我娘去了也闭不上眼，我就……她好赖算是怀上了。”

王十二说得磕磕绊绊，但周祈是个遍知各种民间传说、见惯各种阴私之事儿的，她听懂了——名为求神拜佛，恐怕是去寺庙、道观借种了，这“奸生杀”……

周祈再次打量这壮实汉子：“是‘菩萨佛祖’管用还是‘天尊真君’管用，知道吗？”

王十二抬头看周祈一眼，周祈看着他。王十二又垂下头，以双手捂面，半晌方闷声道：“不知道。知道有什么用？”

周祈道：“若尊夫人不出事儿，自然是没什么用，稀里糊涂过着就好，可如今，最好还是明白点儿。”

“道士——道士吧？我问过她两回，她都说去了瑞清观。”

“王郎君似乎有些犹豫啊……”

“那净明寺与瑞清观离得不很远，这些年香火都不如道观，可前年来了个相貌挺好的和尚，叫定慧，自他来了，庄子上娘子、小娘子们便都爱去寺里烧香了。可我问她，她只说不是。”

又问了几句，周祈便让王十二带她去他们的卧房看看。

卧房内还算干净利索，只除了被窝儿还摊着。床帐子却拢住拴得好好的，系绳打着蝴蝶结子。想来这两日王十二郎只胡乱睡下，连帐子都没往下放。

周祈站在床边，看向床内悬着的香囊：“这是——”

“里面放了香灰丸子，说是从观里求的，能宁心安神，能保胎，能做什么的。”

周祈解下来，闻了闻，又打开看了看，没有再系回去，反而给了陈小六："这个算是证物，我们带走了。"

王十二神色一变："证、证什么物？果真是那帮道士？"

周祈没说什么，离开床榻，走到临窗案前。案上靠墙支着一面小铜镜，又有一个妆匣，匣子没盖严实，露出一点簪头儿来。周祈打开妆匣看看，把那匣子扣严实了，目光又扫过旁边衣架杆子上随意搭着的两件家常夏布女子衫裙，最后落在墙角柜子上。

周祈走到柜子前，打开盖子，里面是些衣物，最上面是个钱袋子，衣物有翻动痕迹，但不算乱。周祈扭头问："这是王郎君你翻动的？钱袋中是尊夫人私蓄？钱少了吗？她可带了钱出门？"

"是我翻的。"王十二垂着头道，"那是她嫁妆压箱钱。她随身荷包里约莫有点儿钱，不多。"

"妆匣子你看了吗？她可带了值钱首饰？"

王十二摇头："没有，她两支银钗子成天戴着，没有旁的。"

周祈点头，用眼睛在屋内又巡一圈儿，才带着陈小六出去。

王十二再问："贵人，她不见了，到底是——"

"莫急，我们找找看吧。你之前可去这寺庙、道观中问过了？"

王十二低下头："没有。"

怕丢人？周祈看这魁梧汉子一眼，走了出去。

出了王家门，陈小六掏出那香囊又闻了闻："这玩意儿有什么古怪？"

"没闻出檀香味儿来？"

陈小六再闻："是有点儿檀香味儿，怎么了？"

周祈瞪他："白扮了这两年假道士了，道家不用檀香不知道？和尚们才爱用这个。"

"不是，老大，咱们东市那街上的和尚道士哪有这些讲究？他们'请神''送圣'时，香炉里烧的什么香都有，我还看过和尚道士互相借香炉用呢。”

周祈：“跟他们学什么？道典上说，禁燃檀，‘违者，三代家亲责罪，己身受殃，法官道士减寿三年[1]’，这个没看着？”

“咱们的道典不都是用来垫桌腿儿、放松子核桃栗子皮儿的吗？”陈小六睁大眼睛，“老大，你一看书就睡觉。原来在睡前，竟然还看进去一些？”

周祈抬手摁一下熊孩子的脑袋：“就你话多！回去抄道典去！”这帮小子……好的不学，坏的一学就会。光学我看书睡觉不学无术，怎么不学我打架揍人翻墙上树？

陈小六撇嘴，到底不甘不愿地答应着，又问：“那这就是和尚给的，不是道士给的。应该就是那个俊俏和尚吧？”

周祈点头：“极可能是。商氏妆匣没盖严实，露出个铜簪头儿来。王十二说他未曾打开那妆匣，他没必要在这种事儿上撒谎，那便是商氏自己没盖好。商氏是个干净利索人，妆匣竟没盖好……还有那杆子上换下的随身衣物——她说只在门口坐坐走走是假，恐怕本就是想出去会情郎的。”

“她与那和尚私奔了？”陈小六说完，自己先摇头，“她没带钱。那王十二恐怕也是怀疑他娘子与人私奔了，故而查看钱袋儿。”

周祈道：“私不私奔的，先去看看再说吧。”

净明寺在庄子西北方最边儿上，不大，是那种极常见的两进乡间庙宇。

见周祈穿武官袍，知客不敢怠慢，请了住持出来。

住持是个五六十岁的和尚，没什么高僧像，若脱了僧袍，穿了俗家衣裳，便是街头最常见的老汉。

1　关于道士不烧檀香的讲究，各种说法不一。

“听闻贵寺前年来了一位叫定慧的师父，不知某可否一见？”周祈问。

“阿弥陀佛，定慧八月十五出门，至今未归。”住持道。

“那就请住持带我们去这位师父禅房看看吧。”

住持不敢说不，亲自带周祈去定慧的住处。

定慧住在后面西跨院中，同院五间禅房，他的居北面正中。

走进去，屋内床榻上吊着青布帐子，靠窗有小案，案上放笔墨、几卷经书、茶盏、灯烛，案下蒲团，余下再无旁物，看起来是一间极普通的僧人禅房。

周祈是搜东西的行家，仿若早知道一般，撩开床围，从床下拖出一个箱子来。

箱子打开，嚯！里面除了僧衣僧帽，便都是女子衣物，红红绿绿一片。箱角放着度牒，还有一个不小的钱袋，打开看，总有五六万钱，钱袋旁又有几个或鸳鸯戏水或蝶恋花的荷包，里面放着头发、指甲等物，只有一个放的是耳坠子。

住持的脸涨得通红。

周祈歪头看看他：“住持可知道庄子里王十二郎之妻商氏也是十五日失踪的？”

住持神色再变：“商氏也失踪了？莫不是——与定慧相约私奔了？这个孽障！”

旁边一个中年和尚忙对周祈施礼道：“这定慧只是在本寺挂单，其实算不得本寺弟子。贫僧等对他这好色的毛病也微有察觉，前阵子住持已经戒饬过他了，他说了必改，才容他接着在这里住着。商氏从前虽常来本寺，但她如今有孕在身，乡间习俗，有孕妇人不进寺庙，怕有冲撞，故而商氏已经许久不来了，她失踪不失踪的，贫僧等实在不知。”

周祈看这和尚，好口齿，这一退六二五的本事快赶上朝中某些官员了："可王十二说贵寺僧人十五日晨间曾去其家送供果儿，其后商氏就出了门……"

中年和尚赔笑："这附近几个庄子，凡是来烧过香布过施的，寺里都送供果儿。施主知道，不过是为了几个压篮钱……"

周祈懒得跟他掰扯，摆手道："行了，把那送供果儿的叫来吧。"

陈小六随着一个和尚去找那送供果的。

过不多时，带过来一个十三四岁年纪、一副老实相的小和尚。周祈只绷着脸略一吓，他便都说了："定慧师叔说让我帮着捎个东西给王十二郎娘子，回来就给我三十钱。"小和尚后面半句声音极低，又偷眼看住持和那中年和尚。

住持还是那副晦气样子，中年和尚神色也没什么变化。

"捎的什么东西？"周祈问。

"他在院中树上拽了一片叶子，用指头沾了唾沫在上面写了两笔什么。"

"写的什么？"陈小六问。

住持和中年和尚也都皱起眉头，面露不解之色。

"小僧也问过定慧师叔，师叔说，这是无色无相咒，等我长大一些，可以教我。"

陈小六偶尔随着自家老大冒充假道士，垫桌子角的道典囫囵半片地念过两本，道家的符勉强能说上几个来，对佛家的咒却是一无所知了。陈小六看向周祈。

扫一眼满脸疑惑的住持和中年和尚，周祈嘴角儿带上一丝笑意："那定慧的屋子还请住持帮着封了。"

住持连忙答应着。

周祈领着陈小六出来。

看周祈神色淡然笃定，陈小六问："老大，那咒是什么意思？你还懂佛家的咒儿？”

周祈大模大样地点头。

陈小六对周祈的崇敬又增加了不少，别看老大整日一副吊儿郎当相，总说自己不学无术，其实博学得很啊……

“老大，你真厉害！”陈小六真心实意地赞道。

周祈负着手，“嗯”了一声，领着他往寺后走去。

“老大，送那咒到底是什么意思？”

“那咒意思是说——树林子见。”

周祈微侧头看了陈小六一眼。

陈小六明白过来，一脸悲愤，又让周老大蒙了！原来机关在那“树叶”上。

周祈笑起来。

这净明寺在庄子边儿上，后面就是大片的果树林子。商氏进不得寺，这树林子自然就是绝佳之所。

周祈领着陈小六在林子中细细查看。虽已中秋，林中草木依旧繁盛。进林子不久，周祈便停在一处，此处是桃园与杏园的边界，周围六七尺，草有不少倒伏的。

“这是那定慧和尚和商娘子踩的？”陈小六问。

周祈蹲下，点头又摇头：“应该是他们留下的痕迹。这一片都是桃树、杏树，该摘的早摘完了，庄里人不会这会儿来干活儿。草长得这般野，若是早些时候留下的印迹，也早该抹没了。但这可不能算‘踩’——”

周祈指着两墩倒伏格外厉害的草：“这草茎都踉歪了，又朝着一个方向倒……”陈小六还是有些不明所以。

周祈站起来，勒住他的脖子。陈小六用手去扒周祈的胳膊，双脚猛蹬：“哎——”

周祈松开他。

陈小六喘口气，一脸的心有余悸："老大，你想灭口啊你！"

周祈指指他蹬的印子。

陈小六睁大眼睛，懂了："莫非定慧把商氏这样勒死了？"

周祈点头，看看周围："不无可能。"

"就说嘛，私奔哪有不带钱财的？那商氏临来见定慧还专门装扮了，妆匣都没扣好，可见对他有情，她又有了孩子，定是想与这和尚长长久久的。可定慧这般风流，哪愿意为了一棵树，放弃整片树林子？两人说岔了，这定慧便杀了商氏。既杀了人，他定是害怕的，便急急忙忙跑了。"

周祈看陈小六："可以啊，小六。"

陈小六嘿嘿一笑："不看是谁的兄弟嘛。"

嚯！拍马的本事也见长。周祈点头，查看着草痕往林子深处走："你说得有理，但若我是这定慧，还是得回去拿钱再跑，故而这事儿啊——还说不准。"

可逮着机会了，陈小六劝周祈："老大，谢少卿对你这般好，你就定下来吧。一看谢少卿就是那等死心眼儿的正经人，你把人家吃干净了，过后又不给人个名分，关键你又还不撒手，总吊着人家，这未免也太——太渣了些。"

周祈抬起眼来："六儿，你知道得太多了……就不怕我在这儿把你灭了口？"

陈小六颇识时务地闭上嘴，女魔王！坏人渣！还不兴人说了……

周祈四处看看，刚才那处许是因为他们在那里站的时间长，又有挣扎，所以看得清，只是走过的话，这草痕实在不好辨认。

寻不到痕迹，周祈只能往林子深处找找试试，又不免悻悻的，吃干净，吃干净……我最多算舔了舔碗边儿，味儿还没尝着呢！

又走了三十步远，陈小六和枉担了虚名的周魔王同时停住脚，前面不远处动过土！

长七八尺、宽三四尺的一片儿，土拍得平平整整的，这人甚至还用锹在旁边铲了点儿草皮铺在上面。这若是下一场雨，草长起来，真是什么也看不出来了。

周祈用手刨土，陈小六问："我去寺里借把铁锹来吧？"

"不用，土松。"

陈小六蹲下与她一块儿刨。

尸体埋得不深，最先露出来的是头，光头，一张颇俊秀的脸，是定慧。

陈小六很是惊异，周祈却没什么惊讶之色。

把尸体从土里扒出来，周祈仔细验看。这定慧和尚系被勒缢而死，但伤痕与常见的环形索沟不同，其颈前一道宽七八分、长三四寸的勒痕，外皮无出血之处，但摸一摸，喉头软骨已经折了，这凶器当是棍棒类。

陈小六亦凑过来细看："棍棒？这是折了树干当凶器？"

周祈微皱眉摇摇头："不会是树干树枝，树皮粗糙，若是树干，皮肤会有擦破出血的地方。"

周祈又查尸身其他地方，其腋下及双脚脖有抓握痕，其余地方未见伤痕。周祈领着陈小六又在四周找了找，没有旁的动土之处。

回头看看林子外不很远处屋宇台阁的檐角，周祈吩咐陈小六："你去寺门外牵马，悄悄回城找谢少卿，把此间事儿与他说，让他带吴仵作，再多带几个功夫好些的差捕来。让他们莫进庄子，莫走大路，把马藏好，直接从林子中过来这里。"

陈小六领命而去。

怕有林子里的兽类坏了定慧尸首，周祈又把他埋上，拍拍手上的土，在林中往西朝着那屋宇台阁走去。

走到临近后门的地方，周祈看看门外的高台，又折回来，跳上树，看着那掩埋尸体的黄土和草皮出神。

这里离城不过八九里路，大理寺所在的义宁坊本就在城西北的开远

门边上，故而谢庸等来得极快。

定慧的尸首再次被扒出来。

吴怀仁抹一把在林间走路走出来的汗，仔细验看。他与周祈结论相同，这定慧是被人压勒喉头而死，凶器是棍棒。凶手有帮凶，两人抬着移尸至此。又据其血坠和渐缓的尸僵推测，定慧大约死了两昼夜了，那就是十五日头午。

“这棍棒，不会是树枝，不然该有出血小点和刮擦破皮；也不会是和尚禅杖，禅杖粗，怎么也得一寸多宽；农人的锄头把、锹把等，也比这个要粗得多。这般粗细，这般光滑，又这般坚韧能勒死人的——”周祈看向西面那比民居高出不少的台阁飞檐。

谢庸顺着她的视线看过去：“拂尘柄？”

周祈点头：“那就是瑞清观。与净明寺一样，后面就是林子，从这里可以走过去，大约有一里路远近。

“瑞清观与净明寺有嫌隙，定慧来了，抢了观里不少香火。十五晨间，和尚、道士到王十二家送供果儿碰在了一起，道士或许看到或听到了什么，知道了商氏与定慧之约，甚或干脆尾随。”

周祈又道：“单论嫌疑，其实还是王十二嫌疑更大，他人高马大，杀定慧这样身长七尺又不胖的人，还是容易的，但他若抛尸，自家扛着就好，没必要让帮手与他一起抬。

“说到帮手，一块做杀人这种勾当，得是关系极亲近的，比如家里人，但王家单传，他虽名十二，其实是二，老大又早就夭折了。在外人中找‘过命’交情的，恐怕不容易。再说，他不行，其妻与和尚有首尾这种事儿，他怕是也嫌丢人，不愿与外人说。

“最重要的，他若不报官，我们根本不会来查，他只要以其妻与人私奔搪塞过其岳家就好——这借种之法就是其岳母说的，故而想来也能搪塞过去。

“自然，这定慧风流成性，也可能是因旁的风流债惹祸上身，那就只能等我们把现下怀疑的这些都排除掉，再慢慢去寻了。道士为了香火杀人，这缘由虽然勉强了些，但再加上这凶器形状，他们师徒又天然是一伙儿的，不缺帮手——我押就是这帮道士干的。”周祈说着说着，露出赌徒本性来。

周祈还问：“你呢？”

谢庸点头：“我也押是他们。”

吴怀仁看向谢庸，谢少卿这是妇唱夫随？这么快就被周将军带坏了。

谢庸接着道：“在这里没有寻到商氏的尸体，或许他们并没有杀她，而是把她带走了。他们劫持她做什么？”

陈小六道：“王十二说，商氏也去道观‘求过子’……”陈小六脑子里闪过传奇上各种争风吃醋为情疯狂的桥段。

周祈想摁他脑袋，但看看不大干净的手，到底作罢：“若果真是这帮道士劫走了商氏，她现下或许就在道观中，我们去探一探吧。”

谢庸道：“可以。我们毕竟没有硬证据。”

又毁了谢庸一条帕子，周祈把自己的手勉强抹出个手样儿来，又回头嘱咐谢庸：“一定要小心，你伤才好，莫逞强。”

周祈再嘱咐罗启和差捕们：“看着他！”

罗启和差捕们叉手答应着，谢庸无奈地浅笑。

周祈带着陈小六出了林子，上大路往西走，行不足一里，便是瑞清观。道观关着门。陈小六上前叫门。

门打开，一个年轻道士看一眼周祈的官服，略迟疑，却还是道：“敝观修补屋子、油刷神像呢，施主过阵子再来吧。”

周祈笑道：“官府中人，来查访问案的，想问观主几句话。那神像油没油好，不打紧。”

“施主稍等，容我去禀告观主。”道士“咣当”关上了门。

不过片刻，门内传来脚步声，门户大开，从里面迎出来几个道士。为首的是个四五十岁年纪的老道，相貌虽普通，身姿却挺拔，走路步子极大，周祈猜他或许会武。

老道打个问讯："贫道玄诚有礼了。"

周祈也忙还礼，说起客气话，言这庄中王十二之妻商氏失踪，因她崇佛信道，常来道观，故而来问问，打扰道长清修云云……

玄诚笑着把周祈往观里让："这位商施主贫道认得，她从前常来，为的是祈福求子。"

"她得天尊保佑，求子得子，下月就要临盆了，谁想到会突然失踪了？"

"哦？"玄诚皱起眉头。

"八月十五贵观还去给她送过供果儿呢。"

来到堂上坐下，玄诚让人去叫送供果儿的来，又让人奉茶。

过不多时，一个二十多岁的道士来到堂上，对玄诚、周祈行礼。

"这是德贤，请贵人随意问就是。"玄诚道。

周祈便问他遇上净明寺和尚的事儿，问他商氏接了和尚供果儿之后有无异色，除了供果儿，那和尚可曾与商氏授受什么旁的东西。

这德贤比净明寺的小和尚口风严得多，什么都说"没有"，没看出商氏有什么异色，也没看到他们授受什么除了供果之外的东西。

周祈失望地叹口气。

玄诚挥手，德贤行礼退下去。

"听施主的意思，莫不是这商施主失踪与那边净明寺有关？"玄诚问。

周祈点头，微微压低嗓音："这位商娘子，怕就是让一个在寺里挂单的和尚拐走的——甚或，杀了。"

玄诚大吃一惊："出家人，怎能这般凶残？"

周祈点头："两人同时不见了，又都没带盘缠，恐怕是出事儿了。"

玄诚摇摇头："贫道还是不能相信出家人有这般凶残。贫道对净明寺那位师父也略有耳闻，若说淫奔，许是会的，犯下这等凶杀大案——不能。"

周祈叹口气："等过会子我们人手到全了，就开始搜查这附近，荒宅、林子之类，若查过一遍还没有，便也只得以他们一同走了结案——只是某觉得这其中另有蹊跷。"

玄诚点头，看一眼陪侍弟子。

周祈又问这玄诚还知不知道关于净明寺、关于定慧和尚旁的事儿，并问了问王十二郎的事儿。玄诚都说了几句，净明寺还算不错，住持虽不算什么高僧，却是个厚道人，关于定慧，则说他有些"风流名声"，又说王十二郎也是个老实厚道的。

周祈点点头，又问了几句，便谢过玄诚，站起告辞。

玄诚送她出去。

经过大殿，周祈笑道："进了观里来，就这样走了，未免对天尊不敬，我去上炷香吧。"

玄诚笑着相陪。

上过香，周祈仔细端详三清神像："大殿里这是还没开始修呢，是该油一油、漆一漆了，中间这尊的肩膀都有些斑驳了。虽灵不灵不在这个，但世间男女爱看衣装识人，并把这个也套到神佛上，多有见了神像不够堂皇就少敬畏爱信之心的。"

玄诚宣一声道号，笑道："施主此话透彻，故而我们这阵子油一油，上些彩漆，总不好让尊神们神像太过寒酸。顺便把屋顶、院砖也补一补。"

"什么时候再开门纳香客？"

"总要九月中了。"

"贵观也有年头了吧？"

“嗯，二十年多了。”

“想来建观的便是道长？”

“那却不是，是贫道师兄玄明。七八年前师兄羽化而去，贫道才接掌了道观。”

周祈点头，又问起那边儿净明寺是什么时候建寺的。

玄诚笑道：“还要更久一些，有五六十年了。”

周祈接着胡扯，突然听得差捕的喝责声：“都别动！官府办案，妄动者斩！”

玄诚神色一变，周祈不待他动，手中刀已经挥出。玄诚赶忙以手中拂尘相挡，“噹”的一声，那拂尘竟然是铜铁的。周祈的刀崩了个口，而那拂尘则几乎被周祈砍断了。

周祈嘿嘿一笑，第二刀又到。玄诚就地一滚，躲过这一刀，又从靴中抽出匕首来。

大殿门口出现一个熟悉的身影，周祈放下心来，手中刀越发施展开来，两人你来我往十几回合，老奸巨猾到底敌不过年轻不要脸，周祈把刀架在了玄诚的脖子上。

陈小六上前帮着捆绑玄诚。

“朗朗乾坤，天子脚下，贵人们闯入本观动刀动枪，是何道理？”玄诚沉声道。

周祈笑道：“行了，怎么这时候还说这等没用的傻话？”

玄诚绷着脸。

“道长不用琢磨了，你那几个去挪动定慧尸首的弟子已被我们谢少卿拿住了，我与你说人手到全了就搜查林子、荒宅本是个钓鱼计。”

玄诚脸上微现懊悔之色，过了片刻道：“弟子们行了什么错事儿，贫道有管教不严之责，但贵人们却不好把什么都赖到贫道头上。”

“观里一共十几个人，好几个一块儿杀人，你说你不知道？观里关个大活人，你说你不知道？欲盖弥彰地借口修补屋子油刷神像关闭道观不是你的事儿？我说去搜查林子荒宅时你与弟子打的那眼色，眼皮子都快抽筋了吧？”

玄诚大约知道狡辩无用，到底闭上了嘴。

见他未就“关个活人”做辩解，周祈心里又笃定两分。

一个差捕走进来低声与谢庸禀报了些什么，谢庸点头，差捕退下。

谢庸走到周祈身边，问玄诚：“道长是个精明人，事已至此，还是痛快说了吧。你们把商氏关在哪里了？”

玄诚硬声道：“本观何曾关押什么人？贵人问的，贫道不知。”

知他是个不见棺材不落泪的，谢庸让衙差把他带下去。

“咱自己找，就这么个地方，不信还找不着。”周祈笑道。

谢庸点头。

“传奇中，寺庙、道观里的密室、秘道要么在神像之下，要么在和尚道士卧房的夹间或床下，其中大多是在神像下面。”周祈道。

谢庸突然想起初与周祈办那凶宅案时她说的香艳传奇来……

看他嘴角的笑影儿，周祈便猜出他想到了什么，极不要脸地板起面孔：“哎，哎，谢少卿，琢磨什么呢？”

谢庸垂目一笑：“你说的不无道理，若是什么夹间、床下暗道，刚才差捕们应该已然发现了，况且若人关在卧房暗室，倒也不必关了道观，做那欲盖弥彰之举。确实密室机关极可能便在这大殿和偏殿中。”

谢少卿虽话说得有理有据，陈小六还是品出两分纵容来，再见自己老大那翘着尾巴得意的样子，只觉心口一噎，明明午饭没吃，这会子却觉得饱了。这帮子有情男女，能不能注意着些？陈小六又觉得，看谢少卿这样儿，大约这辈子是没法儿逃脱周魔王的魔爪了——都是命啊。

周祈细看大殿中那几座三清神像，绕着转两圈儿，拍一拍，敲一敲，又使蛮力推一推，泥塑的胎子，石头基座，实在不像有什么机关的样子。

正当周祈想纵到神像身上去查看时，一回头却见谢庸在转殿内一根大柱，周祈忙过去帮忙，大柱下竟真的闪出一条斜向下的通道来。

周祈当先跳下，谢庸紧跟其后：“小心些。”

陈小六用火折子点了供桌上的灯烛端着，又招呼一声外面的衙差，也跟了下去。众人走过一段甬路，便见一段石墙、一道木门，木门上挂了锁。周祈刚抬腿，旁边已经先有一条腿踹了上去。

周祈：这已经是他第二回抢这踹门的买卖了吧？

借着陈小六的灯光，可见室内榻上一个蜷缩的身影。

“商娘子？”

妇人惊恐地看着周祈、谢庸等。

“别怕，我们是官府的人，来救你的。”

妇人依旧惊恐地看着他们，没有说话。她长得略单薄，肚腹很大，周祈一颗壮汉心，对上这样的柔弱妇孺，不免添了几分小心。

谢庸和陈小六停住，周祈自己上前：“商娘子？”

大约周祈还算面善，过了半晌，妇人哭出来：“救我，救我……”

周祈轻轻拍她的肩背。

“他们杀了他，他们杀了定慧，那些道士杀人……”

周祈再安抚地拍两下她的肩背：“我们尽知了，你莫怕，道士已经被抓起来了，你没事儿了。”

妇人越发哭起来。

“这里潮湿阴暗，我扶你出去。”周祈扶着商氏的胳膊和腰，慢慢送她走出暗室，来到大殿之上。

八月十五的时候，商氏或许还是个水灵的小妇人，煎熬了这两日，面容虽没大改，精神却坏了，她见了那殿中神像，又开始发抖。周祈扶她出去。

虽是重要人证，又是受害人，但她这样的状况，也不好问询什么，把她送去哪里，又是一个难题。

周祈只好问她自己："你是回王家，还是回娘家？"

商氏一怔，又流下泪来，过了好半晌方道："我对不住十二郎，贵人送我回娘家吧。我娘家就在西边三里外商家河。"

周祈去与谢庸说一声，谢庸点头："让人嘱咐其娘家人好生看待。"又低声补一句，"莫要让她寻了短见。"

观外有围观的庄里人，见商氏出来，无不惊讶，议论一片。周祈护着她，送上从里正家借的车子，让陈小六与两个衙差一同送她回去。

周祈走回观里，谢庸已经让人燃了大灯烛，又下了那暗室，周祈便也跟着下去。谢庸正在查看商氏日用之物。周祈笑问："你是怎么找着这密室机关的？"

"大殿顶上七星斗柄恰指向这根柱子，地上太极图分界之线亦指向这里，柱旁地上尘土微有圆形痕迹，我便试了试。"

周祈恍然大悟，深觉谢庸比自己这假道士还有道根，不过，刚出了这事儿，说谁有"道根"，怎么像骂人呢。

周祈凑近谢庸，那榻旁桌案上放着半碗瓜汤，又有满碗的白米饭和一盘煎豆腐，米饭和豆腐都未曾动过的样子。

"吃食上倒也没虐待商氏。"周祈道。

谢庸点头，又指指那榻上："被褥也还算干净松软。"

"这却是有些怪了……难道真还如小六以为的，这里面有什么男男女女的爱恨纠葛？甚至商氏腹中之子是这里道士的？那未免也太……"

"明日去看看商氏能不能述录口供吧。"

周祈点头，从大烛台上取了一支蜡烛，绕着这暗室四周走一走，四面石壁，挂着不少的旧灰尘，这里断然不是为囚禁商氏新建的。

周祈又回头看看那床榻，这密室中前一个住的是谁？会不会每隔不久，就有一个商氏这样的妇人被关在这里？为了与寺庙争香火杀人确实有些无稽，若是这目的是劫持商氏呢？他们囚禁她，照料她，是为了她，还是为了她腹中胎儿？

谢庸扭头：“想什么呢？”

“我想起各种道士炼药的故事。石钟乳、紫石英、硫黄、硝石这些不算什么，听说有人放婴孩胎衣，说那是阴阳和合之始，以此炼丹，可得先天之气，服之延年益寿。”周祈咳嗽一声，“听说还有用女子经血的，他们以为吃这种丹药可采阴补阳。”

谢庸点头，“嗯”了一声。

周祈自觉是脸皮极厚的，说到这话，还是有些尴尬，却见一向正经的谢庸似坦然得紧，周祈不免有些惊异。

看她那样看自己，谢庸抿一下嘴，轻声道：“阿祈，我略通医术，你知道的……有的事儿，本是自然，倒也不必讳言。”

这般正经的话，周祈却觉得似被他调戏了一般。总是自己调戏他，这回竟然被他调戏了，感觉有点儿怪……

谢庸微笑一下，阿祈真是世上最可爱的小娘子。

周祈再咳嗽一声，正经起脸来：“据说还有拿孩童之心入药的。”

谢庸点头：“他们劫持商氏是何目的，之前是否害过旁人都是我们要查要审的。”

两人在暗室找不到更多线索便出来，走去后面搜查玄诚等道士的屋子。

玄诚居后面正院，看起来似独居其中三间，最侧的耳房放杂物，两边厢房住着弟子们，并没有周祈疑心的丹房。

玄诚的屋子还算讲究，但要说特别，也不特别。一架八扇青绿山水大屏风，刻云纹包铜角的桌案几榻，案上放小铜香炉、笔墨经卷，壁上悬着《海外仙山图》和道家七星剑。

照旧是谢庸查看那些案上的书册经卷，周祈走进卧房去。

榻上青绢帐子、桂布被褥，周祈翻一翻床榻，找出一卷道家采阴补阳男女和合的书来。周祈打开看，其实也普通，东市书肆中这种东西不少。

再打开床榻前小斗柜，柜里放着观内账簿子，又有几个大钱袋，钱袋里装的都是成贯的钱，这观主亲自管账？但是翻遍了，周祈也没有找到什么装丹药的瓶子、罐子。

周祈从玄诚卧房出来，走到谢庸身边。他手边放着《易经》《道德经》《抱朴子》《黄庭经》《紫微术数》和皇历，甚至还有几张符。

周祈拿过《抱朴子》来。《抱朴子》中便有炼丹的部分，但这种道家典籍里没有那种邪术。周祈展开看看，没有什么标记，这书卷也不算旧，估计玄诚并不常看。

谢庸把手中的信递给周祈，周祈接过来看，这是玄诚写给其师兄的，他有一个死了的师兄玄明，这应该是另一个。

看起来玄诚颇敬重这位师兄，光问安便问了一大篇，后面则说两句“观内一切妥帖，勿念”之类的话，后面便是说九月北斗九皇诞节的事儿。显然这玄诚极是重视这九皇诞节，神神道道的，说什么“长生万寿”，甚至还抄了一段祈福经文。信末说要随信带去些新鲜瓜果，不知是不是因置办瓜果，这信才一时未送出去。

周祈从这信中看不出什么机关来，又递还给谢庸：“怎么了？这信有问题？莫非有暗语隐语？”周祈又看一眼那信。

谢庸摇头：“只是稍觉得有些奇怪。看起来他们似颇亲近，却只找到这一封还未送出的，没有旁的往来信件。”

谢庸、周祈又一鼓作气去搜查了其余道士的屋子，在一个叫德义的道士屋里找到一些女子衣物，只是没有定慧那般多；在一个叫德敬的道士房里搜到一瓶丹药，但没有丹炉。周祈和谢庸都于丹药不甚了了，琢磨着回头找御医看看。道士们大多习武，屋内有剑，其所用的拂尘柄要么是铜铁的，要么是极坚硬的木料的，与那勒死定慧的凶器看起来都颇契合，只是不知道是哪一柄。

观后是醮坛，一个颇平常的台子，与城内道观中偶尔见到的没什么不同。

带着人犯，带着证物，谢庸、周祈回到大理寺，已经到了暮鼓时候。崔熠却还在大理寺等他们。

“有大案？怎么样了？”崔熠迎出来。

周祈指指后面的一拉溜：“都逮回来了，慢慢审吧。”

“这些道士干什么了？”

周祈与他说起案情，崔熠听得一惊一乍，又埋怨：“早知道，我就跟你一块儿去城郊了。”

周祈笑问：“你那边如何？”

“嘿，跟咱们之前猜的一样，什么遇上拐子，什么拍一下就如堕云雾半晕不晕的药，都是姊妹俩编出来的。那阿姊与个走街串巷的货郎有情，自知过不得爷娘这关，便串通其妹演了这出。那阿姊与货郎住在东郊，其父已经气急败坏地去寻了。”

崔熠又说那盗窃案也找到了贼赃，知道了贼名，只是还没捉到人。崔熠摇头，依旧对今日没能掺和进这道观案有些遗憾。

“咱们明日一块儿来听审就是了。”周祈笑道。

“也只得如此。”崔熠点头。

谢庸只一笑。

谁想到，当晚大理寺牢中所有道士暴毙。

“从血坠和尸僵看，他们都死于昨晚亥时许。”吴怀仁蹲在玄诚的尸体旁。玄诚歪着脖子倚坐在墙边，双目没有闭上，就那样“瞪”着人，神情似不甘似惊异。

“其左臂、右腿有利刃伤，已经上过药结痂了。另，左肋、后腰有青紫，都不严重。这刀伤与腰肋间青紫应该都是日间捉他的时候留下的。”

周祈点头，那刀伤确实是自己砍的。

“其致命伤是颈后椎骨脱节——也就是俗称的被拧断了脖子。”吴怀仁又道。不只玄诚，其余各间关的十来个道士都是这死法儿。

崔熠看看周祈，又看王寺卿和谢庸，目光又转回到周祈这里：“总是听说‘拧断脖子’，这还是头一回见着……”

周祈左手虚托着，右手朝内捂着，好像捧着个球，猛一提，一拧：“正面就是这样。若背面偷袭要稍微容易些。”

周祈看向王寺卿和谢庸：“‘拧断脖子’用得少，是因为这个又要知道诀窍，又要有力量，还得快，没点儿功夫的人不行。这项技艺当时我刚入禁军的时候学过，但一直没实操过，我或许做不到这个凶手这般干净利落。”

周祈是个野狗粗汉性子，喜欢硬碰硬，喜欢正面交锋，于这种有些“暗”有些“诡”的招式就练得少。

王寺卿眉头皱得越发紧了。

谢庸道：“这招不只瞬息间夺人性命，它还在于伤人于内，凶手不会弄得满身血污，可以干净利落地离开。”

王寺卿回头：“去寻刘昆的人回来了吗？”

差捕摇头。

昨晚是大理寺正刘昆在衙内值宿。据四个昨晚守牢的狱卒供述，约亥正时分，刘寺正领了一个四十余岁高身量蓄短须的男子来，说是京兆府的司法参军佟深，要来问人犯几句话，他手里还拿着少卿谢庸准予提审的凭条手迹。

大理寺提审人犯，需寺卿或少卿手书。狱卒们验看了条子，便让刘寺正和那位佟参军进了牢，因他们要“秘审”，把各牢间的钥匙也给了他们。

大约两盏茶的工夫，他们便出来了，把钥匙还给了狱卒们。天晚了，狱卒们也没再进去查看，直到今晨才发现那些道士皆都暴毙。

晨间一开门，刘昆便出了大理寺——而大理寺阍人则道，昨晚并没有外人出入。那位“佟参军”竟是位高来高去的高人。周祈围绕大理寺绕一圈，在其西墙找到了踏痕。

京兆府确实有位司法参军叫佟深，他也确实四五十岁，但他身量不足七尺，实在算不得高，且他留的是三绺长髯，与狱卒们的描述相去甚远。

听了狱卒们的供述，王寺卿便让人去传唤刘昆、佟深。佟深在京兆府自己的廨房中，一传即至，如今暂被拘在大堂偏厅里。

佟深是个颇板正的人，又是司法参军，如今却被当人犯来审，颇有些遭遇“奇耻大辱”的意思，但看王寺卿等神色凝重，只好把耻辱压下，老老实实回答王寺卿的问题。

虽除其家人奴仆外，无人可为其做证昨晚亥时前后他在家中，但看其神情不似作伪，让狱卒们辨认，狱卒们也说不是他，他那文弱样子，也实在不像能翻大理寺高墙，又在牢里干净利落拧断人脖子的——想来是凶手冒他之名。

谢庸看那张“自己”的凭条手书，字有五六分形似，章子是真的，章子便放在廨房里，锁昨晚被撬开了。

“这是刘昆写的？”周祈问。

谢庸点头：“极可能。他写字捺笔格外重，这张虽是仿我，到底带出些自己的习惯来。”辨认上司字迹，本是官员必备的本事，刘昆也是正经进士及第的读书人，要模仿颇熟悉的上司笔迹蒙骗过狱卒，还是能做到的。

这位刘寺正是个老实人，进士及第十七八年，当这寺正也四五年了，没有什么大功，亦无大过，去州府巡狱从不嫌远挑近，遇见疑难，便报上寺卿和少卿，是个宁可显得“无能”，也要稳妥的——实在很难想象他会干出这等事儿来。

又略等，差捕终于来报，找到刘寺正了——他在家中，上吊死了。

周祈微眯眼睛，果然……

王寺卿面沉如水："子正，你们去验看一下，是自杀还是被人灭口。"

谢庸叉手称"是"，与崔熠、周祈、吴怀仁转身离开。他步子虽大，却依旧稳。

刘昆死在书房。大理寺的人到时，其家人还未发现他吊死，后来又一直有差捕看着，其余人不得近前，除了把尸体从绳索中放下，其余皆保持原样。

刘昆面目肿胀青紫，鼻子微流涕涎，舌尖吐出约半寸，单环形索沟，从颌沿耳向上倾斜，印迹与剪断的绳索相同，下裳有便溺，手足等处已经开始出现血坠。

从尸体看，是明白无误的自缢而死。

桌案上放着研好的墨汁，铺着纸，纸上空无一字，只滴了一滴墨汁。这是要写遗书，到底作罢吗？

刘昆书房的书册查来，也并没什么可疑的。

谢庸等出来问刘昆家人。

刘昆及第晚而成家早，三子一女五孙，除了长子一房不在身边，其余都在。便是其二子接待谢庸等。

"家父回来说值宿有些累，要歇一歇。家母问他可吃过饭了，他说在外面吃过了。他刚进书房，又出来，在堂间坐下，让把几个小的叫来。家父平日便颇疼他们，时常搂在怀里教书教字，我等没做他想，还劝他去躺一躺……"刘家二郎哽咽一声。

刘家三郎红着眼睛问："家父这是怎么了？为何好好儿的，竟然从衙中回来便寻了短见？他昨日还在说重阳登高的事儿，感叹今年重阳，缺家兄他们，不得团聚。"

谢庸等带着刘昆的尸体回到大理寺，终于等到一个好消息，商氏无恙。晨间一得知牢中道士出了事儿，谢庸便急忙让人去城外商家河，这会子他们终于回来了。

商氏看起来比昨日好了一些，眼睛不再似惊慌的小兽一般，但面色依旧苍白。因怕颠了她，差捕们回来得才这般慢。

商氏这副样子，又只是受害人和证人，王寺卿便未正式升堂，而是在偏厅见她，又让谢庸主审，到底他对此事首尾更清楚。尽快审这商氏，取了证词，她也才更安全。

于去净明寺“借种”及与定慧和尚持续私通之事，商氏虽羞愧，说得磕磕绊绊，到底也都说明白了。

谢庸问起八月十五当日的事儿。

八月十五，净明寺送供果儿的小和尚送去一片树叶子。因商氏怀了身孕，怕进寺冲撞了菩萨，故而这几个月她与定慧都是在寺后树林中相见的。商氏一见这叶子，便明白是定慧相约。

她与王十二郎扯了个谎，便去了寺后树林。过不多时，定慧便到了。

“我们刚说几句话，”商氏脸上现出惊恐的神色，她抱着微微发抖的肩膀，“便见林中走来四个瑞清观的道士，他们嬉笑，说这回可算让他们拿住了，定要让定慧请吃酒才算完。定慧说，吃酒简单，他也攒了几个钱，地方任几位师兄挑。本来话说得好好儿的，有个道士突然用拂尘杆子勒住了定慧。我刚要叫，嘴却也被他们捂住。他们绑了我往道观去，那会儿定慧已经翻了眼睛，不行了……”商氏捂着嘴，呜呜地哭起来。

谢庸微叹一口气：“你到了道观之后呢？”

“我们从后门进去，到了前殿。他们转那柱子，下面竟然露出地道来。他们把我关在了那里，说让我老老实实的，不然定慧就是我的下场，又说等过些日子，定慧的事儿风声过了，便放了我。”

“再无其他？”

商氏点头。

“你之前与瑞清观中的道士可有什么牵连？”

商氏忙摇头：“奴虽与定慧……但奴不是那等随性的人。十二郎是个憨的，却是个好人，奴本已认命跟着他了，谁知又出了求子这事儿，定慧又实在……实在好……奴既认定了他，怎会再与道士们有牵连？定慧到底是佛家人，我怕十二郎说出去，或去找他闹，便每每推托说去了道观，没怀上孩儿时，也时常去观里拜一拜，但与道士没有什么。”

谢庸点头，突然问：“那瑞清观是何时修建的，你可知道？”

王寺卿看谢庸一眼，周祈亦若有所思地看看他。

“那道观是奴出生那一年二月修的，奴是三月生人，今年实岁二十了。当初奴家阿娘听说新建了道观，还去观里给奴求了平安符。”

谢庸微皱眉，点点头，看向王寺卿。王寺卿点头，谢庸便使人把证词拿去让商氏画押，又安排人把她送回家去。

面前摆着一摞子尸格，摆着佟深、刘昆之子、狱卒、商氏等人的供证之词，王寺卿长叹一口气，看着谢庸、崔熠、周祈年轻的脸，张张嘴，又闭上，到底只是道：“此事还是得从道观查起。回头复勘一下瑞清观吧。”

谢庸、崔熠、周祈都站起叉手称“是”。

“谨慎、小心，莫要莽撞。”王寺卿嘱咐。

三人再称“是”。

王寺卿从偏厅慢慢走回自己的廨房，秋风吹动他的袍子角儿，两片梧桐叶飘落脚下，王寺卿抬头看看，这是要变天了啊。

晚间的时候，谢庸与周祈说出类似的话：“阿祈，怕是要出事儿了。”

晚饭周祈照旧是在谢家蹭的。吃过饭，周祈喝着唐伯专给她煮的桂花糖乳茶，与谢庸闲坐说话。

 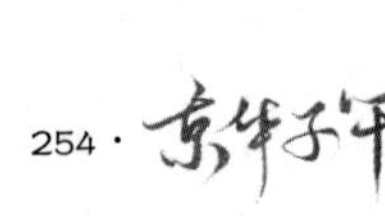

谢庸拿出周祈的画像来接着着色。周祈笑道：“我看这幅画儿得画到冬天去了，说不定得过了元正才能画完。”

谢庸微笑：“快画好了。原先总不急，拖拖拉拉地画着……”

周祈看他一眼，如今急了——

谢庸也抬眼看她，过了半晌，谢庸放下笔：“阿祈，怕是要出事儿了。”

周祈点头。

“我疑心此案与二十年前那桩大案有关，甚至与我们前阵子办的骊山瑞元观一案也有关联。瑞元观、瑞清观，还有瑞元观观主极推崇的那位玄微真人所在的祥庆观都要么建于大业三十年年底，要么建于三十一年年初；三位观主玄阳、玄诚、玄微……虽则‘玄’是道士道号常用字，但还是未免太巧了些；玄诚写的信中提到随奉瓜果，王家庄一带是瓜果之乡，若这瓜果不是暗语，就是实指吃食的话——那么这位‘师兄’当住得不很远，不然瓜果就该坏了。”

“你的意思是，玄诚的这位‘师兄’就是祥庆观的玄微？”

谢庸点头：“二十年前瑞元观出事儿，这样的灭族大案，县令为何竟敢压下来，将告状者打伤？第二日这告状者又不明不白地死了。仅仅因为收受道士贿赂？还有这次的瑞清观，谁人竟能逼迫大理寺正去大理寺牢中杀人灭口？还有那狐狸丹书，这般轻巧地就送到了皇帝面前，当初王寺卿问起，皇帝顾左右而言他，岔了过去……”

“也就是说，这几所道观和紫云台一样，或许都是‘敕造’的？”周祈轻声道，“那么骊山瑞元观灭人全族还有这瑞清观绑架孕妇又是谁主使的？”

二十年前是不是发生过与当下一样的事儿？绑架商氏是否只是这大案的一个小角儿，还会有更可怕的事儿发生？当年太子和那些大臣又是为什么死的？继续追查下去，自己、谢庸，甚至崔熠、王寺卿，会不会步太子和那些大臣的后尘？

周祈又想到自己的身世，我是谁？我与二十年前那些故去的人有何关系？我为何活了下来？

谢庸上前搂住她，如同哄小童一样，轻拍她略显单薄的后背。

周祈也搂住谢庸的腰，头埋在他肩颈处。过了片刻，周祈抬头，脸上露出笑来："老天不会总站在坏蛋一边儿的吧？"

谢庸也露出笑来："嗯。"

周祈又把脸埋回去，又过了一会儿："阿庸，我怎么觉得你身上的味儿跟胐胐有些像呢？"

谢庸抬起袖子闻闻："没味儿啊。"

"有——"周祈用手扒开他领口儿，凑过脸去。谢庸有些无奈地笑了。

周祈皱着鼻子闻一闻，突然张嘴咬在他的锁骨上。谢庸放在周祈腰间的手一紧。周祈舌尖轻舐，谢庸屏住呼吸，身体亦不由得绷住。周祈奸计得逞，伏在他的怀里笑起来。

谢庸再次无奈地笑了，双臂拥着她，下巴微扬，放在她头顶上，用下巴蹭她的头发。

周祈恋恋不舍地笑道："走吧，送我回去吧。不然我都不想走了。"

谢庸抿着嘴角含笑看她，周祈挑起眉毛。

谢庸却正经起来，温柔地道："我们一定能成亲的，阿祈。"

周祈点点头，牵着谢庸的手，微微晃荡着往外走。她又懒，不愿绕大门，直接从西跨院翻了过去。

"哎，明早等我吃饭。"她扒着墙头儿，如传奇中狐仙娘子一样露出一张美人面。

"嗯。"谢庸笑着点头。

美人面隐去了。

谢庸微笑着往回走。今夜月亮虽还算亮，星星却也不少，谢庸仰头，目光落在天际某处，不由得眯起眼睛。

周祈走到屋门前，突然觉得有些异样，如同兽类闻到风里的腥气，周祈把右手搭在腰间刀柄上，左手推门——

“阿周，你回来了。”火折子擦亮，点燃了灯烛，烛光中几张熟悉的脸。

“哟！是两位哥哥，还有兄弟们。什么风儿把你们吹来了？不会是讨要上回我输给你那一坛子梨花白吧？”周祈笑道。

午支长蔡良阴沉的长脸上挂了一丝笑：“别让哥哥们为难，阿周，我们也是听命办事儿。若你能平平安安闯过这一劫，哥哥请你喝梨花白，管够。”

周祈的手握紧剑柄，笑道：“看在自己人的分儿上，哥哥们总得让我当个明白鬼吧。我这是犯了什么事儿了？”

“你管闲事儿太多了，阿周。”未支长屈通略带惋惜地道。

周祈看一眼蔡良微翘的小胡子：“大理寺牢里那帮子道士是哥哥亲自下的手，还是二位遣手下人做的？”

蔡良和屈通都没说话。

“到底是哥哥们，我就没那利落手法。我这种莽人，只能动刀——”周祈“噹啷”一声拽出腰间的刀来。

其余几个午支未支的人也都拽出刀来，外面院子里亦围上来几个，蔡良把手里的“敕”字铜牌轻轻放在案上：“阿周，你可要想好了，违抗敕令，惹得天颜震怒，不只你，与你走得近的都得遭殃。谢少卿、崔少尹——崔少尹有长公主保着，那谢少卿呢？还有你那帮亥支的兄弟……”

周祈把腰间刀鞘也摘下来，与刀一同扔在门边儿，有些恨恨地道：“这把破刀当时花了我好几万钱，刀名是凶兽‘梼杌’，卖刀的也说这是把凶刀，我贪它锋利买了。这才用了几天？果真凶，大凶……”

午支未支的人把刀也都插了回去，听她这么说，有两个不自觉地看那把凶刀。

“欠那坛子梨花白不白欠，我柜中有几把好刀剑，两位哥哥自家选称手的吧——反正我也不一定用得着了。趁着这工夫，我去换上正经官服，走也得走得体面些……”

“阿周，莫耍心机了。”蔡良淡淡地道。

“你们看着我换！”周祈一笑，“反正大伙儿光穿个衫裤一块儿蹴鞠的时候也不是没有过。”

听她说起过往，蔡良面色缓了缓。午、未两支共同负责京畿僧道诸教事宜，午为主，未为副，屈通一向听蔡良的。见蔡良有通融之意，屈通又着实有些馋周祈那些刀剑，便对身后的人点了下头，出来四个随周祈进内室换衣。

周祈走进内室，从柜中拿出官服，抖一抖让他们验看过，脱了外袍换上，又从榻下抻出一双革靴，把脚上的胡式便鞋换下来。换好衣服，周祈并不拖拉，走出了内室。

屈通上前亲自把她的手在后面绑了：“走吧。”

周祈走出开化坊的时候，谢庸正对着京畿舆图出神。

在长安城东北约六十里处是骊山宝瓶谷。宝瓶谷、大明宫北的紫云台、修祥坊的祥庆观，从舆图中看几乎在一条线上，而从紫云台到修祥坊十二三里——帝星与北斗之天枢星，天枢星与天璇星之间的距离大约也是五对一，这三星也大约在一条线上。而瑞清观所在的城西北王家庄恰是天玑星的位置。

谢庸又想起瑞清观大殿中那指着密室的斗柄，瑞元观中随处可见的北斗图。他把手指沿着城西王家庄的位置往东北一些，点了点，再折向西北，又点了点……

谢庸睡得极晚，醒得却早。晨间在院中练了一趟剑，又回屋拿出舆图来看了一会子，晨钟才敲响。

唐伯来问："周将军昨日马没骑走，今日来用朝食吧？等一等周将军还是大郎你去叫她？"

估计周祈昨晚睡得也不好，故而今日起得迟了，谢庸有心让她多睡一会儿："给她热着吧，反正她那里不用点卯。"

唐伯一笑，大郎会心疼人了……

胡乱喝了一碗粥，吃了个蛋饼，谢庸便不吃了，收拾好，带着罗启出门。

沿着小曲往西行，如同每日一样，谢庸看向那两扇熟悉的木门。他脸上温柔的笑意凝住——那门锁耷拉着。

谢庸从马上跳下来，两步来到门前，手有些抖地碰了碰那耷拉着的锁，又看另一侧被拽坏的门鼻子。谢庸微闭一下眼，推门走进去。

院中没有血，没有打斗的痕迹，谢庸微屏着呼吸，带着些希望地推开堂屋的门："阿祈——"

谢庸看到了那开着的刀剑柜……

谢庸的唇紧紧地抿着，快步走进内室。床上帷帘捆着，被子随意折着，如周祈总是能倚着就倚着、能歪着就歪着的懒骨头一样。被子上扔着周祈昨日穿的胡服外袍，床边放着一双麂皮尖头胡式便鞋。

谢庸走去拿起那外袍看一看，并没有伤痕血迹，又走去掀开她放衣服的柜子，里面有些乱，略翻一翻，是官服，官服不在。

故而，她昨晚还没入睡便被带走了，或许是刚回来便被带走了。她没有动手，还从从容容地换上了官服——谢庸想起自尽的刘寺正来。

是谁带走了周祈呼之欲出，而周祈为何这样老老实实跟他们走，谢庸也大致能猜到。

谢庸眼睛有些泛红，他紧紧地咬着牙，在屋里接着搜寻起来，然而并未发现周祈留下的什么信息——想也知道，那些人对她是怎么严密防备的。

谢庸带着罗启离开。

到了大理寺，谢庸见了王寺卿并未提周祈失踪之事，只是说接着去复勘瑞清观。

王寺卿昨晚应是也没睡好，眼下皮肤褶皱堆积着，老态越发明显。

“小心些。”王寺卿嘱咐。

谢庸看着他，略沉吟，到底只是叉手称“是”。

谢庸带着罗启先去西市旁的里坊走了一趟，等他们出来时已是换了模样，变成了两个大胡子胡商。

看并无人跟踪，两人出金光门往西北而去。

谢庸在依旧封着的瑞清观前经过，没有停留，出了庄子折向东北。又经过两个小村庄，行了约十里，在一个叫宋家渠的地方停住。

谢庸敲开一户人家的门，讨碗水喝。

老丈打量谢庸，谢庸客气地一揖。老丈又看一眼后面的罗启，罗启憨憨地一笑。老丈点头：“进来吧。”

老妪正在院子里晒枣子，听说是过路客人讨水喝，便去拿瓢舀了满满一瓢水出来。

谢庸谢过老妪，接了瓢咕咚咕咚喝起来，自己喝罢，又递给罗启。

谢庸拿袖子抹下嘴：“府上这水真是甘甜。”

听客人夸，老丈笑道：“咱们这里是出名的水多水好，村北的渠子连着泾河，早年都没断过水。地下汲的井水也好，做豆腐格外香嫩。”

谢庸点头：“人杰地灵的好地方。听说附近还有个极灵验的道观？”

“道观倒是有一个，就在村北，灵不灵验的——”

老妪接口道：“灵！我求了签子说今年年成好，你看年成多好。”

老丈没接老妪的话，转而问谢庸：“难道客人是专从城里来烧香的？”

谢庸叹口气，眉宇间带着郁色：“也是病急乱投医吧。前两日内人出门，至今未归，不知是不是让人拐了去。听说这边有间灵验的道观，想让道士帮着卜上一卜，看去哪边儿寻。”

听说他娘子被拐走了，老丈和老妪脸上都现出怜悯的神色来。

“这些该死的拐子。每年不知多少人家让他们害得家破人亡。”

老丈和老妪都点头，老丈说起七八年前庄子里有个孩子被拐走，他娘疼得投了水，他阿爷成日吃酒，也跌到渠子里淹死了，可不就是家破人亡吗？

老妪道：“我看罗家两口子八成是让水鬼拿了替身。”

老丈瞪老妪一眼：“什么水鬼？咱们这儿可不闹鬼。”

老妪撇嘴：“怎么不闹鬼？我刚嫁来这庄子那年，是不是就淹死一个张家的小娘子？过不几年穆家一个半大小子也淹死了。就修吉安观那年，村北坑子里一气儿淹死了八九个小孩，还是那吉安观的道士说那个地方邪气重，让把那坑子填了，在上面建了观，人才死得少点儿了……”

老丈与谢庸解释道：“咱们这儿的水好是好，可水多了，夏天沟沟渠渠都满了，就容易出事儿。其实淹死的都是不小心的。哪有什么水鬼？客人莫听妇人胡说。”

谢庸点头：“刚才说的这吉安观便是那间灵验道观吗？它是什么时候修的？”

老丈皱着眉算一算：“总有二十年了。”

谢庸和罗启从老夫妇家出来，骑马往北走，果然在庄子边角儿上寻到了那间吉安观。

看起来吉安观比瑞清观还要大一些，观门开着，一个小道士倚在门口打盹儿。谢庸和罗启走过去。

小道士醒来，甩着拂尘笑迎他们进观。

来到大殿上，谢庸上了香，施了功德钱，又去偏殿抽了签子，听了几句奉承话儿，便如大多香客一样，与罗启在观内走走转转。

看完前殿，往后面去，在快到后门的地方，谢庸看到了熟悉的东西——醮坛。

看谢庸打量那醮坛，小道士赔笑道：“就是个台子，打醮的时候倒也热闹，这会子却没什么看头。等十月十五下元日，观里打解厄大醮，施主们来看吧。”

“九月初不是也有个什么节吗？不做道场？”

小道士再赔笑：“往年倒是做九皇诞节道场，可观主说今年就不打大醮了，只我们观里自家念念经。”

谢庸不甚在意地点点头，抬下巴指指小松林中几间屋宇：“那是做什么的？”

小道士的神色略显紧张：“放些观里没用的杂物。”

谢庸看一眼那列如星斗的松树，点点头，又转回前面大殿去。

出了这吉安观，谢庸带着罗启往西北去，寻“玉衡”位置上的道观，又打听附近有无失踪的人。

从发现周祈出事儿，罗启便满脑子要问的，却一直忍着，此时到底忍不住问出来：“阿郎，这道士们是要做什么？”

“许是祭祀。”谢庸看一眼新寻到的福明观后露出的醮坛。

罗启略睁大眼睛。

那福明观因“修补神像”关了观，谢庸不得进去刺探。他们亦未打听到附近村庄有人失踪。

天擦黑时，谢庸带着罗启回到宋家渠，在吉安观外埋伏下来。

起更了，月亮还未升起，只有星光闪耀。谢庸和罗启绕到观后，从后墙翻入，行不几步，便是那小松林，松林小屋中有灯光。

谢庸与罗启悄悄伏在窗外。

“咱们真是多余在这里守着，她还能跑了不成？”一个听起来颇年轻的声音道。

一个年长些的声音："瑞清观那边出了事儿，今日观里还来了两个生人，来生人虽是常事……嗐，师父一向胆小。左右也不过守这么几天，守就守吧。"

"瑞清观那边——真是没法儿说他们，跟咱们还有福明观他们一样去穷乡僻壤买一个多好。非得吃窝边草，出事儿了吧？"

"他们还不是为了跟旁边那和尚寺置气？"

"结果把自己置进官府去了……哎！师兄，"年轻的声音压低一些，"到时候真的——"另一个没说话。

"真的啊？"压低的声音微扬。

"这算点什么事儿？咱们师父是个顶心慈手软的，咱们当初建观的时候……再看看骊山瑞元观那边……"年长的声音又打住。

"咱们怎么了？瑞元观怎么了？师兄你又说半截儿藏半截儿。"

"左右不过那么回事儿，有什么好说的？反正都是为了上头。"

"上头是谁？为了上头什么？"

"你哪来那么些要问的？"那位师兄有些不耐烦。

年轻道士赶忙赔不是。

"师兄"语气缓和下来，过了半晌道："我听师父念过几句谶：'土木逢，紫微宫，雨蔽车，引鸿蒙；生于死，死于生，添福寿，换枯荣。'"

过了片刻，年轻道士道："不明白……"

"师兄"嗤笑："连你都懂，还叫什么谶语？"

"师兄你懂？"

"师兄"略带得意的声音："今年便是土木双星相逢之年，再想想九月初的时候会有何天象——"

"还是不懂……就是觉得这是个大事儿。"

"可不是大事儿吗？本朝再没有过的大祭……""师兄"的声音低

得几乎听不清。

又过了半晌，那师兄道："我躺会儿，你守着吧。"

谢庸、罗启悄悄离开。

第二日，谢庸没继续带着罗启去寻剩下"开阳""摇光"位置上的道观，反而回了城。

进了长安城，谢庸没去大理寺，没回家，也没去修祥坊祥庆观，反而径直骑马往南走，罗启很是疑惑，也只得打马跟随。

谢庸行到长寿坊便往东拐，一直走到最东边儿乐游原上的新昌坊。

秋高气爽，虽不是什么节庆，时候也还早，乐游原上已经可见游人了，小贩儿们也早早地来了，葱花鸡蛋饼的香、糖炒栗子的甜与寺庙道观的香火气混在一起，是大家最熟悉的乐游原的味道。

乐游原上，寺庙以青龙寺为首，道观则玉清观最大。玉清观供奉的是南极长生大帝，观里还供着长生大帝下面司命、司禄、延寿、益算等南斗六星君。福禄寿喜样样供在人心窝子上，故而一年四时来求拜的人不断。

谢庸与罗启在玉清观前下马，进了道观，来到大殿后的长生楼前。这是座九层高楼，为北周武帝时候所建，极是轩昂壮观，与已经焚毁的东都永宁寺塔也差不了多少。不只百姓，便是皇帝们，本朝太宗、高宗，前朝文帝、炀帝都曾来此登高祈福。

几个道士正领着一群匠人修饬长生楼，给楼身刷桐油，重描雕檐斗拱，并给楼内神像添漆绘彩。

"道长，重阳节前能修完吗？"一个善信问。

道士笑道："能，耽误不了施主们登高。我们是从上层修下来的。"

谢庸目光扫过那些道士和匠人，又仰头看看这座矗立了二百年的高楼，便与罗启走开。他们在观内略转一转，又走回前殿去，南极长生大帝俯视芸芸众生，庄重而慈祥，司命、司禄、延寿诸星君亦是神祇该有的样子。

游人越发多起来，谢庸和罗启逆着人流走出道观。

“阿郎，咱们现在去哪儿？”罗启问。

“先回家吧。”

谢庸虽忙，却极少夜里不回家。见他回来了，唐伯悬着的心放下：“大郎、阿启，你们吃饭没有？”

上次吃饭还是昨日早晨在家吃的那一顿，唐伯不问，谢庸竟然没觉得饿。

听说都这个时候了他们还没用朝食，唐伯赶紧去忙活。

谢庸叫住罗启、霍英，将身契还给他们。本来看他们似对从军颇有兴趣，想着找时机送他们去军中历练，凭他们本事，或许也能得个一官半职，如今也只得放下了。

罗、霍二人皆大惊：“阿郎——”

“此案与二十年前太子旧案有关，周将军失踪了，我恐怕也不能全身而退，你们再跟着我无益，都远远地走了吧。走之前，送唐伯回汧阳，莫要告诉老人家这些，就说我想在老家买屋置地攒家业，让老人家帮着操持。”

唐伯本便不是谢家奴仆，只是旧相识，他没有儿孙，县学散了，谢庸便接了他在身边养老，如今却也是不能了。

罗、霍二人互视一眼，又都把身契递还：“咱们水里火里都跟着阿郎。”

罗启补一句：“那年在奴隶商人手里，我得了疟疾病得要死，若不是阿郎，我如今早是烂骨头了。我的命本就是阿郎的。”

谢庸看罗启，罗启犟头似的回看他。谢庸又看霍英，霍英更简单：“我不走！”

过了片刻，谢庸道：“身契都自家收起来。若我坏了事儿，你们莫要硬拼。有你们在，逢年过节我和周将军还能有人供碗汤水。”

罗启和霍英都一脸凄然，事情真会坏到那般地步吗？

吃过饭，谢庸取了俸钱匣子出来，按与罗启、霍英说的那样与唐伯说，安排他离开。

唐伯面色一变。

谢庸微笑一下："让阿英送您回去。田宅你拣着您看中的买就好，先不必办公契。"

"大郎，你说实话，是不是出事儿了？"

谢庸微笑道："没有，您别多想。就是想攒点家底儿了，以后我和周将军成亲，有子孙后代，总要给他们在家乡留点祖业田。"

唐伯深深地看一眼谢庸，点点头："我不给你添乱，我这把老骨头，能给你守住孩子们的祖业田。"

谢庸轻轻地"嗯"了一声："保重您自己。"

处理完了家事儿，谢庸依旧乔装了带罗启出门。他们在永福坊"百孙院"某所大宅门前转了两圈儿，便去坊里一家茶肆喝茶。过了不久，便有人来搭讪，那人袖中露出淮阴郡王府的牌子来。

又辗转一番，谢庸才得与淮阴郡王在一间静室内对面而坐。

淮阴郡王比谢庸略大三两岁，是个虽俊秀却略带愁苦相的年轻人。

谢庸看着淮阴郡王："大王听说城外瑞清观的事儿了吗？"

淮阴郡王点点头："周将军应该是被关在蒋丰那里了。"

谢庸想不到淮阴郡王说话这般直接。

淮阴郡王苦笑一下："谢少卿是君子，若那等稍微奸一些的，怎么也要以上回回鹘神鹰的事儿开场……谢少卿不以某愚钝，亲身来找，某也不好意思绕来绕去。"

"她——无碍吧？"谢庸到底忍不住问。

"蒋丰那里严得针插不进，周将军如何，某不得而知。"

谢庸点头，他捏着茶盏的指尖因用力而有些微微发白，声音却极平静："多谢大王告知。某此来固然为打听周将军，却也还有旁的事儿与大王说——不知于当年令尊获罪的事儿，大王知道多少？"

"先父反对修建紫云台，并于大业三十一年九月初九与左威卫大将军高臻带兵围了紫云台，当时圣驾和太史令陈先在台上，高臻所带的南衙禁军与北衙禁军对战台下。圣人出面，先父才罢兵。当晚先父便下了狱，秦国公、高大将军、周仆射、方尚书等许多官员被抄家。"

谢庸道："令尊反对的不是修建紫云台，而是紫云台上的祈福寿大祭。皇帝为祈长生，于紫云台外，在城内外又按北斗之状，建了祥庆观、瑞清观、吉安观等六所道观，并在骊山宝瓶谷'帝星'的位置修了瑞元观。每所道观修建时，都有'血祭'，其中又以瑞元观血祭最'隆重'，几乎灭了聚族而居的涂氏满门。"

淮阴郡王神色一变，抿紧了嘴角儿。

"他们又擒有孕妇人关押于北斗诸观，要于九月九日取其腹中子醮坛献祭，至于如何祭法儿，某不得而知。"

淮阴郡王的嘴角儿抿得越发紧了。

"'土木逢，紫微宫，雨蔽车，引鸿蒙；生于死，死于生，添福寿，换枯荣。'这便是那祭祀的谶语。大业三十一年是土木双星相逢之年，而每年的九月上旬，北天紫微宫都有星陨，只是有的年份稀些，有的年份密些。二十年前九月的那场星陨其大如雨，遮蔽了北斗——斗者，天帝之车也。《度人经》中说，'北斗注死'，这谶语中的'生于死'，大约就是取新生子祭于注死之北斗的意思。"

淮阴郡王微叹一口气："这么说，当年先父是为这些无辜妇孺请命才不得不兵围紫云台的？"

"不，不只。除了'生于死'，还有'死于生'。这是本朝从未有过的大祭。"

淮阴郡王看着谢庸。

“今天某去了玉清观，长生楼正在刷桐油。刷桐油是为防雨防虫，春天刷才相宜。”

淮阴郡王面上微现疑惑，突然他脸色一变：“你是说——”

“‘北斗注死，南斗注生。’玉清观中供奉南极长生大帝和南斗六星君，这‘死于生’或是在此处的另一场大祭。九月九日游人如织，长生楼高几十丈，登高之人许能近千，桐油易燃，桐油烟有毒，桐油防水，这刷了桐油的木塔楼若是失火，估计楼上无人能幸免。若是连着其余房屋，再有挤踏，死伤就更多了。”谢庸正色看着淮阴郡王，“当年太子是为这些无辜百姓请命才不得不兵围紫云台的，他不是什么逆臣贼子，他是有担当、有良知的储君。”

淮阴郡王眼睛微红，点点头。

过了片刻，淮阴郡王又叹一口气，脸上露出有些无奈的笑来：“某大约知道少卿的来意了。先人如此有节有义有担当，某若是再龟缩着，似乎——”

淮阴郡王端肃起脸来：“少卿有何让某做的，尽管讲来。某定竭尽所能。”他的脸虽还是那张略带愁苦的脸，神情却沉稳、果敢，可以让人遥想二十年前那位储君的风度。

“当年有左威卫高大将军，不知道大王是否也认得这么一位禁军首领？”

淮阴郡王点头，想了想，道：“我去试试，毕竟是抄家灭门的事儿，不敢说就能成功。”说到抄家灭门，淮阴郡王面色微黯。

“我们当避免事成后如当年那样杀身成仁、舍生取义。”

淮阴郡王抬眼盯着谢庸，透露出大逆不道之意的谢庸神色依旧平静。淮阴郡王咽口唾沫，半晌，点头。

“故而，还需得到朝中支持。”谢庸道。

辞别淮阴郡王，谢庸与罗启走在街上。秋日午后的阳光透过树叶

缝隙洒在路上、车马上、行人的脸上，这时候若阿祈在，估计要伸个懒腰，盘算喝桂花牛乳配什么甜糕吃了。

如果只是阿祈出事儿，自己要么闯宫，要么丹陛前陈情，救不了她便陪她一同去，万不敢牵扯这么许多人进来，但这不是阿祈一个人的事儿，这是上千百姓的性命。

十七日，周祈去城西北王家庄查商氏失踪案，发现和尚定慧被杀，与谢庸查抄了瑞清观；晚间羁押在大理寺的瑞清观道士被灭口。

十八日，大理寺正刘昆自尽；晚间周祈在自家宅中被带走。

十九日，谢庸在城西北找到吉安观和福明观，确认北斗猜想，并听得大祭谶语。

二十日，访玉清观，发现道士在“修饬”长生楼。

不过短短几日，此案由一宗不起眼的失踪案成为一宗惊天大案。

二十一日是常参朝会的日子。常参朝会通常都是走过场，所谓“临朝不决事，有司所奏，惟辞见而已”，但今日不同——御史汪筹参奏大理寺署治不严，大理寺少卿谢庸玩忽职守，致使多名在押嫌犯被杀，皇帝怒，当即便要将谢庸拿办下狱。

王寺卿免冠谢罪，为谢庸陈情，李相直言此罚太过，褚相、刑部赵尚书、吏部徐侍郎，甚至御史台庞中丞都认为还应再斟酌，京兆少尹崔熠更是嚷嚷起来，被皇帝差禁军把他赶了出去。皇帝虽怒，到底顾虑大臣们，最终免去了谢庸的牢狱之苦，把他夺职罢官了事。

崔熠在宫外气哼哼又担忧地等着，看见谢庸随其他大臣一起走出来，忙迎上去：“没事儿吧？没事儿吧？”

谢庸点头，神色与平常一般无二：“没事儿。”

徐侍郎有些探究地看一眼谢庸，到底只是笑一下：“今日才知子正气度，当真宠辱不惊。”

谢庸再次谢过他，徐侍郎摆摆手走了，其余诸官员也都走了，谢庸和崔熠亦上马，慢慢往南走。

“这是怎么了？那姓汪的疯犬疯了吗？这样乱吠！还有圣人……”

谢庸抿抿嘴。

不待他说什么，崔熠接着问：“还有你们，十八日咱们一块儿查完案，十九你跟阿周单独去了哪里？我去那瑞清观，也没见到你们。昨日休沐，我差人去找你们，你们又不在……”

谢庸看向崔熠，有些犹豫。

崔熠声音沉下来：“怎么了？”

“御史台一向规矩大，侍御史汪筹对大理寺、对我的参劾，庞中丞却似乎并不知情。是谁让这位汪御史坏了规矩？他又是如何得知道士之死的？因案情尚不明朗，此案并未报与御史台。”

那些道士死得蹊跷，皇帝如今又这般做派，简直不言而明。崔熠脸色越发难看起来。

“显明，阿祈出事儿了。”谢庸轻声道。

“啊？”崔熠扭头，瞪大眼睛。

路上不是说话的地方，到了开化坊谢宅，谢庸才把事情跟他说了：“阿祈应该不只是因为查案才被带走的，我疑心她是当年大祭幸存的孩子。”

崔熠静静地坐在榻上，半晌没动地方。

唐伯不在，罗启煮了茶送上来，不知怎么煮的，有些煳味儿。谢庸把煳茶给崔熠倒上一盏，自己也倒一盏，端着慢慢吃。

“圣人竟然为了那虚无缥缈的事儿，要杀这么多人命……还有阿周，她竟然……”崔熠眼圈儿有些发红。

崔熠突然站起来：“我去找圣人——”

“显明！”

崔熠看看谢庸，颓然坐下，又过了半晌：“我去找他有何用？他连太子都杀，已是为了长生，没了人心了。老谢，你有什么打算？”

“显明，此事我确实已有打算，但暂时不好与你说。你要想清楚，若事败，长公主、令尊令堂，甚至崔氏近支都会被连累。”

崔熠紧紧地抿着嘴。

“你想一想，此事我们稍后再说。”

谢庸诸臣出来时，李相、王寺卿等几个高官留在宫里议事。估摸着他们从宫里出来了，谢庸去王府拜望。

谁想王寺卿留下话来，说若他来了，便径直去李相府上。

谢庸到时，两个老翁正在下棋。谢庸施了礼，在旁边榻上坐下，静静喝茶。

过了片刻，王寺卿掷了子，叹一口气：“不是险败，就是惨赢。”

李相慢慢把子捡到陶罐里：“这种玲珑棋局便是这样的狗鬼杀局，不破就不立，没什么万全的办法。”

谢庸看一眼那棋盘上的残子，又垂下眼帘。

“说吧，查到什么？”李相问。

谢庸再次一五一十地将此案叙述了一遍。

听他说道观按七星排布，说“生于死”，李相和王寺卿的脸上都闪过一丝讶然，待他说出谶语，又说乐游原玉清观长生楼的事儿，两个老翁却都只点点头。

“如此便都串起来了，我也懂了，当年为何除了紫云台，玉清观也有禁军械斗。”李相道。

“二十年前事发时，先父过世，我正在丁忧。听说京里出了事儿，我急急回来，那些最知道根底儿的，却已是都没了。”李相停顿一下，“我从流放、贬官的人那里略打听到一些，但于许多事儿，这么些年始终没想通。”

“也难怪太子他们不说，皇帝杀民祈寿——这怎么能让人知道？传扬出去，李唐气数也就尽了！”李相摁在榻上的手露出青筋。

“于江阳郡公太史令陈先，二公怎么看？”谢庸问。

“皇帝身边道士来来去去不断，但二十年如一日宠信的只有他。他虽是正经科举及第的，却善观星占卜推演之术，当年又在紫云台上，这些年也常去紫云台观星，他应当便是那施术之人。”李相道。

“但这些年陈先并无旁的劣迹露出，亦不爱在朝政上多口舌，多年深居简出，与那些妖道并不相类，甚至很有几分出世高人不恋凡俗的意思——去岁其子身故，白发人送黑发人这样的伤心事儿，听说他也只是念了一回经便自回静室去了。若非证据当前，实在想不到这位太史令会帮皇帝行此邪术。”王寺卿道。

谢庸点点头，又请教周祈的事儿：“干支卫周将军于十八日晚被人从她宅中带走了。周将军功夫极好，人也聪敏，她没做反抗，是换了官服与人走的。她大业三十一年出生，出生时日不详，只知道大约在秋天。大将军蒋丰将才出生不久的她抱入宫中，交给一位韩姓老妪收养，但她却跟着一个大宫女姓周。”

不只李相，便是王寺卿也是才知道周祈是蒋丰在她婴孩时抱入宫中的。王寺卿还有些茫然，李相已是叹息道：“那我大约知道这孩子是谁了，礼部侍郎杨靖之女。”

谢庸看他。

“这周，大概是从了母姓，安平的夫人是周仆射独生爱女。安平子嗣上艰难，三十了，夫人才怀了这一胎……”

“某听说过这位杨侍郎，弘农杨氏子弟，诗文写得极好。”说到周祈的家人，谢庸声音不自觉地温柔下来。

“是极好，他的诗文飘逸豪宕，气概伟迈，旁人学不像。他亦善书

画，剑也舞得好，真正的一时俊彦，如今朝中再难寻出一个这样的来。你虽不错，却终差他一些洒脱豪宕气。”

谢庸微笑一下，原来阿祈洒脱的根子在这里。

“安平这弘农杨，与旁个又不一样，他是前朝房陵王之后，身上带着皇室血脉，许也是因此，他性子有些狂傲，口舌也太利，数次讽谏皇帝。他被抄家下狱，便是因为讽谏皇帝崇佛信道之事。他出事后不久，紫云台事发。只是我实在想不到，皇帝竟然会用其夫人子嗣——”

谢庸却依旧疑惑，如今阿祈不是婴孩，为何还要抓她去祭祀？祭祀这种事儿，难道还上次未完，这次接着？

宫中一处院落中也在谈论这些当年事儿。

周祈“嗞”了一声：“没祭成天，您就把我抱回宫里来养着，如今接着用？怎么跟养过年杀了酬神吃肉的猪一样呢！”

蒋丰点头。

“可为何让我姓周呢？”

“周仆射家死绝了，你是他外孙女，承他个姓，也好。”

“莫非大将军当年与我外祖有旧？”

“他是朝臣，我是内宦，也算一同共事多年。他对我早年的时候还有些恩情，只怕他自己都忘了。令外祖父脾气极好，对人宽仁，只是略有一些啰唆，爱多管闲事儿。彼时我还未跟着圣人，是先帝书房外洒扫的小宦，冬日间地上水没擦净结了冰，他和另一个大臣都差点儿滑倒了，先帝知道了，让人拉我下去惩戒，令外祖讲情才作罢。”

周祈懂了，原来自己这爱多管闲事儿的毛病从老翁这里来的……

说到周仆射，蒋丰面上露出一丝微笑，旋即这笑便消失了：“既然江阳郡公说还得你祭祀，这便是你的命。”

周祈点头，行吧，能多吃那么些年粮才出栏，也算赚了，况且坊间也不是没有猪咬了屠夫的事……

那边李相和王寺卿也在感慨命运。

看着谢庸的背影，李相轻叹：“转眼二十年了，和气逗趣爱吃的老仆射，总是板着脸的秦国公，允文允武稳重寡言的高至之，急脾气爱骂人的方怀仁，豪放洒脱的杨安平……若他们都在，该多好。命，都是命……”

八月下旬下了一场连绵三日的秋雨，放晴后长安最美的秋日到来了。天空又高又远，瓦蓝瓦蓝的，南山的枫树已经渐渐染红，曲江的池水格外清亮，街上偶尔能闻到桂花香味，屋角篱边的菊花也绽放开来，爱热闹的长安人呼朋引伴出门赏菊登高、秋游宴饮。

他们不知道暗地里发生着什么——

暗室里大腹便便的妇人抽泣着；

道士们在打扫那做特殊之用的醮坛；

一个老道站在紫云台上看着北天的星空出神；

两个穿兜帽大氅的人在夜幕掩护下悄悄敲开宰相府邸大门；

灯下几个人对着长安舆图和布防图筹划着；

路上揣着信符的兵士骑马奔走；

深宫中，一个手脚都被绑住的女子百无聊赖地站起来如兔子一般蹦跶两下，又示意看着她的人：“饿了，兄弟，帮忙喂口糕饼吃。”

一进九月，长安城内外诸道观便热闹起来。初一到初九的北斗九皇诞节是道家大节日，道士们穿着法衣摇铃念经烧符做起道场，观里到处都是来烧香祈福的善男信女。

九月九重阳节，是九皇回天日，不管于俗于道都是极隆重热闹的一天，多少人数着盼着，多少人咬牙等着，终于到了。

午间，看守周祈的蒋丰侍从端来桂花糕、菊花饼、金银糕等应节吃食和羊乳。宫里吃食不管味道如何，样子都极精致，糕饼较外面的小，周祈张开大嘴叉子，正好一口一个。

“不要金银糕，还要桂花糕，多蘸点儿糖。”周祈指挥侍从。

侍从用竹箸夹一个桂花糕在糖碟中滚一圈儿，送到周祈嘴边，周祈张嘴接了吃了。

“再来一块菊花饼吧，光吃饼，不要菊花馅儿。”

侍从看一眼周祈，目光中有些无奈，有些不解，又有些同情和佩服。

糕饼都干，周祈喝口羊乳送送，在心里微叹一口气，保不齐这就是这辈子最后一顿饭了。从前好几回刀锋离脖颈心头只差分毫，一只脚踩在阎罗殿门槛上，当时只是心头一紧，并不怎么怕，过后更不觉得如何，便以为自己是个视死如归、心有天地宽的好汉。今日真该上祭坛了，却这般酸楚留恋。

不知道谢庸怎么样了，但愿他不要也被下狱才好。以他的性子，只要没下狱，就一定还在追查此案……

周祈希望自己和谢庸都能活着，若自己活不了，单谢庸能活也好。自己若有魂灵，还能时不常飘去他家闻闻谢家饭菜的香味儿，听他吹两首曲子，看胐胐在花园打滚儿。希望他能娶个可心的娘子，生几个调皮捣蛋的孩子，日子过得又忙又踏实。至于那没画完的画像，还是烧了吧……

还有爷娘外祖等，也没给他们烧个纸，好好跟他们念叨几句……周祈把自己想得惆怅起来。

侍从又夹起一块桂花糕，周祈皱眉摇头：“不是我说，宫里真该换庖厨，一点儿桂花香味儿都没有，光知道甜，齁嗓子！”

侍从看一眼那下去一半儿的糖碟子，没有说什么，另一个侍从把饭食端下去。给周祈喂饭的侍从道：“周将军，我给你梳梳头吧？”

周祈点头：“行，多谢，椎髻就好。”

周祈有些担心，这兄弟不会梳完头还给我换衣吧？好在等到来人说押她去紫云台，这衣也没换。终于被解开腿脚的周祈踢踢踏踏地往外走去。

紫云台下，周祈遇到了蒋丰。

蒋丰看看周祈："还有什么未竟的心愿吗？"

周祈想了想："有点儿多……塞上、江南、黔中……樱桃肉、船家罐子鸭、手把羊肉……罢了，都是些微末小事儿，没什么心愿了。"她对蒋丰微笑道，"虽是养猪，也多谢大将军这些年养得好，让祈能走出宫门，看看外面的天地，过了人过的日子。"

蒋丰避开眼："去吧。"

周祈接着踢踢踏踏地走上楼去。

在大殿门口，周祈的双脚又被绑起，从殿中出来两个道士把周祈抬进殿内，禁军侍从们都退出楼去。

周祈被平放在殿中，扭头，不远处站着两个老者，一个穿戴衮冕，一个着法袍，是皇帝和太史令陈先。两人都只是扫了周祈一眼，便转过头去。

周祈亦转头打量这大殿。这殿果然是皇家气派，极大，自己所在的是殿中央，旁边应该是一个圆形法坛，法坛高出地面约一尺，这样躺着看不到坛中是什么样儿。殿里除了皇帝、陈先还有刚才抬自己的那两个道士外，没有旁人。周祈固然知道这种见不得光的祭祀人不会多，可也没想到会只有这么几个人，皇帝可是那啥的时候都有人在帐外伺候的……

陈先看一眼刻漏，登上坛去。

过了一会子见没人理自己，周祈悄悄坐了起来。

坐起便能看清坛上情景了。这法坛足有普通人家院子大小，上面用不知什么石头镶嵌出漫天星斗，闪闪发光。中央是一个约八九尺大的太极阴阳刻图，图周有槽，图上刻着符文。白发白须的陈先坐在太极图正中合目念经。有那星光映衬，此情此景竟仿佛真有几分玄之又玄的神仙气。

周祈扮了这些年道士，却着实没什么道根，她微眯眼睛，只顾辨认那太极图中的符文，目光又再次扫过那图周沟槽和静坐念经的陈先。

另两个道士站在坛上太极图外护法。皇帝则站在坛下，面上带着兴奋，殷殷地看着陈先。周祈冷冷地看皇帝一眼，又看回坛上，轮回咒……

陈先这经一念就是个把时辰。周祈弓腰蜷腿鹌鹑一样，坐得极老实。皇帝也耐着性子等着。

刻漏"咔嗒"一声，已是申正。一个护法道士回头透过窗子看南边，并没有预计中的火光。皇帝亦看向窗外，与道士一样都皱起眉头。陈先依旧在念经。

那个护法道士走下坛来，皇帝从袖中取出北衙信符给他，道士走了出去。

蒋丰接了令，派人出紫云台往玉清观查探。

紫云台的门一开，却闯进许多兵丁来。

蒋丰神色一凛："关门！围杀！"他想不到时隔二十年竟然又有人围攻紫云台，且无声无息地除掉了外围守卫。

门一旦开了，岂是那么容易关上的？越来越多的兵丁涌进来。紫云台从年初就开始重修，其中最主要的便是加固围墙，修建箭楼、门闸、雉堞等，甚至安放了弩车，紫云台门墙比许多府城的门墙都要坚固，想不到会被这样打开。

蒋丰看向乱军领头的谢庸及禁军将军宋楷。

听得外面杀声，陈先倏地睁开眼睛，皇帝面上浮现出怒色，咬牙道："这帮乱臣贼子！"

陈先闭上眼接着念经。

皇帝却有些站不住，在法坛旁踱起步子。

周祈叫他："陛下——"

皇帝扭头看她。

周祈笑道："臣有一事相禀，与陛下所求之事有关。"

陈先依旧在念经，另一个护法道士看一眼周祈，皇帝犹豫一下，到底走过来。

"陛下，你怕是不认得那太极阴阳图中的符吧？"

皇帝皱眉。

"我认得，"周祈吊儿郎当地一笑，"那可不是什么长生符，而是轮回符。陛下这是想着借天地鬼神之力早入轮回吗？"

陈先眼皮子抖动一下。

皇帝变了脸色，怒斥道："胡说！"却又不由自主地看向太极阴阳图和陈先。

周祈皮笑肉不笑地道："那图周之槽中间有隔，应该不是放我一人之血的吧？陛下以为这殿里，除了我，还有谁的血会灌进那槽子？反正不会是郡公身后那弟子，他不够分量。恐怕也不会是郡公本人吧？"

皇帝脸上带着犹疑："你莫想挑拨离间！你本是罪臣之后，郡公说你也许还有用，蒋丰便把你带入宫中。你老老实实待在掖庭也就罢了，竟然混入朕的干支卫，果真是个奸诈之徒。"

周祈懂了，他给自己升官的时候，根本不知道自己是当年养的"年猪"，如此说来真的要谢谢蒋大将军。

"陛下告诉我，你为何身边连个侍卫都没有？是郡公不让带吧？我听着他们甚至没在殿外，而是出了楼。永远莫要把自己置于孤身之地啊，陛下。"周祈颇有忠臣样地劝道，"你想想原先那些死于阴私之事的帝王们……"

皇帝脸上犹疑之色更甚，看向陈先和那太极阴阳图，突然道："朕去看看外面那些乱臣贼子！"说着便往殿门快步走去。

陈先再次睁开眼。

周祈绷紧身后的绳索，看向陈先："二十年前便是这般吧？不知道还能不能再等二十年了。"

陈先微微咬牙，看一眼外面的天色，沉声道："不等了，动手！"说着站起来，以双脚转动身下太极阴阳刻图，那坛上的"星"竟然变了，其"北天"一片如雨星光。陈先抽出腰间七星剑割破食指，把血滴在太极阴阳图正中圆心。

陈先身后弟子飞身下坛去擒皇帝。

周祈微睁大眼睛，竟然赌对了！

陈先抬步去提周祈，却听"嘣""嘣"两声，周祈绷断了只连着一点儿的牛筋绳子，手中拿着藏于靴底的刀片，不待陈先去找她，她已先跃上了法坛。

陈先虽已五十余岁，却极灵活，功力不弱，举剑与周祈战到一起。

殿门处传来皇帝一声惨叫。

周祈只管去扣陈先的肩膀。

厚重的殿门被撞开。

周祈眼睛余光扫过殿门，大喝："护驾！"

陈先亦看一眼殿门，微闭眼："天意……"挥向周祈的剑竟中途变招刎向自己的脖子。

周祈抬脚踢在陈先手腕上，剑擦着他的前额飞出去，陈先额头登时流出血来。

"自杀？"周祈扣住他另一边膀臂，抬腿狠狠踹在他膝窝上，"你这种人，只配在众目睽睽下被斩首。"

谢庸举着剑的手垂下来，肩膀也松下来，只觉得悬着的五脏六腑也回到了原位。

周祈抬头对他咧嘴一笑，谢庸大步向她走去。

皇帝胸口被刺了一剑，面色苍白，抓住宋楷的手："救我，救我啊……”说着呛出一口血来。

大明宫皇帝寝殿。

李相站在皇帝床榻旁：“圣人该立储君了。”

“朕不想死，朕……千秋……”皇帝张张嘴，声音细微。

几位重臣眼中闪过一丝不屑，长公主把手搭在崔熠的胳膊上一言不发，另两位老亲王亦只是沉着脸站着。

李相抿抿嘴，再道：“圣人该立储君了。”

“朕……不死……”

李相微叹一声，扭过头去，看淮阴郡王：“圣人问郡王，为君者，最当做什么？”

淮阴郡王沉默片刻：“孙儿不知道最当做什么，却大致知道最不当做什么——最不当折腾。只要不折腾百姓们，他们自然会劳作生息、养活自己。”

李相有些感慨地点点头，又看一眼出气儿多进气儿少的皇帝：“圣人嘉赏郡王，郡王所言恰是为君正道。”

看看两位老亲王和长公主，李相对三省官长道：“拟敕旨吧。”又吩咐去传几位大王进宫侍疾。

是夜，星陨如雨，皇帝崩于亥末，享年六十九岁。再有一个多月就是皇帝诞日，他不但没能长生不老，甚至连准备了几个月的七十岁千秋节都没过上。

长安城很是禁严了几日，城内城外都是兵丁，北衙禁军上层将领换了不少，朝中亦一片惶惶，新帝登基后，渐渐便恢复过来了。

新帝登基还算平顺，有圣旨，有朝中重臣、宗室长辈撑着，其故太子嫡长子的身份也很说得过去，关键，另几位大王无权势，又胆小，闹不起来。

新帝以先帝名义下了罪己诏，诏书虽只笼统地说“宠信妖道，以致祸乱国政、误杀忠良”，但这次参与兵围紫云台和长生楼的人都在，陈先又是经过三司推事的，这祭祀之事便该知道的都知道了。

王寺卿、御史台庞中丞、刑部赵尚书合审陈先，谢庸、崔熠、周祈因亲身参与，都捞了个座旁听。

陈先虽于牢狱中被关了几日，衣衫算不得洁净，但站在堂上，风度依旧。

“说吧，陈先，你为何谋害先帝？你那祭祀到底意欲何为？”王寺卿问。

陈先看看三司几位官长，淡淡地道：“朕是前朝末帝。”

众人都神色大变。

赵尚书斥道：“胡说！本朝定鼎一百余年，前朝末帝便是当时诈亡，也活不到如今，更何况其尸体多少人见到，不可能是假的。”

“朕是前朝末帝转世。”

“简直胡言乱语！”赵尚书是孔圣门徒，很听不得这个。

王寺卿微眯眼睛：“那坛上雕刻轮回咒，你莫不是想借此重回前世？”

“‘土木逢，紫微宫，雨蔽车，引鸿蒙；生于死，死于生，溯轮回，改天命。’于土木相逢大变之年，借星辰之力，引鸿蒙之气，南北大祭，混沌生死，便可回溯前世。”

“这‘生于死，死于生’若说的是诸道观孕妇剖子之祭及火烧长生楼，你害先帝做什么？”于祥庆观等处救得孕妇们时，那醮坛已备好了剖子刀具等物，故而王寺卿于诸道观之祭知道得清楚。

“他虽昏聩，到底是帝王，用他些龙气置阴阳盘中以定今生之时。”

见他说先帝“昏聩”，赵尚书和庞中丞都意思意思地说了句“大胆”。

“那周将军呢？”王寺卿问。

“她是家兄后人，杨氏血脉，以她的血为引可定前世。”

周祈懂了，合算着自己不单跟那些旁的婴孩一样，在“生于死”上出一份力，还起到个“领路”的作用，这生生世世的，他怕倒多了，万一倒回去是个畜生怎么办？如此看来，便是父亲不指斥乘舆，自家也不免此祸。

“若当时无杨侍郎夫人有孕之事，你又当如何？”

“于普通婴孩外再寻个杨氏后人便是，只是没这般好罢了。”陈先看一眼周祈，轻描淡写地道。

“可末帝有正根嫡脉在世……”

“若无杨靖等在，也只得用他们。”

三司官长一时有些无言。

关于诸道观位置之选，关于那紫云楼，关于那坛上星辰，那阴阳盘，又有许多讲头儿，比如他自知等不到晚间星陨如雨之时了，便转动阴阳盘，人造一个“雨蔽车”出来……

这大概是本朝除了高宗时几起巫蛊案外，最神神道道的大案了。一个正经科考及第、累封至郡公的太史令认为其是前朝末帝转世，并要通过杀害皇帝及千人大祭逆转时空回溯前世，而皇帝则一信二十余年，认为这场号称借天地星辰之力的千人大祭可使其长生……

以荒唐对荒唐，何其荒唐！

然而，便是这样的荒唐事，二十年前使得多少人家破人亡。

也容不得人不信，陈先书房放着极多关于这位末帝的书册，甚至还有东市上卖的号称前朝宫里流出的古董玩意儿。

崔熠“咝”了一下：“这位皇帝忒不是东西，死了这么些年，还这么能折腾……”

周祈冷哼：“别，那位虽也做下多少混账事儿，却背不着这个锅。就是这陈先魔怔了，是个疯子！”

听了周祈的粗话，谢庸面色如常，甚至还点了点头。

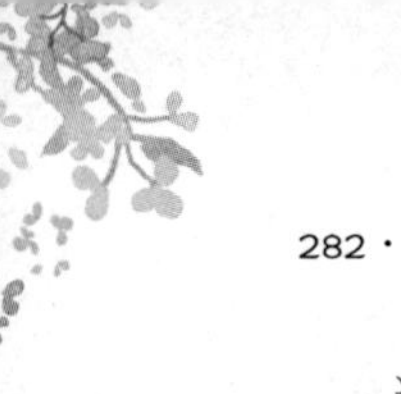

谢庸道："如今回看，其实还是有端倪，只是当时我们没看透。这整个大祭，都是道士们勾连主导的，官府、北衙禁军、干支卫负责僧道事的午支未支都只做配合；陈先于世俗之情、现世之事上很是冷淡，王寺卿曾提到，陈先之子身故，他也只是念一回经，便回静室去了。"

谢庸看周祈："还是阿祈见微知著，博闻强识。"这说的是她认得轮回咒的事儿。

崔熠咧咧嘴，又腻歪！又腻歪！当下站起来："我告诉你们，等我成亲，你们的礼要翻倍！我亏大了我！"

崔熠为了这桩大事儿，也怕连累裴小娘子，竟然推迟了婚期，这阵子成日往裴府送礼赔不是。再有皇帝之丧，他这婚期不知道推到什么时候了。

周祈"哎呀"一声："我们家的钱都拿回老家买房置地给儿孙留着当祖业产了！欠着，欠着行不行？"这是周祈回去见唐伯和霍英都不在，"拷问"出来的。

崔熠回头："小娘子家家的，儿孙……真是什么话都说！老谢，你不管管她？"

谢庸正色道："是真的……"

崔熠用手指指他们，转身走了。

周祈笑道："小崔气成蛤蟆了……哈哈哈……"

"阿祈，我们也该定个日子了。"谢庸看着她微笑道。

周祈回看他，半晌，咧嘴一笑，使劲儿点下头："嗯，不然怎么有儿孙？"

谢庸笑起来，手覆上周祈的手。周祈干脆抓起他的手放在自己脸上，眯着眼对谢庸笑。

成亲是远处的事儿，近处还有许多要忙的，不说审理核查紫云祭祀案中众多从犯这样的公事儿，不说二十年前故去大臣翻案这样半公半私的事儿，单说私事儿吧，总要去整一整亲人坟茔。所幸周祈外祖和母亲的埋骨之所都找到了，这还要多谢蒋大将军，父亲的却是不好找了。

蒋丰在谢庸等兵围紫云台时略受了一点儿伤，被生擒了，在皇帝崩后，他便不吃不喝起来。他的身份特别，此事禀与皇帝，皇帝也没有说什么。

周祈去牢中见了他一面，蒋丰倚在墙上，两颊微凹，精神却还好。他除了指点周祈亲人坟茔所在，便只是道：“好好过日子吧。”

周祈点点头。

周祈迁葬祭祀其父母、外祖等亲人时，不只礼部官员带着皇帝的追封和奠仪到了，李相这些当年故旧也到了，还有崔熠等周祈的朋友们。

过后，周祈去一一致谢。

李相家，是谢庸陪着她一同去的。李相仔细端详周祈：“这样看，你像令外祖更多些。”

周祈微笑一下：“可见家外祖年轻时候是个美男子。”

李相笑起来，又叹一口气：“要说好看，还是令尊，真正风华无双，谪仙一样的人物。”

周祈点点头。

李相拿过案旁一个木匣来，打开，都是有些发黄的旧信：“安平这样洒脱的人，当年知道有了你，也喜形于色，专门写信与我等显摆。怀仁，便是方尚书，亦写信说起此事，说令尊有子心喜，拉着他和高至之一同去吃酒。令尊爱饮却不善饮，喝醉了，便高歌起来。至之平时那样稳妥的人，竟然给他击节。怀仁疑心，若不是他们穿了官服，怕是会被酒家打出去。”

周祈莞尔：“作诗祈不行，喝酒估摸比阿爷好一些。”

李相再笑，拣出几封信来递给周祈：“这些令尊的手迹，你自家收着吧。”周祈忙称谢接过。

看着面前又英气又灵动的女郎，李相叹道："真好……真好啊……"语气中无尽的唏嘘感慨。

周祈微垂下头。

谢庸看一眼周祈，插言问李相："不知杨侍郎可还有什么旁的亲人？"当年杨侍郎是因讽谏皇帝崇佛信道获罪的，并非后来兵围紫云台诸臣的"谋逆"大罪，按说祸不及其兄弟族人。

"有，他有一侄，叫杨延。"

周祈与谢庸互视一眼。

"安平幼失怙恃，依兄嫂长大，其兄嫂亦寿数不永，安平早年与其侄相依为命。我返乡守制时，杨家大郎才刚科考及第。紫云案发后，我返回京城，未见到他，不知道他飘零何所了。"

谢庸道："他去了关内汧阳，在县学当诗文先生。"

李相看他："你——"

"是，庸年少时，得杨先生指点颇多。"

李相过了半晌才唏嘘点头，又扭头看周祈："你们兄妹能相见，真是老天垂怜。有你阿兄在，你与子正成亲时，就更像样儿了。"

谢庸看向李相，又垂下眼帘，老人家果然什么都知道。

周祈咬着唇点点头。

紫云台案经过这阵子突审，眉目已清，谢庸以归乡扫墓为由，请假陪周祈去汧阳。

他们临行，皇帝还专门见了见他们，送给他们每人一柄马鞭。

皇帝笑道："珍惜着些用，以后再想有也没办法了。做这些的家伙都已经给将作监了。"说完，叹息一声，语气中无尽的遗憾。

谢庸和周祈都笑。

今上或许成不了什么英明神武的帝王，却是个懂事儿的皇帝，这就很好。

谢庸与周祈在半路馆驿中遇到了杨延，他看到先帝罪己诏，又收到谢庸书信，等不及，亲身赶往京里。

见到这位阿兄，周祈才知李相说父亲“风华无双”并非溢美之词，阿兄羸马旧袍，风尘满面，却难掩卓然风姿。周祈看他举手投足还有说话时的神情，又觉得有些熟悉——哦，是阿庸……

面对周祈，落拓潇洒的杨延却有些无措。他看了周祈半晌，终于把面前的女郎与想象中的小婴孩儿合为一体：“眉眼像婶母，鼻子嘴像阿叔，这么神采飞扬……你比我们想的还要好。”杨延眼圈儿微红。

周祈上前攥住兄长的手，含泪一笑。

杨延回握住那只纤瘦的手，心头涌上无限的遗憾，原本以为可以牵着她到长大的……

“那时候，我和阿叔给你做了许多玩的玩意儿，堆在东边屋里的大榻上，小鼓、小轺车、木偶……婶母也领着婢子们给你做了许多衣裳，周公那边也送过来许多婴孩用的东西。咱们家与你外祖家子嗣都少，多少年才盼来你。周公给你卜了一卦，说是上吉的命数，”杨延停住，“哪想到你会受这么多苦……”

杨延看着周祈，抬手轻轻放在她的头上。

“阿兄——”周祈叫他，眼角的泪滚下来。

杨延略拙笨地拍拍她的头脸：“都好了，啊，都好了……”

谢庸在旁边看他们兄妹相认，也不由得有些恻然。

三人都去堂上坐下，奴仆捧上茶来，饮了茶，初见的感伤也便慢慢压了下来。

谢庸与杨延详细说了紫云案，又说了诸家平反之事，杨延点点头，却只是长叹一声。

于杨延，这场大案，不仅让他失去了挚爱的家人，也使他远走他乡，江湖飘零，从春风得意前程大好的青年官员变成偏远小县的教书先生，悠悠二十载，转眼华发将生。平生万事，不堪回首。

过了片刻，杨延脸上又带了微笑，却又马上板起来："阿庸，你要娶舍妹，可是真心的？"

谢庸忙端正了神色，站起来行礼："庸真心求娶阿祈，请先生成全。"

杨延看他半晌，依旧板着脸道："要对阿祈好，敬她疼她，莫要欺负她。"

谢庸再行礼："是。"

周祈咧嘴一笑："阿兄，要欺负，也是我欺负他。他打不过我。"

杨延笑起来："那我不管。"可见杨家人的不讲理是一脉相传的。

谢庸只是笑。

杨延看看妹妹和未来的妹夫，脸上露出欣慰的神情："你们也着实有缘分。当年两家大人戏言，差点儿便给你们定了亲。"

周祈瞪大眼睛，谢庸虽也惊讶，却不似周祈那般。

"你是高大将军之少子。大将军与家兄亲睦，你小时候，我见过你许多回。你的护身玉还在吗？"

"前阵子碎了。"

杨延点头："那块高山岫云玉佩原先是令尊常常佩戴的，后来不知为何给了你。估摸是小儿易受惊吓，令尊是将军，他的随身物可以压邪。"

杨延说起当年事儿："开始只是我们家出了事儿，方尚书、令尊等都上书帮着陈情，但不多时日，紫云事发，他们亦被下了北司狱，很快……北衙军中人与三司行事不同，以致他们身后事都无法料理。皇帝宛若疯狂，京中人心惶惶，我只得出了京，走走停停，四处游荡。有一年走到汧阳，见到街头孩童打架，只觉其中一个有些面熟，拉开后，一眼看见你撕裂的衣口中露出的护身玉。"

谢庸小时候打架打得实在不少，并不记得这是哪一场。

"我找人打听，甚至还去你家门首看过，令堂却并非故人。后来，日子不很多，令堂便出了事……至于你如何到的汧阳，我却是不知道了。"

谢庸看着杨延，想站起来对他行礼，但一揖未免太轻了。杨先生虽不说，但想也知道，他留在汧阳，去县学教书，有很大缘故是为了自己。谢庸原先只知道杨先生待自己格外好，却不知道他这般深情厚谊。

谢庸微舔嘴唇，沉默片刻道："救出我，并带我到汧阳的或许是先父军中人，或许是家中侍从义仆，我后来还能想起他的黑衣服还有他身上的汗味儿。不知道他出了什么事儿，或许是本就受了伤，到汧阳便不支了，先母捡到了我。"

杨延点头，过了一会儿道："你是少子，大将军尤其爱怜，时常将你带在身边。许是见你乖巧可爱，家叔几次逗你，说家中若有女，便抢了你做女婿。家婶有孕后，家叔还说过这话呢。"

虽是在半路遇上，谢庸、周祈到底还是去了一趟汧阳，谢庸要去祭扫，周祈要去见一见阿嫂和侄子侄女——杨延在汧阳成了家，有一子一女。

傍晚，谢庸带周祈去自家旧宅。

那宅子已经残破得不像样了，屋顶墙壁坍塌，只后山墙还有一段立着，院子里都是枯黄的荒草，这夕阳西下的时候，看着说不出的荒凉。

两人站了一会子，周祈拍拍谢庸的胳膊，谢庸对她微微一笑。

不远处传来孩童的尖叫："你捡的两文钱是我的！"

"上面有你名儿吗，就说是你的？"

"就是我的！"

"不是！"

"是！"

"不是！"

"是！"

两个孩子扭在一起。

谢庸抿一下嘴，正要走过去分开他们，一户人家的门打开，传来女子吼骂声："五郎！又打架！滚回来吃饭！"

其中一个孩子悻悻地松开另一个的衣服，抹一下鼻涕，走回家去。

"再让我看见你打架，看我不揪掉你耳朵！快去吃，今日做的菜饼……"

看着这对母子，谢庸又扭头看向自家院子。

"若我在，就可以帮你打架了，省得你每次都挨揍。"周祈有些遗憾地道。

谢庸看她一眼，轻声道："没床榻高的小崽儿。"用的是洴阳口音。

又是一年杏花吐蕊时。

杨延之妻陶氏正在拟周祈的嫁妆单子，周祈则坐在旁边捧着小碗吃阿嫂给她做的姜糖糯米圆子。

阿嫂是药铺子坐堂先生的女儿，高挑身材凤眼厚唇，人很爽利，走路带风，家里家外一把抓。阿兄那样疏狂的性子，只要阿嫂横起眼来，阿兄立刻就笑了，弯起眉眼喊"大郎他娘"——自然那是当着自己和侄子侄女这些"外人"，周祈耳朵好，多次听到过几次他叫"阿芩"。呵呵，阿兄……

周祈自认比阿兄上道儿得多，在家里坚决唯阿嫂马首是瞻，阿嫂说什么就是什么！周祈的嘴脸很是让侄子阿贞侄女阿念开了眼界。

陶氏通医理，知道周祈月事不准，又听她说寒冬腊月趴在屋顶逮强盗，便煮起了药膳，什么坤草母鸡汤，什么当归羊肉汤，什么姜糖糯米圆子……鸡肉、羊肉、糖都是周祈爱的，但是加了草药，味道就不那么美妙了。周祈实在喝得舌头发木，觑一眼阿嫂，阿嫂从嫁妆单子上抬起眼来，周祈立刻乖巧起来，老老实实地把圆子吃了，又喝姜糖水。

陶氏与周祈说嫁妆里的东西，说过日子经，说谢家聘礼、皇帝赐予的财物、她做官的腊赐、年俸等如何归置，她说什么，周祈都道好。

自阿兄阿嫂上京，周祈只在一件事儿上拿过主意，她想把皇帝赐还补偿的田宅交与兄长一半，但杨延夫妇死活不受。周祈无法，想起谢庸原来戏言的祖业田来，便把那一半给家里置办了祭田，阿兄叹息一声，到底没有再说什么。

窗外传来箫声。

周祈嘴角儿带笑，嗯，《杏园春》……我们谢少卿又在花前月下吹箫呢。想到“花前月下”，周祈嘴角儿的笑越发深了。

陶氏抬头看她，周祈马上正经了神色。

陶氏忍笑瞪她一眼，周祈讪讪的，讨好地一笑。

“行了，今日也天晚了，你明日还要上值，早点儿去歇着吧。”陶氏道。

周祈弯着眉眼笑起来，陶氏忍不住也笑了，赶她：“快去吧，快去吧。”却又嘱咐，“可早点儿回房睡觉。”

周祈两口把碗里的姜糖水喝净，抹一抹嘴，笑应着，轻快地走出去。

陶氏看看手里的嫁妆单子，微笑着叹一口气，阿祈是真不会过日子，大约他们老杨家人都这个德行，好在隔壁妹夫倒像个体统人……

周祈跳过院墙，负着手走过来。

“体统人”谢妹夫立刻放下箫：“阿祈。”

胐胐也走过去，绊住周祈的脚。周祈捞起它，给它顺毛。

周祈娇兮兮地道：“嘴苦，有吃的吗？”

谢庸走去树下暗影中的石案上端来一碟子芝麻松子糖。借着月光看，都是拇指大小粗细的糖块，与外面卖的大块糖不同，这是唐伯自己做的。

周祈摩挲胐胐呢，只张嘴等着，谢庸便笑着拈起一块喂给她。周祈笑眯眯地嘎嘣嘎嘣吃起来，吃了四五块她才停住，满足地叹息一声。

谢庸又笑，舔一下嘴唇，问道：“吃阿嫂的药，这一两个月舒服些了吗？”

周祈学着阿嫂的样子横眼看他，谢庸只是笑。周祈觉得谢庸这脸皮是真厚，从前怎么没看出来呢？

但在厚脸皮这种事儿上，周祈是从不会认输的。她凑近谢庸，坏笑地问道：“哎，阿庸，咱们要成亲了，你要不要先去鸾凤斋什么的找两卷图看看？”

不待谢庸说什么，朏朏先“喵”一声，大约是提醒这两个人说话注意着些，莫要让这些“非礼”之词污了猫耳。

看着那近在眼前的俏脸，谢庸吻下去，从额头到眉毛到眼睑到脸颊到俏鼻，然后是带着芝麻松子糖甜香气的唇。

“嗯——”周祈赖进他怀里。

朏朏忍无可忍，从周祈臂弯里跳下去，头也不回地翘着尾巴走了。

过了好一阵子，两人这漫长的吻才结束。周祈满肚子幺蛾子，搂着谢庸的腰问：“你说我今晚若是没回去，我阿兄阿嫂会不会提着斧子来砍你家大门？”

看着这个得意扬扬的坏蛋，谢庸真想不要自家大门算了……

艰难的谢少卿终于熬完了纳采、问名、纳吉、纳征、请期，到了五月十六迎亲的日子。

这一日最忙活的不是谢庸，不是周祈，而是崔熠。他又当自己是男家人，又当自己是女家人，好在两家只一墙之隔，倒方便他乱窜。后来崔熠终于决定了，还是当女家人，嘿嘿笑着与陈小六等干支卫中人一块儿琢磨怎么把来迎亲的朝中同人揍一顿，尤其是新婿老谢！从前装成文弱书生模样，其实能使剑能上房，使劲儿揍，揍不坏！

崔熠又可惜，这揍人的买卖新妇子自己做不得，不然阿周上手，一个得顶多少个？

崔熠到底钻到周祈闺房把自己的遗憾说了，周祈笑得脸上的粉扑簌簌地往下掉，一张刚描画完的樱桃小口瞬间变大：“哈哈哈哈，还真是！忒可惜了！你说我要是先捂住头脸，出去假装阿嫂们把阿庸他们揍一顿怎么样？”

李相子媳王氏停住帮她描画的黛笔，柔声细语地道：“大娘虽去不得，我们尽可以代劳的。崔郎倒无须忧虑这个。”

陶氏及另外几个亲友家的嫂子姐妹点头。

崔熠越发觉得自己英明起来，幸亏今日是女家人。

如大多婚礼一样，等两个新人能在青庐安安静静说话的时候，月亮都过了中天了。

周祈把脸上白粉红脂面靥等物卸了露出原来的脸，穿着纱衫子坐在床榻上，笑嘻嘻地看送客回来的谢庸宽外面的大衣裳。

谢庸扭头看她。

周祈越发肆无忌惮起来，撮口吹个哨音。

谢庸大步走过去。

周祈突然嗓子有些发紧，她咳嗽一声，虚张声势道：“谢少卿，你气势汹汹地做什么？”

谢庸轻笑，把她压倒在床上：“你说做什么，周将军？”说着吻上她的唇。

开始吻得轻柔，然后便热烈了起来……

（正文完）

番外一 孩子们

看遍了长安名园，还外任了几年出去开了眼的崔熠始终觉得还是谢家后园最好。

谢家后园里的桃花、杏花格外美，一树一树、一枝一枝，让人想起上学时夫子讲的“灼灼”之类来；草也格外柔软茂盛，绒线毯一般，坐卧皆好；小竹亭子、石案、石榻虽都简陋，但都放得特别是地方，下棋喝酒方便得很；就连谢家池子里的鱼都傻头傻脑得可爱。

吃饭的时候，崔熠这般与妻子、两个儿子感慨。

裴氏笑，并不拆穿他。

两个儿子却不大给面子：“阿爷去找伯父伯母喝酒吃肉吹牛，我们去找豹子奴姊姊荡秋千、打仗、抱猫猫！”

崔熠不以为忤，点头：“对，喝酒吃肉，老谢那一手烤肉的本事真是绝了。”

崔熠笑问裴氏：“阿彤，咱们明日休沐去老谢家蹭饭吧？”

“你算算，自从入了春，咱们都去扰阿周他们多少回了？”裴氏提醒。

“他们又不烦，烦也没事儿，就当不知道。”

大约是近墨者黑，裴氏也笑了：“也罢，正好把这两只活猴儿扔给阿奴，我也松快半日。”

两只“活猴儿”跳起来：“好！好！去找姊姊！去找姊姊！”

先帝驾崩，因是皇亲，崔熠成亲比谢庸和周祈晚，生娃也晚，这双胞兄弟比谢家长女豹子奴小了一岁多。谢家又还有个小的，顺着豹子奴的名字下来叫狮子奴，还不到三岁。

关于豹子奴这名字，外人都道：“果然是周将军，取的名字就是霸气！”崔熠、裴氏却是自己人，很知道这胡乱取名的锅该谁背。

崔熠总觉得小女娃家家的，哪怕是取小字，也还是该婉约些，花啊草啊的，想去劝谢庸给换个名儿，却被裴氏拦下：“花斑豹子多美，又矫健，又机灵，又威武。阿周可不就是这么威武聪敏的一个女郎？这分明是谢郎君望着女如其母呢。”

崔熠懂了，这是老谢牙酸献殷勤抖恩爱呢，啧啧……

后来自己有了双生子，崔熠有心给娃取名叫惜彤、恋彤，裴氏笑倒在床上，到底笑过之后，不允他这样胡来。

崔熠拖家带口到了谢家，直奔内宅。

谢庸正给妻子、孩子们画像。谢庸每年给周祈画一张像，后来有了女儿，又有了儿子，便给他们同画，自然还有朏朏。

豹子奴坐在母亲身边拆九连环，狮子奴老老实实看阿姊拆，朏朏亦庄严地盯着她，周祈歪在隐囊上看着他们。

豹子奴从九连环中抬头，阿爷蘸个墨，看一眼阿娘，然后笑了，阿娘也笑——阿爷阿娘常常这样互相看着笑，也不知道他们笑什么。又没说什么笑话，也没胳肢痒痒肉，大人们也忒奇怪。

见到崔熠夫妇特别是崔家大郎、二郎来，豹子奴欢呼一声跳起来，对崔熠、裴氏行了礼，便招呼崔家兄弟：“走！我们去打仗！”

崔家大郎、二郎蹦跳着喊“好”。

豹子奴腰间挎着小弓，手里拿着木剑，领着崔家大郎、二郎呼啸而去，最后面跟着她的兄弟狮子奴。

三个大孩子只顾向后园狂奔，狮子奴倒腾着小短腿跟不上，瘪瘪嘴，眼睛里一包泪，虽一包泪却不哭出来，还在后面紧追。

几个大人在后面不紧不慢地跟着，也去后面园子里。

狮子奴跌个跤，含泪回头看周祈。

裴氏先不忍了：“小可怜儿，来婶娘这里。”

狮子奴瘪着嘴爬起来，接着去追阿姊阿兄们。

不知豹子奴将军是怎么察觉到有小兵掉队的，又转回来，拿袖子给他擦擦眼泪，凶巴巴地训道：“本将军的人可不能是爱哭的脓包！”

狮子奴颇懂“军中”规矩，立刻绷起脸，试图把眼泪憋回去。

“走！”豹子奴领着弟弟走了。

女儿领走了哭包儿子，周祈眼角儿带笑地看看谢庸，谢庸似笑非笑地回视她一眼，周祈笑着收回眼来。狮子奴长得实在像他阿爷，周祈可以想见谢庸小时候被人揍了，是怎么个要哭不哭的德行。

昨晚床笫间，周祈调笑，硬要当恶少，欺负谢庸这“柔弱书生”，并要求在自己“欺负”得狠的时候，“柔弱书生”要哭唧唧。

谢庸开始不应，后来到底笑着应了，谁知真到“欺负”得狠时，他却反客为主起来，比周祈自以为的狠还要狠上几分，“周恶少”再次惜败。罢了，来日方长……

几个大人来到后园，“将士们”东奔西走、南征北战，崔熠欣赏的灼灼其华成了落英缤纷，鸟也飞了，傻头傻脑的鱼也惊了。

只朏朏安静地蹲在秋千架子上。秋千慢慢荡着，朏朏眼中两分无奈三分纵容地看着闹腾的“晚辈”们。

谢庸、崔熠、周祈、裴氏都坐下来，一边看着孩子们，一边聊天儿。

“丰乐坊安嘉大长公主府里闹鬼，你们知道吗？”崔熠问。

周祈管的是民间异动，于这些高门大户里的消息不如崔熠灵通：“哦？这是怎么说？”

崔熠笑：“大长公主的面首们争风吃醋内讧，其中一个装神弄鬼，我到了一诈，就诈出来了。生得那样好看，其实是个蠢货。蠢成那德行，还玩什么凶宅……”

周祈挑眉。

崔熠看一眼谢庸，突然坏笑，对周祈道：“那个吴郎，长得真是好看。”

周祈也看谢庸，一脸的真情实意：“再好看能好看过我们家阿庸去？”

谢庸禁不住翘起嘴角儿。

崔熠翻了个白眼儿，裴氏笑着瞪他一眼，崔熠也笑了。

崔熠又说起要来京的回鹘使团来：“贞吉可汗没了，颂其阿布继位，这是来请封的？”

谢庸点头：“约莫还有互市的事儿。借唐之势，凭唐之力，压一压不太平的那些部族。”

“这回若是混齐来长安，咱们倒是可以补上欠他的那顿酒了。”

唐伯提了大食盒子来，里面几层放着各式糕饼、点心、糖果子。唐伯招呼还在“南征北战”的几个孩子：“来，来，吃糕饼糖果子了。”

听说“糖”字，豹子奴将军立刻休了战，领着弟弟们来到案旁。崔家大郎、二郎都喜欢吃唐伯做的牛乳饼，一人拿了一块吃着。狮子奴年纪小，吃最松软的鸡蛋糕。豹子奴吃了两块芝麻松子糖，又把一块蜜麻糖塞在嘴里，看看不远处的母亲，手又伸向了银丝糖……

周祈捂着牙。

豹子奴把两根银丝糖放回去一根，又委屈巴巴地看父亲。

谢庸有些不忍心地挪开眼。

唐伯亦不忍，忙为小豹子奴解围："是不是该烤肉了？"

谢庸亦笑着对周祈道："走吧，咱们去烤肉。今日我给你打下手吧？你上回烤的蜜汁肉，焦一点儿，很是好吃。"

周祈站起来随他去。谢庸回头，绷起脸对女儿比了两根手指，豹子奴忙眯眼笑着点头。周祈不回头，却翘起了嘴角儿。

番外二 平行世界之青梅竹马

大业三十一年七月十三日晚，长安，电闪雷鸣。

腹内的小人儿也不消停，使劲儿蹬了两脚。周氏放下手里的针线，抚摸着肚子哄道：“莫怕，莫怕，那是雷神翁翁敲鼓呢。”

杨靖脸上露出一丝笑来，放下书，走过来把耳朵贴在妻子肚腹上听一听，腹内被打雷吵醒那位带着起床气给了阿爷一拳。

“嚯，脾气真大。”杨靖笑道。

见他笑了，周氏也放下些心来。这两年皇帝先是拟迎佛骨，佛骨没迎成，后来便专心宠信道人们，又是炼丹又是起建楼台，已显昏庸之态。父亲、郎君他们一帮臣子都多次劝谏此事。前日大朝会上，郎君因此事被罢了职。今日午后刑部方尚书来，他们在书房说了半日话，从书房出来，面色都不大好。自己问他，他只说莫要担心。周氏有些心慌，总觉得有大事儿要发生。

一道道粗大的紫色闪电划破长空，接着又是滚滚闷雷，过了一会儿，大雨倾盆而下，一洗多日的闷热——此时的人们不知道，这场大雷雨还洗去了什么。

闪电击中即将竣工的皇家观台一角，因随即天降大雨，才没有着起火来。虽太史令陈先说无妨，但皇帝还是颇为惊疑，朝中也议论纷纷，太子并一些大臣趁机劝谏。

十六日，丹鼎派道人张伯静献上自己新炼丹药为皇帝压惊，本已久不服丹药的皇帝服药不出十二个时辰，崩于寝殿。

到九月二十日周氏腹中的小婴孩出生时，此事已经差不多平复了。今上是个靠谱儿的，替先帝收拾烂摊子，把道士们并蛊惑君心的太史令等都治了罪，又安抚从前罢官贬谪的旧臣们。

周氏歪在床上，含笑看着舞动小手的女儿和满脸惊奇的高家三郎。坐榻上的高夫人亦含笑看着他们。

高庸很想戳戳这小东西，她的胳膊乱舞，又用小手抓她自己的脸，她是猴子吗？

“你看小大娘多好，以后我们把她聘来给你当新妇吧？”高夫人逗他。

“新妇”是什么，阿娘说过，就是以后要长长久久在一起的人，一道吃饭睡觉，一道玩儿。高庸微皱起眉头，盯着那正在试图蹬开襁褓的“猴子”，真丑啊……小狗、小猫、小兔、狐狸，哪怕真的猴子都比她好看些。

或许是知道自己被腹诽了，杨家小大娘皱起脸，嘴巴瘪着，眼看就要下“大雷雨”。看她那委屈德行，高庸心里一软，勉强道：“行，行吧。”

周氏笑着抱起女儿，拍一拍。杨大娘瘪着的嘴松开，过了一会儿闭上眼睡着了。周氏放下她。

高庸又凑近，许是认了她当自己的“新妇”，又许是看得有些习惯了，高庸觉得，她这样安安静静地睡着……也还行。她长得不好看，看着似乎脾气也不好，动不动就哭，以后定是没人愿意跟她玩儿，要她当小娘子的。算了，自己捡着吧，怪可怜的。

杨小大娘在梦中翘起嘴角儿。

高庸惊讶，笑道：“她笑了！”

高夫人比个“低声”的手势。高庸看看阿娘，又看周氏，小声笑道：“她还会笑呢……”

又过月余，高庸再次随其母来杨府。他惊讶地发现那红皮丑猴子变了，变得白白胖胖的，一双眼睛墨葡萄一般，小嘴巴像蟹子正在吐泡泡，着实有些——可爱。

高庸偷偷用手指戳她的脸，已经有了名字的杨琦挥舞胳膊，拳头打在高庸脸上。高庸抓住她的小手，有些嫌弃地拿床榻旁的帕子帮她擦啃在手上的口水。

看娃的婢子们都笑起来。

平安岁月过得快。永昭五年，杨琦开蒙念书，高庸则已经学了不少诗书史传，可以写些粗浅文章了，作的小诗也有颇可入目者。

大将军高臻颇有些奇怪，自家以武立家，从长辈们到自己再到长子次子，大多都长于武，谁想到人到中年得的这个老幺却是个念书的坯子……

高臻的朋友杨靖有相似的疑惑，阿琦活猴一样，半点儿文静也无，拿起书本便怏怏的，让描红，一会儿不看着，就趴在案上睡着了，哈喇子流老长……自己、阿延还有岳父那边都是读书人，怎的阿琦会这般？

听他这么说，杨延给妹妹打掩护：“她还小呢，小孩子哪有不爱玩儿的？长大了自然就知道学了。”

杨靖也不过是疑惑一下子，倒也不指望女儿长成什么才女，这样酣睡憨玩儿的，也没什么不好。

杨琦挎着小弓、手拿木剑满家里乱窜。抬眼看见父亲、高伯父还有高家阿兄，杨琦笑着跑过去。

高臻有些庄肃，平日里罕言寡语的，但见了她就笑起来，又少见地开起了玩笑：“壮士这是做什么呢？”

杨“壮士”大声道：“演武！”

高庸在心里咧嘴，不大点儿的东西，还演武……

两个父亲却都笑了，高臻甚至还颇有兴趣地让她再演一遍，后来更说要收她当个弟子。对此高庸只一笑，阿爷没女儿，就逗人家女娃……杨叔父自家就会舞剑，听说舞得还极好。

杨靖拿着高庸的课业本子，笑道：“我们这算换着收徒吗？揍自家的孩子下不去手？”

高臻笑起来。

两个大人说话，高庸便帮着带会儿孩子。

杨琦从腰间小荷包里掏出一个纸包，纸包中几块松子芝麻糖。杨琦极大方地拿其中最大的一块递给高庸：“阿兄你吃。”

看看她那不大干净的小手，高庸本想拒绝，对上她亮晶晶的眼睛，抿抿嘴，到底接过来，塞在嘴里。

杨琦也塞一块在自己嘴里，一边嚼一边问：“好吃吧？翁翁送来的。”

高庸知道她说的是周仆射，便点点头，笑道：“你翁翁总有好吃的。”

杨琦得意地一笑，开始对高庸问东问西。高庸跟小孩儿说话，开始只是敷衍，但说长了，到底也讲些真心话，他说起这阵子学堂里打架的事：“他不过是仗着年纪比我们大罢了。”

杨琦举着木剑：“阿兄，莫怕，我护着你！”

高庸抬手拨弄一下她乱糟糟的头发，杨琦歪头看他。

“比床榻高不了多少，还护着我呢……”高庸笑她。

杨琦噘起嘴来。

到杨琦与此时高庸一般大时，高庸已经离开族学，进了京郊著名的崇明书院念书。

杨琦依旧“文武兼修”着——都跟她阿爷学。高大将军虽是她挂名的师父，却也实在没空闲专门教导一个小娃伸胳膊压腿。后来周仆射那边找到一个女剑客，那剑客见了杨琦，皱着眉看她打了一趟拳，舞了一回剑，在杨靖夫妇的赔笑中，到底答应教导她几年。

杨靖卸了一半差事儿，终于只当女儿的文师父了。

女剑客面目虽冷，但许是寂寞，更多的是徒弟脸皮厚，总是缠着问，便也说些江湖事儿。听了这些事儿，杨琦一颗心越发地不安分起来，总想着有朝一日能如师父那般行走江湖、行侠仗义。

某日，终于让她找到了机会。

东市，一个胡人大汉正在演吞刀剑，不少人围观。杨琦很知道其中机关，却还是兴兴头头地看着。

她扫眼，突然蹿出去，攥住围观的一个高大粗壮汉子的手腕：“小偷！”

粗壮汉子手一抖，见只是一个小女娃，胆气壮起来，甩开她：“别胡说！”

“我看见了，你偷他东西。”

旁边一个矮小汉子忙摸自己腰间，不知何时系在腰间的褡裢不见了：“是我的褡裢！”

高大汉子冷笑：“你说是你的就是你的？有什么凭证？”

“你们各说这里面有什么。”杨琦道。

粗壮汉子哪会听她一个小孩子的？但她身后站着奴仆，周围人又都看着，那小矮子也盯着，粗壮汉子看一眼手中的褡裢：“三四贯钱，详

细多少，我记不得了。”

杨琦看矮小汉子。

矮小汉子道：“确是三贯多钱，确切多少，我也没数。”

粗壮汉子得意地一笑：“你听我这般说，便跟着学，还说是你的……”

围观众人看看两人，都不确定起来。

“不对！”

“就是他的。”

两个声音同时道。

高庸走出来。

粗壮汉子看看面前的少年，不由得皱眉，这像是个世家子……

杨琦见了高家阿兄，立刻有了主心骨儿，咧嘴笑道：“你说得不对，这褡裢就是他的。”

高庸点头，示意杨琦接着说。

“你把那褡裢往腰上系一系，你腰粗，他腰细，系扣打褶的地方定不一样。”杨琦道。

粗壮汉子面色一变。

高庸道：“且这褡裢是藏蓝色蜀布做的，他的裤子也是蜀布的，虽看着似灰绿色，其实不过是藏蓝洗得多了掉色掉成这样，而褡裢不似衣物洗得勤，还能看出原色。他这褡裢或是用做衣剩下的布缝的。”

矮小汉子忙点头，围观诸人看那褡裢，亦点头。

“尽胡说！”粗壮汉子拿起那褡裢转身便走。

杨琦忙上前一步，却被高庸抢了先。

粗壮汉子挥拳去打高庸，高庸偏头让过，扣住他的手腕，两人过起招来。

汉子虽年长高大，到底只是普通人，高庸年小，却是将门子，很是会些功夫，不几下，汉子便落了下风，又两式，便被高庸擒住。

杨琦去扯过那褡裢还给矮小汉子，东市武侯过来将歹人带走。

杨琦有些遗憾没能自己上手，又拍高庸的马屁，一口一个“阿兄真厉害”，高庸翘起嘴角儿。

高庸同窗看着这位有些冒失却侠义，长得也颇好看的小女郎，笑着问高庸：“这是令妹吗？”又对杨琦道：“某是令兄同窗，姓陆，小娘子也以兄呼某便好。”

高庸看一眼同窗，淡淡地道：“家父不允她随意在街上与外男攀谈，还请见谅。”又回头对杨琦道：“赶紧回去吧，不然家里惦记着。”

杨琦身后奴仆忙点头。

杨琦不大乐意。

高庸低声哄她：“我有从胡人那里买的会自己打鼓的小人儿，回头拿去给你。”

杨琦立刻笑了：“行，阿兄可别赖账！”

高庸笑催：“快回去吧。”小孩子事儿真多！

高庸一直把杨琦当小屁孩儿，直到有一天他突然发现小屁孩不再是小屁孩儿了。

他站在大案前，透过开着的窗子，画院中梅树，杨琦凑在他身边看。

杨琦发表高论：“为何梅树都是这样歪歪扭扭的？直的多好看！”

高庸笑道：“嗯，跟你似的，壮得跟小牛犊子一样。”

杨琦不乐意了，要为小牛犊子正名：“小牛犊子怎么了？小牛犊子怎么了？我们健壮的有什么不好的？”

高庸越发笑起来，扭头看她。

杨琦叉腰挺胸，扬着下巴看他。

面前的少女秀发如云，肌肤白腻，长眉杏眼，樱唇微翘。两人离得这般近，高庸突然有些不自在，视线往下落，却又扫过她身上的起伏。高庸转过脸去，只觉得耳朵有些热，阿琦比自己小四岁，马上就要及笄了呢。高庸又突然想起小时候父母说“聘小娘子”的戏言来。

杨琦看着他。高庸轻咳一声，赞道：“小牛犊子好，最好了。”

杨琦有些狐疑地凑近：“阿兄，你耳边怎么红了？”

两人本就离得近，此时几乎鼻息可闻。

高庸再咳嗽一声。

杨琦盯着他，嘿嘿一笑：“阿兄，你刚才是不是想小娘子了？”

高庸绷起脸来。

“嘿嘿，别不承认，你刚才那样子就像传奇上说的呆头鹅。”

高庸忍无可忍，把她的脑袋推远，怒问：“小娘子家家的，每日看的什么乱七八糟的东西？”

杨琦撇嘴，哼，欲盖弥彰……

高庸看着她，杨琦吊儿郎当地歪着头，全不似觉得自己错的样子。

过了半晌，高庸面色缓和下来，低声嘱咐：“可莫要和旁人说什么思春之类的话。”

“这不是和你说吗？又不是旁人。”

高庸抿抿嘴，无奈地笑了，抬手想像小时一样拨弄她的脑袋，却到底只是攥拳背到了身后。

小儿女的口角便是这样，转眼就雨过天晴。高庸接着画，杨琦则唠叨起前阵子遇见的大长公主家的小郎君叫崔熠的来：“哈哈哈哈，这个愣头青，真是对脾气极了！”

高庸扭头看一眼她没心没肺的德行，“嗯”了一声。

杨琦却又说起正事儿：“过两日就礼部试了，阿兄上场莫急莫慌，沉沉稳稳的，我阿爷说你定然能成。”

高庸笑着点头：“行——”

番外三 周祈南北美食游记

周祈终于不用再嫉妒原六郎，她也吃上了塞上手把羊肉，正宗的。且这司厨的还不是旁个，而是一位故人——混齐。

混齐如今已不是那个任人拿捏的公主之子，而是回鹘一人之下万人之上的“左贤王”。其兄颂其阿布继位第二年在一次行猎中出了意外，惨死猛兽之口。颂其阿布之子——六岁的骨咄略德继任可汗。

主少国疑，别有居心的部落越发躁动起来。混齐领兵打败妄图颠覆夺权的几部，对其余诸部压之以势，诱之以利，再加上离间平衡之术，硬是稳住了回鹘局势。

前阵子混齐上书唐廷，请求再开因回鹘内乱而中断的绢马互市，并请求朝廷派御医来为母亲诊治病症。皇帝以其叔鲁王为正使带着御医赴回鹘探望安和大长公主，又派户部侍郎随同去谈互市事宜，以禁军护送。

周祈便是这负责护送的禁军头儿。

过了云州，天便阔远起来，风也硬，长安已是杨柳依依，这边的草却还没返青，路边尚有残雪。

又行了两日，便见到了来迎接的浑齐。一别经年，他的样貌变了不少，身子粗壮了，面貌威武了，留着胡须，很有些草原枭雄的样子。

见了周祈，浑齐眼中沁出笑来：“将军还欠我一顿饭呢。”

鲁王和户部侍郎叶巡都笑，跟着一起打趣周祈。

周祈豪迈地一笑：“这回定把大王的债还了！”又邀鲁王和叶侍郎一起。

然而，浑齐没吃上周祈的饭，倒是先让她赚了自己的手把羊肉去。

帐外，唐与回鹘的儿郎们正在角抵比武，闹哄哄的，帐内却一片安宁。锅子里咕嘟着肉，一掀盖儿，羊肉香随着热气扑出来。

浑齐拿着铁勺在锅里微微搅动一下：“还得等会儿。”

“忒香……”周祈笑道。

浑齐笑着扭头看她：“先捞一块尝尝？”

周祈年齿徒长，贪吃馋嘴的毛病一点儿没改，嘴上说“不好吧”，眼睛却已经扒上了那锅。

浑齐笑着用勺在锅里拨一拨，捞出一大块放在盘内：“这是腰脊边上的肉，最嫩，火候已经足了。”

周祈咧嘴抽出腰间匕首，嘿嘿一笑：“那我就偏了。”

浑齐又细细地撒了些胡椒和安息茴香的粉子在肉上，才递给她。

周祈用匕首割了一片塞入口中。就如浑齐说的，这腰脊旁的肉最嫩，八分瘦二分肥，瘦的不柴，肥的不腻，汁多肉美，是草原羊特有的鲜香。

他们吃的是塞上羊，喝的却是江南梨花白。

吃了肉，喝了酒，周祈抹抹嘴，满足地叹一口此生无憾的气：“真好，真好啊！”

混齐欢畅地笑起来，眉眼弯着，露出两颗虎牙，恍惚又让周祈见到了那个“长安少年”。

混齐也看周祈，端详她片刻道：“见你头一回便觉得亲近，却想不到我们竟然是表兄妹。”

使团来探病，鲁王虽为亲弟，但到底是男子，多有不便，倒是周祈常去大长公主那里陪老人家坐坐。见了家乡人，大长公主精神好了不少，与周祈闲聊，听说她是故侍郎杨靖之女，握着她的手唏嘘道：“那你该唤我表姑母。”

原来安和大长公主生身之母，早逝的贤妃，竟是杨靖姨母。世家大姓联姻多，若非大长公主提起，周祈这些后辈如何得知?

“我来回鹘的时候，你父亲才刚刚入仕。”大长公主如此说。老人念旧，把混齐叫过去，千叮咛万嘱咐他好好照顾“表妹”。

周祈咽下肉：“那时候桑多那利第一次见我还疑心我是公主来着。可据说我像外祖那边更多一些。”

混齐再端详周祈：“家母也是这样的杏眼，头发也像，都有些卷。”

周祈笑起来。

想到那次使唐之行，混齐轻叹一口气：“若非出了神鹰的事儿，我当年是有心留在长安的。若得留在长安，与你们一同每日吃酒读书，舞剑吹箫，上巳观花，重阳跑马……”

不待周祈说什么，混齐又释然地笑了。

周祈也微笑，与他说起两人共同的朋友崔熠来。

“原本说要在京兆待到地老天荒，突然就动了念要出去走走，外任了好几年……娘子又聪敏又贤惠，就是两个小了皮……回来留了南边人的胡须，自谓‘美髯’，睡觉时让两个皮猴儿给剪成了鹌鹑尾巴……”

周祈想到哪儿说到哪儿，混齐且听且笑。

说到崔熠家的小子，两人便顺着说起儿女经。周祈拿出豹子奴给自己缝的歪歪斜斜的荷包显摆，混齐则叫儿子来给周祈斟酒。

小儿郎八九岁的样子，身姿纤细，唇红齿白，穿件湖蓝色的袍子，腰间悬着美玉，与长安高门子弟没什么不一样的。

小儿郎雅言说得极好，礼也行得好，称周祈“姑母”，周祈解下随身玉佩相赠。

在回鹘待了两个月，使团才回返。去时是初春，回来时长安的蝉都叫了。

从前不能离京，心心念念想出去走走，等真走得远了，回来见到长安的城墙，周祈都觉得亲。

最亲的还是等在府门前的人。

面完圣，周祈骑马回家，一拐进小曲，便看见自家门前树下，最大的那个弯着腰、挓挲着胳膊左拦右挡，最小的那个藏在他身后拽着袍子躲躲闪闪，穿枣红胡服的豹子奴东突西进两边蹿，却离抓到“小鸡仔”总差那么一点儿。腓腓不跟他们闹，懒洋洋地趴在露出的一段树根上纳凉。

周祈咧嘴笑起来。

“老母鸡”虽背对着曲巷口儿，却好像背后长了眼睛一般。他回头，看到马上的身影，两人目光相对，都笑了。

“抓住了！”

“啊——不抓！不抓！”

两个小的吵闹着，突然爆发出更大的叫声：“阿娘！”接着便冲过来。谢庸在后面慢慢跟着迎过来。

回到家，有孩子们在，周祈便略过正事儿，只描述塞上风光，又说了不少途中趣事，特别说了回鹘吃食。

“刚做出来的乳饼好吃，奶香味儿很浓，软软的，香香的，还不膻气；烤羊也好吃，把腌渍入味的羊架在火上，烤得刺刺地滴油，外面焦香，里面鲜嫩，香得厉害，跟咱长安的羊不是一个味儿；还有烤驼峰，忒香，书上说‘甘肥’，这胡人驼峰就是正经的‘甘肥’；最值得说道的是手把羊肉……”

豹子奴啃着周祈带回来的牛肉干，狮子奴嘴里含着奶疙瘩，都眼睛闪亮晶晶地听着。

“哦？混齐竟然这般擅长割烹之道？”谢庸吃完嘴里的肉脯，笑问。

周祈吃人嘴软的那根弦突然拨响，极机灵地道：“外面的饭再香，也比不过咱们家里的。这阵子我可是想死你做的饭了。”

谢庸瞥她一眼，周祈端出十二分真诚的笑来。

豹子奴咧嘴嘲笑其母，小狮子奴不明白大家为什么笑，却也跟着笑。

周祈瞪两个小的，然后接着眯眼觍脸对谢庸笑。

谢庸咳一声，看看妻子儿女，绷不住也笑起来。

晚间，周祈便吃上了某人亲手烹煮的八宝饭，亲手切的鱼脍，还有唐伯拿手的蛋黄虾仁和八宝鸭子。而更晚的时候，以为已蒙混过关的周将军为自己的口无遮拦付出了“惨痛”的代价。

北上的第二年，周祈与谢庸同下江南。谢庸为黜陟使赴江南各道平狱虑囚，周祈依旧是负责护送的禁军头领。谢庸本要辞谢禁军护送之恩，听皇帝说点的是周祈的将，便把辞谢改成了谢恩。

皇帝看着他面不改色地换了说辞，不由得打趣地一笑。谢庸微垂着眼帘也笑了。

能去江南看看，周祈自然是乐意的。不乐意的是豹子奴姊弟。但听说父母不在的这段时日去崔家住，又听崔家阿叔说专门给他们在园子里做了爬上爬下的架子，堆了两军对垒的沙丘，绑了能四个人一起悠的秋千，便又都欢喜起来。

崔熠自得地对谢庸、周祈摆摆手："你们去你们的。保准把两个小的给你们养得白白胖胖。"

周祈可以想见未来几个月崔家鸡飞狗跳的样子，又可惜寿康大长公主那美轮美奂的园子——回头不知道会被糟践成什么样儿。

带着料峭春寒从长安一路南行，越走天气越和暖。山慢慢绿了，水也润了，刮的风都是柔软的。

只一点儿不好，雨水多。

外面的雨越下越大，地上都是水泡，茶棚檐子上流下的雨水如注，行人们息了冒雨前行的心，添了茶，坐下闲聊。

一个灰袍书生问一个穿白袍的："敬德上回遇见强人便在这附近吗？"

另一张食案旁，周祈拿蚕豆的手一顿，与谢庸对视一眼。

白袍书生点头，对另一个穿蓝袍的道："幸亏后来遇到立仁你，不然盘资全无，如何到得京城？"白袍书生又解嘲一笑："虽则到了京城也是白到吧，但不去是不甘心的。"

穿蓝袍的摆手："这点儿小事儿，何足挂齿？至于科考之事，也不必太丧气，我们明年再战就是。"

灰袍书生叹口气："上回还考到了第三场，谁想今科第一场诗赋就被黜落了。"

蓝袍书生道："今科知贡举的孙侍郎格外严格，听闻……"

听他们转而说起了科考之事，谢庸走过去："几位郎君请了。"

几个士子见他形容俊逸，着一袭青衫，便知也是科考回乡的读书人了，当下都还礼。

"适才隐约听几位郎君说什么强人，莫非此地不太平？"谢庸问。

那个叫敬德的白袍书生脸上微有赧色，咳嗽一声："某去赶考途中遇上的，携带的盘资都被夺了去。"

“哦？这样人来人往的官道，没什么险山恶林，竟然还有剪径的？”

“那倒不是，是夜里摸进了旅店抢去的。”看一眼谢庸，白袍书生又补充道，“四五个彪形大汉呢。”

“当时可报官了不曾？”谢庸道。

白袍书生尴尬地一笑：“不曾。报了官便免不得要在此地多居留些日子。为了些许钱财，若是误了考期，倒不值得。”

谢庸点头：“好在也只是丢了些身外之物，人没事儿，这便是大幸。”又感慨，“这赴考路真是难行，听说有人还途中遇上了鬼怪。”

那灰袍书生道：“某也听说遇鬼的事儿了。据说便在前面上元城外。主仆两个错过宿头，夜宿荒庙。庙中女鬼作祟，那主仆被吓得，马也丢了，行李也不要了，被人发现时很是狼狈。”

蓝袍书生道：“这一带据说还有拍花子打迷幻药的。一个士子好心帮人拾个巾帕，谁知巾帕中有迷神香，帕子一抖，人便不知事儿了，等醒来身上已被洗劫一空。”

白袍书生道：“快别说这些科考路上糟心事儿了。”

灰袍书生笑道：“敬德，你不用担心，出事儿的都是落单的，咱们搭伴同行，根本不用怕这个。”

白袍书生咧咧嘴角。

与几个士子又闲聊两句，谢庸走回去。

这场雨又下了半个时辰才小下来，行人们结算茶钱，披蓑戴笠走出茶棚。

黜陟使仪驾还在后面，谢庸和周祈只带着两个侍从岳岫、薛继，几人骑马沿官道而行。岳、薛二人已跟了谢庸和周祈好几年，罗启和霍英都去从了军，如今皆是校尉了。

谢庸、周祈不是归乡游子，行得不急，走走停停的，第二日天色将晚时来到一个镇子上。镇子是典型的江南小镇，一条青石板路，几十户人家掩映在杨柳烟雨中。

谢庸带着岳岫，周祈带着薛继前后脚进了一家小旅店。

谢庸要了一碗樱桃肉、一盘炖羊肋骨、一只烧鹅、一道时蔬，还要了一角当地名酒。

坐另一张食案的周祈和薛继则只点了两碗索饼。这索饼里浇了肉汤，又有荷包蛋有豆芽菜，其实味道很不错。但凡事怕比，看一眼谢庸案上的饭菜，周祈颇有些恨恨，却也只得接着吃自己的索饼。

谢庸眼角带着些促狭笑意，尝一箸子樱桃肉，又折了一段烧鹅脖子慢慢啃。

周祈越发恨恨——吃豕肉羊肉，她喜欢肥嫩的，吃鸡鸭鹅却爱骨头多的地方。

岳岫低头装死扒饭，薛继嘴角儿则带着看热闹的笑。

正吃着饭，堂前一个女子带着婢子经过。女子螓首蛾眉小腰身，颇有楚楚之色。

那婢子低声与跑堂的说了两句，跑堂的引她们往后面客舍中去。乡野小镇中看见这样齐整的小娘子，堂中几桌客人眼睛都直了。小娘子眼波流转，目光扫过客人们，在谢庸身上停了一下，嘴角微抿，面上带了羞意，又看一眼谢庸，方徐徐走去客舍。

周祈的脸越发酸了，又摸摸自己俊美的小胡子，暗叹那女子不过是看他有钱罢了。

谢庸叫过跑堂的来，又要了一只烤鹅，让用油纸包了，明日路上吃。周祈面色稍缓。岳岫和薛继眼中闪过了然的笑意。

行路之人睡得早，刚二更天，店里便安静下来，后面客舍中的灯也陆续熄了，只有其中一间灯还亮着。

“奴爷娘皆去了，又远来投亲不遇，实在无处容身。适才在堂中，见郎君君子磊落，不同别个，奴，奴愿意以身相托。”小娘子低头弄着衣带，含羞带怯地道。

谢庸打量着她。

“奴也读过两年书，可为郎君铺纸磨墨。奴女红针凿亦还来得，也能弹两首曲子……”

屋顶上周祈撇撇嘴，薛继觉得阿郎靠一只烤鹅，怕是难以过关。

没过多久，屋里的灯熄了。

周祈脸上挂着些冷笑，薛继替谢庸后脊背发凉。

过了约莫一盏茶工夫，另一间客舍的门开了，涌出来三四个汉子，直直奔向谢庸这里。那门插关脆得很，微使力，门便开了。

汉子们奔到床边，伸手去掀帐子，却突然听到身后有打火折子的声音。汉子们忙回头，竟是那“肥羊”！他衣冠穿戴得整整齐齐，正不慌不忙地点燃蜡烛。

汉子们面色大变。

屋外又走进三个人来，一个是“肥羊”的奴仆，另两个是今日投店的客人。汉子们如何不知？这是落入人家圈套了。

周祈抹一抹唇上的小胡子，二话不说便动了手。汉子们虽会些拳脚，却如何是他们的敌手？三五下便被擒住了。

岳峋、薛继捆人，周祈掀开帐子，却见那女子倒在床上，人事不知的样子。

周祈回头看谢庸：“还以为你捆上她了呢。”

谢庸淡淡地道：“手刀方便。”

岳峋、薛继放心了，阿郎求生之欲很强啊。看阿郎这般君子，娘子也不能生气。

那女子和她的同伙被抓个正着，抵赖不得，很快就招了。不过是先利用美色引诱，再捉奸在床，诬陷士子们诱奸拐带，然后趁机讹诈钱财罢了。读书人好面子，顾忌前程，虽明知这是个局，也只得认了。过后，这种因好色被骗光身家的蠢事自然更不会说出去。关于没了盘缠的事儿，或者托言遇见强盗，或者说被拍花子，若宿在荒村野庙，那就干脆赖给鬼神。因没出人命，无人告官，士子们又百般掩盖，这些人三年来竟然做下七八十起案子。

岳岫、薛继找来当地不良人把嫌犯们押走，屋里只剩了谢庸、周祈夫妇。周祈斜看谢庸一眼，阴阳怪气地道："哼，读书人……"

谢庸拉着她的手，垂着眉眼轻声道："我又不是那些读书人。"

周祈最看不得他委屈巴巴的小样儿，明知他装相，却还是心软。虽心软，却还要嘴硬："那你吃樱桃肉吃烤鹅为什么吧唧嘴？"可惜这欲加之罪上已带了笑音儿。

谢庸抬眼："我没——"

周祈微扬下巴，睨视他。

谢庸失笑，答应道："好，我以后再不这样了。"

周祈得意地笑起来。

谢庸把她拉过来搂在怀里，伸手把她贴在唇上的胡髭揭去。

他揭胡髭，周祈又想起之前的不平来："那女子真没眼光，我不比你好看吗？还冲你抛媚眼。"

谢庸顺着她说："我家阿祈自然好看，只是他们媚眼抛给谁，不看相貌，看钱财。"谢庸拉她躺下，"睡一会儿吧，都快天亮了。"

周祈闭上眼，脸蹭蹭谢庸胸膛，撒娇抱怨："我今天都没吃到樱桃肉。"

谢庸抚摸着她的头发，笑道："马上就到姑苏了，我们去吃姑苏城北王娘子的樱桃肉。再往前走，还有杭州的各样花式点心，越州的糟鸡酱鸭醉蟹，婺州的好酒，彭蠡湖的鳙鱼头，洪州的酥鸡、蒸肉，岳州的腊味……"

周祈笑眯眯地“嗯”一声，手搭在谢庸腰上，慢慢睡着了。

谢庸给她抻一下被子，也安然地闭上眼睛。

（全书完）

图书在版编目（CIP）数据

京华子午 : 全 2 册 / 樱桃糕著 . — 南京 : 江苏凤凰文艺出版社 , 2021.7
ISBN 978-7-5594-5927-5

Ⅰ . ①京… Ⅱ . ①樱… Ⅲ . ①长篇小说 – 中国 – 当代
Ⅳ . ① I247.5

中国版本图书馆 CIP 数据核字 (2021) 第 097133 号

京华子午:全2册

樱桃糕 著

责任编辑　白　涵
特约监制　燕　兮
策划编辑　曹若飞
营销支持　胡小雨　姚　瑶
设计统筹　呆桃君
封面绘图　风一伊
封面题字　仓仓仓鼠
责任印制　刘　君
出版发行　江苏凤凰文艺出版社
　　　　　南京市中央路 165 号，邮编：210009
网　　址　http://www.jswenyi.com
印　　刷　北京美图印务有限公司
开　　本　880 毫米 ×1230 毫米 1/32
字　　数　574 千字
印　　张　21
版　　次　2021 年 7 月第 1 版
印　　次　2021 年 7 月第 1 次印刷
书　　号　ISBN 978-7-5594-5927-5
定　　价　79.80 元（全二册）